安佐花園3

王慧如、張治猷 | 合著 |

from Adrian

翻著書稿，這一年發生好多事情。

人生有兩個家庭，一個是跟父母一起建立的原生家庭，一個是和妻子或丈夫建立的家庭，大部分的時間，這兩個家庭的角色會重疊，但是遲早會分開。母親去世，我離開第一原生家庭，正式完全進入人生建立的第二個家庭，自此，妻子、兒女，我自己，是我生命的全部。

在產房看著女兒從慧如肚子裡抱出來，好像不過是幾天前的事，既真實，又像夢境，如今她已經可以跟我們對話，開始問很多的為什麼。看著母親氣息奄奄地嚥下最後一口氣，心跳停止，心電圖成一直線，一切歷歷在目。生命誕生的喜悅，親人逝世的悲痛，都是功課。

人生開啓了另外一扇窗。猷讓我對父親這個角色有更多的省思，陪伴成長，包容欣賞，放手支持，原來都是一輩子的功課。從來都不知道，猷可以用文字鉅細靡遺記錄人生大小事，他的青春早熟，在字裡行間，而言語的溝通總是太少，有點遺憾，但是又讓我感到驕傲。

這一集安佐花園的故事才剛開始，記得母親託女兒轉達的話：要幸福哦，要快樂哦。我會繼續努力。

張安佐

from Nunu

光陰似箭，很快的，安佐花園第三集就要出版了。這一年哥哥去德國交換，他一整
年不在，我剛開始常常很想他，後來漸漸習慣，到後來除了偶爾視訊一下，都幾乎
已經快要忘記有這個人的存在了。

這一年中家裡有三個交換學生輪流在家裡住，家裡有外國人住其實我挺高興的，因
為他們幫助我克服跟外國人說英文的恐懼。不知道是不是我們家跟其他家庭相比，
規矩較嚴格的關係，期間他們偶爾跟爸媽有些摩擦，雙方溝通之後對我們都是一種
學習，或許也跟我們第一次接待有關吧。

妹妹現在去上學了，媽媽終於能休息一下了，剛開始上學的妹妹當然哭不停，隔了
幾個月她終於愛上上學了！爸爸、媽媽，還有哥哥辛苦了！

希望我們家的第三集能長長久久的流傳下去。

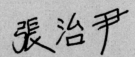

from 妹妹

自序／治猷

隱約有印象，在國小的我興沖沖的自己把一大疊紙用釘書機釘在一起，隨便寫一點自己知道的東西就成了我寫的一本百科全書。

現在就讀大學一年級，真正要出書了，我卻突然間覺得好沒有真實感。

當初沒有特別想要寫的慾望，但因為爸媽在我出國前的幾句叮嚀，我從剛到漢諾威機場等候轉機的時候就開始寫我的第一篇日記，盡我的本份去寫下這一年的點點滴滴。

我的日記不全是中文，因為在一開始就被轟媽告誡說來這邊交換不是為了寫日記給家人看的，我和轟家人折衷的結果就是我開始書寫德文日記，一開始的文法非常的糟，但我們不在意這些，媽媽說重要的是敢去寫，錯誤之後可以慢慢改進。總之，在這接近兩百面的篇幅中，有接近三分之一到二分之一的部份是我的德文日記。

常被說我這個人太直，說話都不經過大腦，想到什麼講什麼，跟我的日記一樣，我也是想到什麼寫什麼。別人都是寫在交換的美好，哪天吃到蛋糕、參加婚禮好高興這樣啊……我呢，是在網路上巧遇中國人針對政治的淺談討論，這種稍微敏感的議題，我也直接這樣放上來了，現在這樣看其實真有點哭笑不得。但細想過後也覺得這樣也不錯，其他人都是美好美好美好，為什麼我不要嘗試看看獨特一點呢？

我已經把這一年發生的大小事，全部如實的寫入我的德國交換日記。我和媽媽的共同日記《安佐花園 3》，我的德國生活紀念！

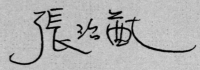

自序 ／慧如

2010 年，經過漫長的尋尋覓覓，終於在北埔找到我和老公一眼就愛上的小木屋。
自此，一家人在假日回老家開始有了歸隱山林的期待。當「安佐花園」的門牌掛起，
我開始用我最不擅長的文字，為我們的生活做記錄……

老公說，《安佐花園 1 》的我，有著小女人的單純和小妻子的浪漫，寫了很多和
他的相處點滴，也寫了很多猷和 Nu 的生活日記。2012 年，當肚子裡住進一個全
家人期待的小公主後，當猷和 Nu 也慢慢邁入青少年的階段，而我也不知不覺進入
四十一枝花年紀。老公說，我的《安佐花園 2 》，不再那麼小女人。很明顯的，
小女孩長大了，《安佐花園 2》開始多了許多的親子對話。

2015 年夏天，因緣際會，猷成為國際扶輪社的長期交換學生。

看著十八歲的猷，背著行囊，帶著一抹對未來一年因好奇、期待而發亮的笑容，揮
手和我們道再見的走入出境門。對這個我第一個一手牽著長大，前面的八年，跟著
我們過著因外派而浪跡天涯，因老爸工作太忙碌，幾乎是我生活唯一依賴重心的孩
子，心裡對他的牽掛和不捨，像一條無形的長長絲線跟著他越飛越長。而我，緊握
絲線的一端遲遲放不了手……

第一次離家，就是十個月不見。第一次離家，就是千里之外的浪漫國度～德國。第
一次離家，就要學著和未曾謀面的德國轟爸媽磨合過生活。而這所有的一切，因他

的交換，在時空的另一端，在台灣的我們，同樣開始了長達一年的接待生活。因著
對猷的牽掛，我用完全的同理心開始第一個加拿大男孩－ Ryan 的接待日記。

於是，我們的《安佐花園 3 》，時空交錯著猷的德國日記、我的接待日記、Nu 和
妹妹的生活日記。相聚如此遙遠的我們，開始各自體驗著台德、台加的文化衝擊。

第一眼看到自己的名字和兒子並列作者欄，心裡有一股強烈的說不出的成就感和
悸動。

和猷的日記，照彼此書寫日期穿插排版。我們的台、德生活日記，我們的《安佐花
園 3 》～與您分享！！

目　次

娃娃日記：《二歲》為什麼小姐

妹妹兩歲了。

真快，從月子中心回家時，那個只會咧嘴嚎啕大哭的小娃娃一轉眼已經兩歲了。
兩歲的妹妹現在是什麼樣呢？套句 NU 的話：
「聽她說話，覺得很煩又覺得很可愛。看她的表情，有時候很想打卻又打不下去。」
兩歲的妹妹，確實是個遊走天使和魔鬼兩端的綜合體。

除了「不要，不要，不要」，開始了鬼打牆般的「為什麼？為什麼？為什麼？」
帶她出門，幫她綁上安全座椅，她說：「媽媽，妹妹要拿鑰匙。」
「不行，媽媽要拿鑰匙才能開車。」「為什麼？」
「媽媽要有鑰匙才能發動車子啊。」「為什麼？」
「要有鑰匙才能發動引擎，車子才能動啊」「為什麼？」
「反正我現在要開車，一定要有鑰匙才能開。知道嗎？」「噢，知道……」

三秒鐘後……
「媽媽，妹妹要拿鑰匙…」％＄＃……

除了兩個扮家家酒的蛋糕茶具組，我其實很少幫她添購玩具。
因為這個小妞，把整個家都當作是她的遊樂場，
廚房每個抽屜的鍋碗瓢盆，哥哥的烘培器具甚至刀叉鍋鏟全是她每天必翻出來的實
體玩具。

吹風機頭都拿來塞滿她的 123 磁鐵
了⋯⋯

披著小毯子，拿著抓癢不求人，這
會兒換角色扮演了。
瞧！我是霸道的小皇后。

什麼東西都愛往身上戴的年紀，
常常，幫她打扮漂亮，連鞋子都配
好了，出門前，她就堅持要把爸爸
登山的頭燈當掛在胸前項鍊戴。
爸爸收納起來變成一個小小束口袋

的黃色登山雨衣，出門她也一定要把它勾在手腕上當包包。

這……能看嗎？？枉費老媽幫妳配上衣配裙子又配鞋子，妳硬是要戴頭燈項鍊，硬是要提個雨衣當包包。這什麼樣子啊？？？

常常，母女倆就為了這怪打扮在門口僵持著。

意見越來越多，堅持越來越多，我說妳，越來越難搞了耶！

一整個上午，自得其樂的帶著媽媽的浴帽看書、玩玩具、吃東西……

看看她，像不像印度的吹蛇人？？

下星期，要和 NU 哥哥一起過生日了。
幫兄妹倆各訂了一個機器人蛋糕和芭比娃娃蛋糕，
期待看到兄妹倆看到特製蛋糕瞪大眼睛驚訝的模樣。
生日前夕，預祝我的小王子和小公主 14 歲、2 歲生日快樂！！！

生日快樂，我親愛的孩子們

特別的日子，來張最開心最幸福的全家福。

往年，很不懂得吃也很敷衍的媽媽，總是在晚餐前，隨便在 85 度 C 挑個小小蛋糕草草了事。

而今年的蛋糕很不同。

媽媽幫 NU 和妹妹各訂製了一個專屬於自己的小蛋糕。

NU 愛機器人，這個藍色機器人蛋糕相信他會一輩子難忘。

而妹妹，這個全家人掌上的小公主，

打開蛋糕盒的剎那，穿著粉紅蓬蓬裙的芭比娃娃讓她看得開心的直拍手。

多一點點的心思，看的出來，今晚，我的機器人王子和公主妹妹真的好開心！

我的安佐花園 2 選在 NU 和妹妹生日的這一天出刊。

兩年半的日記又是厚厚的 510 頁。

第二集絕大部分的篇幅都是寫給 NU 和妹妹的日記，

趕在兄妹倆生日的這一天印製完成，有著絕對不同的意義。

Nunu 寫的序，雖然簡潔扼要就那麼短短的幾行，

有著莫名自信的他，為自己的序豪氣的下了標題，就叫「偉大的序」。

而到底有多麼偉大，就待叔叔伯伯阿姨們，自己慢慢的研讀囉。

至於妹妹，留給她的一頁，印上她的小小手印，媽媽也覺得可愛的不得了。
特別的禮物，送給 14 歲的 NU 和兩歲的妹妹，
生日快樂，我的小龍子和小小龍女！！！

點上蠟燭，NU 帶著妹妹許了小小心願。
祝福我的機器人王子，在爾後的每一場比賽，都能從容面對，脫穎而出，
祝福我的公主妹妹，平安、幸福、臉上永遠都掛著這麼一抹融化人心的笑容。

孩子們，老天爺給了你們這麼特別的緣分，
讓媽媽能在相隔十二年的同一天、同一個時辰生下你們。
媽媽希望你們珍惜這個特別的巧合，

往後每一年的這一天，即使你們都已各自成家，
希望你們兄妹三人，在這個特別的日子，一定要聚在一起開心的慶祝唷！

即使過了兩年，依舊覺得自己真勇敢，
怎敢一把年紀還義無反顧的豪賭一個女兒？？
即使過了兩年，依舊覺得自己很了不起，
硬是忍了九個小時的陣痛，就是要挺到 NU 生日的時辰才甘願剖腹把妹妹生下來。
即使過了兩年，依舊對當時的勇氣和傻勁佩服的五體投地的我，
在兩個孩子生日的這一天，
我也想跟自己說聲「Ruby，辛苦了～」

2014/12/15 寫於 Nunu 14 歲，治甯妹妹 2 歲

心疼我的 NU

今天，我想來說說我那善良、好脾氣、心軟的讓我心疼的 NU……

NU 是個心地非常非常善良的孩子。
從他很小的時候，看他把小昆蟲、小動物捧在手上溫柔細心呵護的時候，
我就知道他是個心腸柔軟的孩子，
柔軟到他確實是連一隻螞蟻都不忍傷害的菩薩心腸。
也因此，看班上同學凌虐螞蟻，回到家忿忿的形容他們是如何扯下小螞蟻的腳或手，
看螞蟻被扯掉手腳時掙扎抖動，同學卻哈哈大笑的冷血無情時，他會說著說著就紅
了眼眶……

他是個同理心很強的孩子。
從小一時，就曾多次聽他提過一個資源班的孩子，
他說，下課時遊樂場旁都會有個資源班的孩子獨自在角落玩耍，
那個孩子不知是什麼疾病亦或是出了什麼意外，臉部五官長的非常嚇人。
幾乎所有的孩子看到那個長相特殊的孩子要不尖叫跑走、要不就嬉笑嘲弄，
但 NU 常和那孩子玩在一起。他形容不出那孩子的模樣，只說看起來第一眼真的蠻
可怕的。
問他不怕嗎？他說：「其實一開始也會，可他那樣已經很可憐了，沒有朋友陪他玩
不是更可憐？」
這就是 NU，很有同理心，一個溫和暖心的孩子。

前一陣子，他每天做麵包帶到教室請同學享用。

每天回家，很開心的說，今天 ××× 說我做的麵包好好吃，××× 要我明天做哪種麵包。

有天晚餐時，他說：「明天可以給我 35 塊嗎？因為我今天把 ××× 的筆不小心弄掉在地上斷水了，他說是新買的，要我賠 35 塊。」

聽到了很熟悉的名字，我問：「你說 ××× 就是你每天請他吃麵包，還會要你做什麼新麵包的那個嗎？」

我，很自然的用了我自己的處事邏輯開始劈裡啪啦的說：
「NU，你每天請他吃麵包，然後不小心弄掉他一支筆，他要你賠錢？你請他的麵包都不用錢嗎？每天吃人家做的麵包，不小心碰掉一支筆他好意思開口要你賠？」

NU 淡淡的答：「這是兩碼子事情，我請他，是我自己願意的，弄掉他的筆，本來就是我不對，本來弄壞別人的東西就應該賠」。

很小心眼的媽繼續劈哩啪啦的說：「好，35 塊給你，明天拿去賠他。然後記住了，從明天開始，帶去學校的麵包請誰都可以，就是不准再請他，聽到沒！」

哥哥聽了忿忿不平。猷的個性一樣非常的溫和，但脾氣一來卻和我一樣硬的不得了，沒聽清楚他要弟弟明天去跟那個同學說些什麼，只知隔天 NU 一回家，就跟哥哥說：「哥，我照你說的跟我同學講，他就說，那就算了不用賠了。」

又過幾天，NU 回家又忘我的說：「媽媽，××× 說我今天做的麵包很好吃，問我明天可不可以做別的？」

一聽，心胸狹窄的老媽脾氣又來了：「等等……你說誰？ ××× ？不是跟你說不要再請他嗎？」
NU 發現說溜了嘴，小聲的答：「就說是兩碼子事，再說我照哥的話跟他說了以後，

他最後就沒有堅持要我賠了啊……」

這就是 NU，該怎麼形容這樣的他好呢？我能用「嚴以待己，寬以待人」來形容他嗎？
同樣的事換作我會怎樣呢？毫無疑問的，我一定會收起我慷慨分享的心。
因為自己這樣的個性，真的頗難理解他這麼寬大的胸懷！
理智上，我該高興他有這麼好的想法和做法。
但情感上，就是生氣他對別人這麼大方，為什麼人家對他是這樣計較不帶情面的開
口就要他賠錢呢？？

至於他的好脾氣，卻是從他上了國中後，從一個又一個的老師口中說出的。
為何老師們說他好脾氣呢？原來，班上很多同學會開他的玩笑，會給他起些難聽的
綽號，
而他，總是笑笑的從不生氣。
但，因為這好脾氣，一些沒分寸的孩子，
從言語上的開玩笑，到捉弄嘲弄他，甚
至故意藏他的東西，我的忍耐已經到了
極限……

第一次知道他老是被捉弄，是老師打了
電話來，說治尹的湯匙被同學藏了起來，
從老師口中這才知道，原來這已不是第
一次。

又一次，老師 line 過來一張 NU 的行為
自述表。

看完 line，心裡滿滿的氣憤，氣捉弄他
的同學，也氣老師。

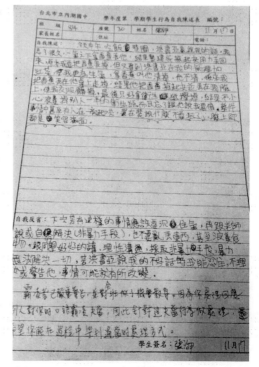

因為處理回應別人對他的口語霸凌失當，所以該寫行為自述表反省，
記得有次 NU 欲言又止怯怯的問我：「該怎麼做，才不會讓別人覺得懦弱？」
可以感覺他的懊惱，他不想別人覺得他懦弱欺負他，但他也不想用別人那種讓自己
不舒服的方式來對待別人。
我說：「NU，你必須強硬一次，下次再有人說些讓你不開心的話，或是捉弄你，
一定要回擊，而且是非常強硬的回擊。就算回擊會被處罰，媽媽會被叫到學校去都
沒有關係，我會挺你。一定要強硬一次讓同學知道你也會生氣的。對於不懂得尊重
別人的同學，他們不值得你尊重，越是隱忍他們只會更得寸進尺，懂嗎？」

於是看到老師 line 過來的行為自述表，我不客氣的回給了老師：

> 「老師，是我教治尹要反擊的。我不認為一再的被挑釁，隱忍不回應就
> 是最恰當的處理……」

我的個性急，平常的時候，寫東西沒多順，脾氣一來，劈裡啪啦回給老師的又是落
落長的一大篇。
我是一個媽媽，一個就只想保護孩子的媽媽，試問哪一個媽媽看過這自我陳述還能
心平氣和的回應？
哪個媽媽能夠聽到別人對自己的孩子言語挑釁，在他便當裡倒紅茶，拿香蕉丟他的
臉還不動怒？
學校教育孩子，若看到別人被霸凌，默不吭聲等同霸凌的幫兇，
孩子記住了這點，在一旁帶著笑臉看好戲的說：不要玩了啦……
聽到了這樣的場景描述，試問哪個媽媽還能不動怒？？

對於不懂得尊重別人的孩子，沈住氣好好溝通能讓他們馬上停止嗎？
不，我不認為在當下，這會是一個有用的方式。
我依舊告訴 NU，反擊就對了。

當天，要求兩個孩子寫道歉信，對他們的行為保證不再犯。

隔兩個星期，月考的前一天，NU 的鉛筆盒不見了。他說同學幫忙找了都沒找到。
我幫他想了許多可能，會不會到別的教室上課忘了？有帶到教室外嗎？
所有的可能都排除後，其實我心裡有了猜測的答案。
只不過沒憑沒據，就依老師的建議：先不動聲色觀察看看。
考試過後隔天，NU 又帶回了一張道歉信。道歉的內容是同學只是開玩笑鬧著玩的……
果然如我的猜測，是同學惡作劇藏了他的鉛筆盒。
我問老師：「班上 14 個男生，我是不是會收到 13 封道歉信？這道歉信的意義在哪？每一個道歉都是開玩笑鬧著玩的……」

母親，總是像隻母雞，就想把孩子攬在羽翼下好好的保護者。
而父親是不同的，他會把孩子推出去讓他學習、改變、成長，儘管他會受到一些傷害……
老公不贊成我為 NU 出手，其一原因覺得父母的插手對他在班上人際關係的處境會更艱難。
其二覺得 NU 善良溫和，同理心強的感性，還有不計較很寬容的個性是他最珍貴的人格資產，因為他相信「人善人欺天不欺」。
而我，始終覺得人善被人欺，始終覺得不是每個人都值得被善良對待。
我教導我的孩子良善的品德，不允許我的孩子欺負別人、不尊重別人，當然也不允許別人對我的孩子不尊重，不允許別的孩子欺負我的孩子。

我是媽媽，終究只是個平凡的只想保護孩子的媽媽，
我也不認為自己是個一點小事就要為孩子出頭，一點風吹草動都容不得的媽媽。
只是納悶有些孩子為何嘴巴就是特別壞？為何心就是特別硬？
對於這樣的孩子，請告訴我，為何我得給你一次又一次的機會？
真想問問，孩子們，你們的家庭教育到底出了什麼問題？？？？？

2014/12/26

聖誕夜日記

早晨的音樂換上了聖誕叮叮噹的樂曲。

我喜歡十二月，除了因為 NU 和妹妹的生日在十二月，
更因為聖誕歡樂的氛圍，讓我愛極了這個感覺充滿愛更充滿希望的月份。

寄了幾本剛剛付印好的「安佐花園 2」和我的好朋友們分享，
分享我們的生活小點滴、分享心裡的小幸福。
有人說：「妳真棒，出書了耶……」
哈，我得說，這實在沒法稱得上書，只不過是寫給孩子們做紀念的小日記。

淑真說：「單身男女看了一定想結婚。」
哈哈，這我更得說：我的文筆離鼓動人心還差的遠遠遠咧……

詩沁說：「她很佩服我對 NU 的一些教養觀，覺得我能看淡成績，支持他的興趣真
是棒。」
哈哈哈，這下我更不得不說，其實捏，正確的事實是他的成績逼得我不得不接受，
他要能考個漂亮的成績回來，那麼我應該也會寫個「不用補習也能考第一」之類的
文章。
偏偏，我和那類的文章無緣，從猷到 NU，我都只能自我安慰的寫了又寫：好成績
不等於人生的好成績。
其實，我也真想他們能上建中、能上台大，孩子能成龍成鳳，誰不希望呢？？
我們的新科市長說的好：面對問題，然後解決問題。
我呢，跟市長有點像，只不過我是：面對事實，然後接受事實。
哈哈哈，跟他差一點點而已啦……

而珮華說，我的日記傳達了一個家庭的富足和愛。
這話，說到我的心坎裡了。
確實，這是我即使文學詞彙貧乏，腦筋常常一片空白也堅持繼續為三個孩子寫日記
的動力。

希望這一篇篇平淡直鋪的日記，讓他們感受爸爸媽媽的愛，
希望父母一輩子的愛能富足他們的人生。
老爹爹說，若以這四、五年寫日記的篇幅來估計，孩子們的
婚禮上，他會擺上十集的安佐花園當成孩子們的結婚大禮。
為了圓他的夢想，老媽真的得一直寫、一直寫、一直寫下去
了……

Yoyo 離學測剩 35 天而已，
對他，從兩三個月前的擔憂到現在其實變得沒太大感覺家有大考生。
他大約能考出什麼樣的成績，我不止沒底也不想做任何期望。
瞧！我又要開始了，一次考試，考的好不好，不能代表什麼，沒關係沒關係啦……

老爹爹趁幾次和猷獨處的機會，跟猷分析了他的個性適合念什麼，適合做什麼，
以自己在職場近二十五年的經驗，分享了選讀科系在就業市場的未來發展。
這一點，爸爸媽媽的意見是相左的。
只有兩年工作經驗的老媽在老爸眼裏是不食人間煙火、不懂現實世界的仙女，
仙女跟兒子說：「選你有興趣的念，將來做你喜歡、做你覺得做了會開心的工作就

對了……」

仙女跟老公說：「不要給意見，讓兒子自己決定。老話一句：就算選錯了，這輩子也不會這樣就完了。」

老爹爹說：「我的觀察他的邏輯性強、個性夠理性冷靜，就是適合做這個啦……」

上了高中的獻，變得太酷太冷，很多的時候總覺得好難讓他熱起來。

升上高三後，常常拿不準他今天到底會不會回家吃飯。

昨天準備晚餐前，叮的一聲簡訊聲響－看了一眼，就這麼簡單四個字：「今天外面」

我說你，手機訊息叫做簡訊沒錯，但你會不會太簡了一點啊？

發簡訊是有字數限制也沒錯，但還不到論字計費，不用這麼精簡 OK？

問我對明年的他有什麼期望？我還真希望他能有多一點熱情，多一些溫度，還有～再多更多的笑容！

暑假後的 NU，明顯長高了。

雖然和哥哥還差了 10 公分，但也足足高過媽媽一個頭的高度了。

對兩個已經長大的兒子，一直有一種明明很熟悉卻又帶點陌生感，那種充滿矛盾的衝突。

從小把屎把尿、抱在懷裡這麼一手搖大的，那雙手從小小就這麼牽啊牽大的，

從牽著他搖搖晃晃的學走路、教他說話、帶他看書認字、他的一言一行都是我最熟悉的才是，

可大了以後，看他們的背影、聽他們說話思考的邏輯，

這完全獨立個體的大男孩，有時又讓我覺得有種莫名的陌生。

這感覺在這三年的獻身上尤其明顯，

而 NU 還在長大和沒長大的過渡地帶，

身體長大了，心裡有時卻還是像小孩般的稚氣，

一天洗完澡突然問一句：「媽媽，陰毛的用途是什麼？應該沒用吧？能不能剪了它？」

「剪？幹嘛剪？沒事剪幹嘛？？」

「因為會夾到啊⋯⋯」

看著他，一下子突然語塞吐不出一個字回他。

心想，這不是古早那個年代了，沒什麼話題是不能聊的，

好啊，大方跟你聊：「呃⋯⋯好問題，我也不知道，等一下問你爸爸好了。」

老爹爹一回家，速速轉達 NU 的問題，老爹爹不假思索的答：

「要剪？可以啊，明天帶你去剪！」

「啊？去哪剪？我自己剪就好了⋯⋯」

沒營養的對話，聽的在一旁的猷受不了的喊：「吼～～～」

哥哥班上聖誕玩著交換禮物的遊戲，

有個同學抽到這個星星魔杖、皇冠髮箍的公主玩具，

知道他有個小小妹妹，就把禮物送給猷帶回來給小妹妹。

聖誕節的妹，沒有一個會幫她準備禮物的聖誕老媽媽，

但今天，有一個聖誕哥哥，幫她帶回來了公主人生中的第一個聖誕禮物，

帶起小皇冠、拿著小魔仗，她興奮的到飛奔到 NU 身上，緊緊的抱住她的 NU 哥哥

不放了！

小小的耶誕禮物，原來有這麼大的歡樂魔力，

決定了，明年起，我也要開始當個給孩子圓夢的聖誕老婆婆！

他，是「三明治世代」的標準寫照，上有老母親得奉養，下有子女需養育。

工作的重擔、家庭的責任和母親不甚樂觀的病情，這半年的他，蠟燭已不僅僅只是兩頭燒。
婆婆這四個月來住院了四次，每一回都在極度不樂觀的狀況下，幸運的關關熬過，
只不過每住院一回，狀況卻如溜滑梯般的急速變差。
現在的她，不能走、沒法自己坐、幾乎不大能吃也不大能喝，
每一天似乎總在面臨不同的煎熬……

久違了吉他，看他拿出吉他，心裡一陣雀躍，有多久沒聽過吉他的幸福旋律了呢？
再看他把老母親推到客廳，看到這畫面的當下，腦海裡只閃過「綵衣娛親」四個字，
不止娛母還得娛女，鏡頭下的畫面總覺得帶了股淡淡的憂傷。

獨子的他，是母親病後的唯一重心。
狀況還好時，每天五點晚餐前，她就叨念著「天都黑了，安佐怎還不回家？」
開飯了，嘴上自言自語的依舊是「怎麼爸爸還沒回來就要吃了？」
就寢前，還是不放棄的再問孫子「爸爸還沒回來嗎？」
狀況不好後，有時人、時、地整個大錯亂的答非所問。
但說到這個兒子，眼睛會發亮的說：安佐多乖又多乖，從小就聰明，教他的事情一次就會……
說兒子考到台北去唸書還沒回來……

以前，我以她為借鏡，不希望自己老了後，像她一樣每天只巴望著兒子回家，只把自己的生活重心放在兒子身上。
我覺得，這樣的晚年生活太悶太狹窄。我更覺得，這樣的方式會給孩子帶來太大無形的壓力。
這半年看她，一點一點的失去生活能力，一步一步的邁向生命終點，
心裡的感受……五味雜陳……

在 44 歲的這一年，我開始想著離我尚有段距離的老年生活，

更有甚者，我開始想著何謂善終？

我開始想著，人生如何謝幕，是對自己，也對健康的親人會是最好的安排？？

又隔了兩個月沒能回去小木屋看看，

婆婆的狀況似乎就像獨走在鋼索上的不穩定。

四天的元旦假期，他守在一旁，等著媽媽起床，

試著餵她一口橘子、餵她一口食物……

看著畫面，我想，她上輩子毫無疑問一定做了許多的善事，

這輩子有這麼一個讓她一輩子驕傲、照顧她、孝順她到終老的兒子，是多麼的幸福

有福報。

若說身教重於言教，孩子們，媽媽老後，也能和阿婆一樣有這般幸福的讓人暖心的

福氣嗎？

婆媳十九年的緣分，雖然一直以來和她不甚親近，

但這幾個月，病痛的折騰，其實看的心裡頗難受。

新的一年，沒能有太雀躍的心情，今年的新希望送給我的婆婆，

祝福她～好吃、好睡、一切好過……

還有，辛苦了，我親愛的你～～～

娃娃日記：《兩歲一個月》
搖頭晃腦引吭高歌的娃兒

寒流一波接一波，冷颼颼的天，把我的洋娃娃穿的一身毛茸茸暖呼呼的。

阿嬤一看，大笑著說她簡直是卡通那個笑笑羊的翻版，
找來笑笑羊的圖，嘿～還真像！可愛捏～～

最近的她，很有表演慾，喜歡拿積木充當麥克風，喜歡隨著音樂舞動身體。
搖頭晃腦的唱個不停，唱什麼呢？老媽是有聽沒有懂，
錄下來 line 給老爹爹，老爸一看，火速回了：「後繼有人，妳來作詞。」

這，讓我想到了我的老爸……
忘了在幾歲的時候，有天拿了玩具排笛吹了首小星星，
爸爸一聽到，他說，我的音感真好，拍子吹的真準，
於是，馬上跑出門買了隻口琴送我。
當然，這要吹吸吹吸技巧的口琴，憑著一首小星星的功力
怎可能吹出什麼玩意兒？
而且，僅僅因為這一首小星星，他不光買了口琴給我，後來還買了台電子鋼琴，
更送我去上了鋼琴課。
在那個年代，家裡經濟狀況並不富裕，
買電子琴、上鋼琴課，是除了我，弟弟妹妹們都未曾享有過的待遇。
現在回想起來，從小四個兄弟姐妹中，他真的是最疼我的。
但，他真是傻爸爸，一首小星星就把女兒當成音樂天才的砸大錢栽培。
寫到這，突然又想到結婚的第一年過年回娘家，

用餐中閒聊，他突然對女婿說：我這個女兒是很懂得理財的……

這下，連我自己都心虛的臉上三條線了……

還真想舉手自己招了，我是上過會計、經濟沒錯，

可即使上過幾年，那些數字實在是我不喜歡它，它也不喜歡我，彼此都很不熟捏！

不熟到即使結婚十九年，到現在還是沒辦法回答那個老公，咱們家一個月花了多少？錢用到哪兒去了？

胡亂高歌一曲，老爹爹就能興奮的覺得自己後繼有人，

覺得女兒有得自他會創作歌曲的天份，

想 po 唱歌跳舞的影片跟人家分享。

我說你哦，就說你像我老爸，還不承認？

人家是情人眼裏出西施，你女兒在你眼裡，不光是西施，還是天才西施吧！

超愛模仿的一個階段，但很欠打的是，最近的模仿對象是阿婆！

婆婆生病臥床，白天常常唉著：這裡痛，那裡痛，受不了了……怎麼辦？？

偶爾人時地搞不清，老吵著要回家，問她要回哪？怎麼答都是回北埔。

一天餵妹妹稀飯，一點點米粒湯汁滴在她手上，

她舉起手就說：「受不了了……怎麼辦？？」

拿起衛生紙一抹，沒好氣的對她說：「擦掉就好了，什麼怎麼辦？一點也不燙，哪來什麼受不了？？」

偶爾自己演戲，拿著包包走到門口，對著媽媽說：妹妹要出去囉！

問她要去哪？她的答案也永遠跟阿婆一樣：回北埔啊！

更欠打的，會學阿婆叫外勞的口氣，有氣無力的叫著：Ima～Ima～

老是聽得 Ima 笑叉了氣。

很期待週末爸爸騎腳踏車載她到處溜達玩耍，

每次開車載她出門，看到路邊任何一個溜滑梯遊樂場就開心的說：爸爸帶妹妹溜滑梯，啾～

父女倆騎累玩累了，總會找家便利商店坐著約會聊天、喝養樂多，
偶爾帶她去便利商店，她就會一箭步跑去找養樂多。
她會問：「妹妹一個養樂多嗎？」媽媽答：「好。」
拿了一罐，她一定再拿一個問：「一個給爸爸嗎？」
看來，溜滑梯、腳踏車、養樂多是她和老爹爹的專屬話題。

至於對 NU，騎馬應該 NU 的代名詞，
長大了一點點，開始會動腦筋了，
對於哥哥這匹不是太好駕馭、老是故意搖晃、讓她顛簸難騎的御用馬匹，
這回她想到了好方法！
只見她小跑步搬了個小凳子，往哥哥背上一擺，
小心的左右搖搖確認穩固後，臉上露出得意的笑容，
坐到馬鞍上，這匹馬好騎多了，再也不怕被哥哥搖的東倒西歪了！

一旁看著她的舉動，心裡不禁驚呼：佩服！！看來這兄妹倆相似度像的嚇人，
將來這個小腦袋瓜，鬼靈精怪、鬼點子多的程度肯定不輸她的 NU 哥哥！

二歲一個月，我的小妹妹依舊是個笑容滿面的笑笑羊。

一月生活日記

學測進入倒數，猷每天早出晚歸不見人影。
婆婆五個月來第五度住院，老公和猷一樣早早出門、晚晚回家，
趕在八點上班前先到醫院看媽媽，下班後再直奔醫院陪媽媽。
原本坐的滿滿的餐桌，一下子變得好冷清。

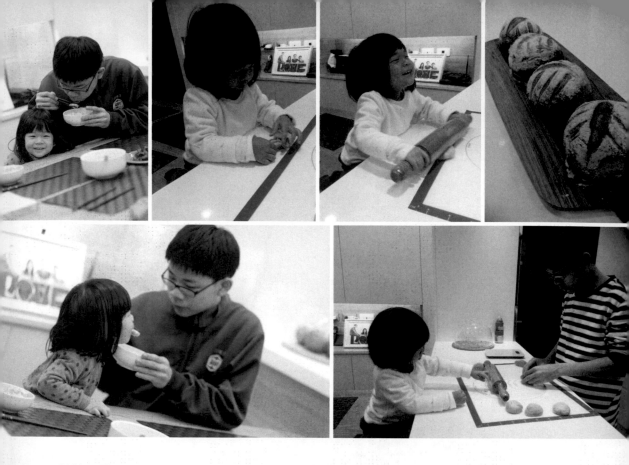

妹妹挨著 NU，一下要吃這，一下要吃那的指揮不停，
我倒樂得在一旁輕鬆，看著 NU 邊吹邊餵，他真的是值得豎起大拇指的好哥哥。
這青春叛逆的年紀，對這一個常常番的不像話的妹妹，他的好脾氣和耐心確實好的
沒話說！

耳濡目染下，妹妹看到麵團時會眼睛發亮的迅速爬上餐桌就副手位置，
跟著哥哥又是揉麵又是擀麵的忙的煞有其事。
小小年紀就有這種氛圍的薰陶，慢慢長大後，兄妹倆要是這樣聯手做烘焙，
我的身材一定被他們養的圓滾滾的幸福肥。

最近，NU 一直盯著媽媽的小腹看，
他已經試探性的問了 N 次：「媽媽，妳肚子怎麼看起來好像變大了……」
「就變胖了啊。」

「可感覺看起來不像是胖的那種，還是……妳懷孕了？？」

一旁的老公老是不正經的瞎附和：「對啊，真的變大了，老婆，要不要我們等一下就去買驗孕棒？」

沒好氣的瞪他一眼。

真是可惡的父子二人組，撐過三回的肚皮，功勞苦勞都有，放肆一下讓它出來透透氣不行喔？？

除了這唱雙簧的父子，事實上，連童言童語的妹妹，都數次摸著我的肚子說：「好多肉肉哦……」

孩子的話永遠最真，只不過聽到這麼真的形容，心會下雨耶……

NU 絕對是妹妹的烘焙啓蒙者，

好喜歡看她跪坐在餐桌上，一會兒跟哥哥搶麵團，一會兒跟哥哥搶擀麵棍，

模仿著哥哥的每一個動作，瞎忙的好起勁。

NU 的牛奶法國麵包，樣子看起來就很專業，

撕了一口試吃，那外酥內軟的口感，讓被他懷疑有孕，耿耿於懷的媽再度棄械投降。

管他的，肥就肥，肥死我吧，晚上十點半，一連啃了兩個麵包配咖啡，

NU 的麵包，絕對是媽媽這輩子最無法抗拒的幸福味兒！

廚房的黑板牆上終於有了新的面貌，

咱們家老公寫了一手好字，每個到訪的朋友無不對黑板上的字體讚不絕口，

喜歡他這回摘錄自《醉古堂劍掃》的文字：

吾齋之中	不尚虛禮	凡入此齋	均為知己
隨分款留	忘形笑語	不言是非	不侈榮利
閒談古今	靜玩山水	清茶好酒	以適幽趣
臭味之交	如斯而已		

很淺白的文字，句句正勾勒出我們的生活態度和待客之道。

這兩三年來，我們的生活更簡單了，

住的簡單、穿得簡單、吃的更簡單。

忘了從哪兒看到一句話：生活簡單就迷人，人心簡單就幸福，但，學會簡單就是不簡單。

最近，我愛泡杯咖啡，倚著中島，欣賞著他俊秀的字體，

這面黑板牆，隨著心情書寫出的字句，永遠是這個家最美的風景。

1/26，學測倒數五天。

這回，我想代猷謝謝寶賢媽媽。

謝謝寶賢媽媽不藏私的幫猷印來好多珍貴的整理筆記，

謝謝寶賢媽媽這三年給猷好多好多的關心和小叮嚀。

只想說：謝謝妳所有的美好！

更想說：認識妳～真好！！！

寶賢媽媽，真的謝謝啦～

2015 學測前夕

真快,猷要考大學了。

他的考場在五樓,喘吁吁的陪他爬上五樓看位置。

跟在他後頭,一個階梯一個階梯的爬,

爬這樓梯就想到在紐西蘭醫院待產準備生猷的場景。

產程延滯,醫生要我一趟一趟反覆的爬樓梯,

爬沒幾步,陣痛來了,趴在扶手上忍一會兒。

陣痛過了,擦擦汗水淚水,繼續一步一步往上爬。

今兒個跟在他後頭,頗有感觸的跟一旁的老公說:「怎麼這麼快?我們兒子要上大學了耶……天啊,好像還在醫院爬樓梯準備生他而已,怎麼這麼快?」

考前兩三個星期，阿嬤沒幾天就問一次：「啊……帶去拜拜了沒？」

直到考前一週，阿嬤對這個辦事不力的女兒下了最後通牒說：「明天沒事就明天一起去文昌宮好了。」

最關心、最把這三個孩子的事放在心裏惦記著的就是阿嬤！

不管是猷的考試，還是 NU 的大小比賽，她不止把日期記在心上，連比賽時間她都不會忘記。所以，每回結束回到家，她的關心電話一定馬上就響。

猷，這是阿嬤的心意，希望有拜有保佑，希望你考試順利。

記得，要打個電話跟阿嬤說聲謝謝唷～

很晚了，探頭看了下你，睡得好沈好沈。

猷，媽媽知道這準備的過程真的好累好辛苦。

明天就要上考場了，

這回，除了「加油！」，媽媽更想跟你說：

「兒子，辛苦了，不管成績如何，盡力就好！」

猷，沈著應試，祝你順利～～～

臭妹，哥哥很累了，放過這個明天要大考的馬兒吧 ?!

親愛的，歡迎回家！

好多事糾集在一起的一個月，日子看似風平浪靜，卻覺暗潮洶湧，大事一件接一件的一個月。

婆婆的狀況不佳，自去年九月至今，每個月進出醫院，住院天數一次比一次長。
即使台北新竹距離並不遙遠，她的體力早已不堪負荷這樣的舟車勞頓。
因此，這是結婚十九個年頭來，第一次留在台北過年。
省去了大陣仗一大家子的衣物打包，感覺輕鬆了不少。

尤其，從結婚後，第一次離娘家這麼近過年，
除夕夜，差點就想飛奔回家，像結婚前一樣，和他們一起徹夜玩玩撿紅點。
結婚 19 年，依舊覺得，有爸爸媽媽在的家，對出嫁女兒而言，永遠是個最美的依戀！

儘管，沒辦法一家老小都回北埔過年，
但過年的祭祖，觀念傳統的老爸還是帶著猷和 NU 一早趕了回去。
三節祭祖從未缺席的兄弟倆～
關於慎終追遠這件事，老爹爹做了最好的身教。

除夕前一天，為照顧隨時會有狀況的婆婆，老公離開了待了二十四年的工作崗位。

記得他發 line 告訴我已和公司談妥的那一天，
我回了他很簡短的一句：「親愛的老公，歡迎回家！」

留職停薪一年，也許有著充滿未知變化的可能，也許好？也許不好。
唯一可以肯定的是，將來，他不會對照顧媽媽、陪伴媽媽這件事留下任何遺憾。

很多人也許對他的決定都有個最大疑問，那就是：「不是有外勞嗎？」
在他的觀念裡，Ima幫他分擔了媽媽平時的照護，但Ima分擔不了一個兒子的責任。
婆婆黏他，我總開玩笑說，我老公是婆婆的仙丹妙藥。
她看到他病痛就少了一半，飯也能多吃半碗。
當然，他可以繼續上班，把照顧的責任都交給Ima，
但他的決定是毅然決然的離開，把全部的時間留給身體越來越差的媽媽。

今天，看到KC分享了一篇侯文詠的文章，其中的一段文字，著實觸動我的心：

> 選擇，從來不是件容易的事，人在最困難的時候做的選擇，決定了這個人是什麼樣的人。
>
> 也就是說，平常在喝咖啡、在聊天、舒服的躺在床上時，都不會決定你是怎樣的人。當好不容易你的人生混了這麼久了，終於達到一個關鍵時刻，壓力很大、非常兩難，這個時候，做了什麼決定就會證明你是一個什麼樣的一個人。

錯綜複雜的原因，讓他做了這個決定，他是什麼樣的一個人呢？
毫無疑問的，他的愛家戀家，他對家庭的責任感，是我的驕傲！
而他身上的擔子，卻是我最大的心疼。

今年，以虛歲看，他也邁入了知天命之年。
人生前半段，他忙著前途和錢途，付出了所有的時間和心力，
追求到了財富和職位，卻犧牲了對父母兒女的陪伴。
人，總是這樣，錢再賺永遠覺得不夠，位階再高也總是一山還有一山高，
但人終其一生的價值，應該不止於此。

我很開心，他到了中年這個階段，可以暫停所有的一切。

有這個機會沈澱自己，有時間去發掘自己的多種面貌，以及更多不同的人生體驗。

重拾對生活的熱情，彈彈吉他、對妹妹唱唱歌，

開始當起兼任講師，去實踐大學上個幾堂課，一圓這輩子想當個老師的夢。

三餐陪著媽媽吃飯聊天，媽媽休息就帶著妹妹出去散步溜滑梯，

買了許多的書終於能好好的慢讀。

我們的慢活人生，終於展開！

上班的最後一天，和猷、NU 商量著爸爸回家時要給他什麼樣的 surprise？

買響炮給他驚喜？還是一人給他一個大擁抱？還是全家找個地方慶祝去？

說了半天，最後哄著妹妹睡覺，睡得他都進門了都還渾然不知。哈！

回小木屋過年和在內湖過年實在完全不一樣的感覺，

北埔的年，人潮洶湧，熱鬧滾滾的年味濃濃，

而台北的年，怎會安靜的連鞭炮聲都稀稀落落的，

和結婚前記憶中的過年都完全不一樣了呢?!

那一年，我 18 歲……

長達半年的申請和甄選程序，一直抱著超高的好奇，

究竟…2015 的八月，Yoyo 將飛往哪個國度度過他 18 歲的這一年？

打從申請的一開始，猷有個非常棒的心態，就是不設限。

雖然申請書上能填寫五個志願國家，也能填上不想前往的國家。

但他覺得，不管分派到哪個國家，到任何一個地方住一年，

都是種挑戰，都會是難得的體驗，

所以他的志願國家填的隨意，不想前往國家更是空白。

這兩個月，感覺真像樂透一個個接續著開獎。

從學測成績揭曉，開始和他一起研究厚厚一大本的簡章，

開始帶他逛逛可能的落點學校，

更開始掙扎的抉擇六個夢幻、落點和安全的校系。

他的心很不定，我的心也不安穩。

到了遞出志願表的前兩天，扶輪社交換學生的派遣國家也終於公佈了。

長達半年的好奇終於答案揭曉！

八月，Yoyo 即將背起行囊遠赴德國一年。

在他十八歲的這一年，他將獨自遠行，單槍匹馬面對一個未知的世界。

親愛的猷，對於這個難能可貴的機會，

爸爸媽媽希望你知道，這是一件多麼需要感恩和知足的安排！

我們並非扶輪社員，能參加這個計劃，那是來自好多對我們並不熟識的叔叔伯伯們
的幫忙。

從甄選面試的那一天你應該就發現，單單為了你一個人的面試，

推薦你的社長阿伯、下任的社長阿伯、還有爸爸的學長阿伯、

甚至要當預備接待家庭的大舅舅，一個都不能缺席的，都要花半天的時間陪著你出
席面試。

這些伯伯們，甚至推薦你的景福社都承擔著擔保的責任。

爸爸常說，這申請過程中感受到的點點滴滴，唯有以「感恩」二字能形容。

德國，是你的第一志願國家，

也是好多申請同學心目中競爭激烈、令人羨慕的第一志願國家，

對這個美麗雀躍的開始，爸爸媽媽希望你記得的，

就是對這即將展開的奇妙旅程，心存感激，期許自己當個最有自信、最帥氣的親善

大使！

若干年後，當你回想這一年，

相信你會開心的和人家說：十八歲那一年，我在德國……

媽媽，將滿心期待你未來這一年的精彩故事！

瞧猷穿上社長阿伯做的西裝、帶上領結的模樣，

那深深的酒窩，自信的笑容，

吾家有兒初長成的感動，原來就是這種奇妙的感覺。

一旁的彥潔即將前往丹麥，大方活潑、臉上總是掛著甜甜笑容的她，

相信一定備受接待家庭的疼愛，

慧如阿姨也期待妳的丹麥日記唷～

娃娃日記：《兩歲三個月》
Terrible Two

過兩歲的妹妹，毫無疑問的進入貓狗看了都嫌的 Terrible Two。

充滿好奇心、創意無限、什麼都想模仿、什麼都傻傻的蝦米都不怕，
什麼都要「我自己來……」，「我自己吃……」然後搞的一團亂後又自己生氣的大
聲尖叫，叫她往左偏偏要往右，開始怎麼叫都叫不來，
總之，是個常常惹得媽媽氣到吹鬍子瞪眼睛，也常常做些滑稽動作，讓全家笑到噴
飯的娃娃。

看到媽媽的大肚照，拿了小兔子就硬要塞進衣服裡，因為～「妹妹也要生 baby」
塞的肚子圓滾滾的，走到椅子旁，肚子太大卡著過不去，馬上手伸進衣服裡用力要
扯出小兔子，開始氣的大叫「妹妹不要生 baby 啦！」
看媽媽穿內衣，她也不甘示弱，拿了奶瓶蓋就往衣服裡塞。
這殺－很－大的身材，看的爸爸哥哥們頻頻揮汗，
哪學的？肯定不是學我，這凹凸有致的身材是我輩子，不管怎麼擠怎麼喬也永遠擠
不出的渴望。
「天使的臉孔，魔鬼般的身材」，噢！原來是這樣的迷人～

這會兒，學起老爸照相的姿勢了，
老爹爹相機拿著站在前頭照，她拿起哥哥的飲料，腳也學著老爸張的開開的，
什麼不學，盡學些有的沒的……

前陣子，常常聽到她無聊念著「還錢找北信」，一直聽不懂她在念什麼，

怎麼問她，她就是重複「還錢找北信」，

過了幾天，還是猜不出到底這啥意思了，問她：「妹妹在哪裏聽到的？」

「車上。」

啊～～～突然恍然大悟了，廣播有個借錢的廣告就是「還錢找北信……」

媽媽真是敗給妳了！廣播節目裡天南地北的說，妳什麼不學，偏偏挑這句學幹嘛呀？

哥哥學測前，曾經帶著她到文昌廟拜拜，

估計這虔誠的跪拜，又是來自她敏銳觀察力的模仿，

帶她到寶藏巖，看到這個凳子，一個箭步就跑向前跪下，虔誠的雙手合十，

瞧她像不像在說：菩薩啊，菩薩，請保佑我哥哥申請到他想念的大學喔……

翻著相簿，看到哥哥環島時的照片，

翻著翻著，像突然想到什麼大事般的，急急忙忙跑進房間，見她找出了她的墨鏡，

接著跑到門口打開櫃子，拿了爸爸的安全帽和手套，再搬來她的穿鞋小凳子。

一陣手忙腳亂後，看她把自己弄成什麼模樣了？

瞧～～～

跨坐在凳子上，兩隻腳踩啊踏的，她說：妹妹跟哥哥一樣！

踩了幾下，開心的跑去猷房間，熱情的叫來哥哥，

她把屁股往前挪了挪，空出了點位置要哥哥坐後面，

滑稽的模樣，逗得哥哥笑的直搖頭，服了這個耍寶的妹妹。

看爸爸又拿著相機猛對著她拍，顧不得騎車，隨手拿了玩具又模仿起爸爸了……

兩歲三個月的妹，什麼都學，什麼都不奇怪的搞怪年紀，
家裡有她，老爹爹第一個月的半退休生活，很平凡卻不平淡的無與倫比！

爭寵

休息在家的老公，每天周旋在三個女人之間。

媽媽黏他，碰到他出門教書的那一晚，她就顯得焦躁，晚餐也會鬧脾氣不吃飯了。
整個晚上問不停「兒子回來沒？為甚麼這麼久還沒回來？」
偶爾晚上就要看護叫醒兒子，說她不舒服。
一次說她這兒疼那兒疼把兒子叫醒，一顆止痛藥剛吞入口問她還疼不疼，
藥還沒進胃呢，看著兒子就說不疼了。
我心裡明白，她的疼是心裡面要兒子疼、要和兒子索愛的疼。

而妹妹，愛撒嬌，講話可愛的讓老爸招架不住，

看不得爸爸媽媽坐在一起，更別提躺在一塊兒了。

半夜發現自己被搬到最邊邊，又滾又擠也硬要塞進爸爸媽媽中間。

一天坐在老公旁看他整理相片，她推啊擠的就是要擠到中間，

索性站起來把那小的不行的位置讓給她，坐到老公的另一邊。

她一看，溜下椅子跑到這邊來，硬是推開媽媽又擠在中間。

正專心看相片的我，懶得和小人一般見識，才站起來準備再坐到另一邊，

她居然大聲的叫：「媽媽妳坐下，不可以起來！」

瞪大眼睛問她：「為什麼不行？我要坐在爸爸旁邊看照片。」說完故意馬上走到另一邊坐下。

誰知，她真的又立即過來把媽媽擠開了！

被她擠得只得站起身的我，故意對她說：「妳幹嘛啊？我要坐我老公旁邊，這我老公咧。」

「是我老公！」她眼睛睜大大更大聲的回我……

這……簡直造反了，公然和老媽搶老公了。

一旁的老爹爹，露出得意的笑容，置身事外的看著戰火一觸即發。

至於我呢？一直以來他主外、我主內，分工明確的我們，

在他回家的一開始，其實非常有感的經過了短暫的磨合期。

突然覺得他入侵我的領域範圍，開始覺得他打亂了我這麼多年來打理家務的步調。

於是，開始會叨念他，開始對他不太溫柔……

一天，整天周旋在三個女人之間的他頗有感觸的說，

突然有種感覺，媽媽應該是他上輩子的女兒，

而妹妹應該是他上輩子的老婆，

語畢，看著我停頓了一會兒，

聰慧如我，自動幫他接了下一句：「我懂我懂，上輩子我是你老媽！」

每天念念念的，是啦，我像你媽。

先前，牽了兩次新娘，拿了兩個好命婆紅包。
但在婆婆和妹妹面前，我甘拜下風讓出好命婆的封號。
比好命，婆婆和妹妹絕對是不容置疑的好命！
每次看著老公對媽媽的噓寒問暖、呵護照顧，
甚至這回毅然決然的放掉工作，回家全心照顧媽媽，
我就心裡很有感的想，孩子何需生多？何需兒孫滿堂？
只要有一個像這樣的兒子或女兒，一輩子還有何不滿足的？
誰最好命？我婆婆最好命！

至於妹妹呢？除了在一歲初頭時，老爸接下了一個挑戰性很高的新職務。
在那段時間，原先無奈的覺得三兄妹的 baby 階段，
怎會都碰上爸爸工作忙的老是早出晚歸的時候呢？
可妹妹的機運就是和兩個哥哥不同，阿嬤都說兩個哥哥生的早不如妹妹來的巧，
她來的時間點，就是好的一家從老到小都滿心期待她，都把她捧在手心上疼。
好的她就有這個運氣碰到爸爸停下工作，回家照顧阿婆也全心陪她的日子。
婆婆沒特別狀況時，白天就帶著妹妹到處散散步，
帶她坐在路邊採野花、帶她溜滑梯、玩玩公園裡的遊戲設施，帶她這兒看看那兒瞧瞧。

從她出生到現在，那個原本洗澡餵奶什麼都不會的老爸，那個對小孩要求嚴謹的老爸，
從她出生的一開始，就什麼都不一樣了，
洗澡、洗屁股、餵奶、哄睡搶著來，
對妹妹好脾氣沒原則到猷常常看不下去的跳出來管教妹妹。
誰好命呢？妹妹和阿婆在伯仲之間。
我這個上輩子的老媽自動投降認輸咧～

我沒膽

這兩個月,密集的感覺不是太舒服,
胃悶悶的、飯後老有噁心感。
看看年幼的妹妹,望望那個堪稱生活白癡的老公,

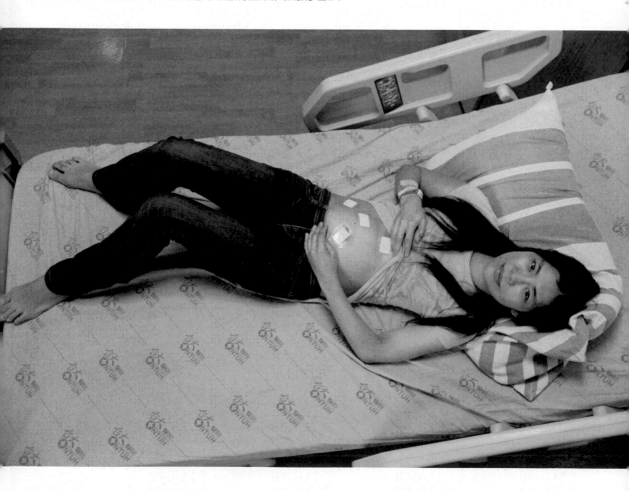

想了想，我可是這兩人的依靠，我可不能出任何狀況，

對他們而言，我還超級無敵重要的哩！

速速安排健康檢查，這才發現，我的膽結石成長曲線比妹妹的生長曲線來的漂亮。

胃的悶痛感和飯後的噁心感，原來都是它在作怪。

膽囊壁增厚，膽囊炎已經出現症狀。醫生說，這小石頭像顆不定時炸彈，就拿掉吧！

超有耐心的醫生在紙上詳細的畫了腹部器官圖，再畫了四個小小洞細心的解說開刀

的方式。

看著紙上四個小不隆冬的小洞，聽了只需住院兩天的說明，我說：「還好，小手術

而已！」

我一向不是嬌滴滴的個性，一向能吃苦忍痛。

三次剖腹產的隔天，甚至當天就能下床行動自如，開刀的傷口都是忍一下就過去的

痛。

15 公分的傷口都不是不能忍的痛了，

對這四個小洞洞的刀，打從心裡藐視它，當它是渡個三天不用顧妹妹的假期。

預定了豪華單人房，約了老妹請了兩天假，兩人真當趁機遠離各自的三個小孩，到

台大病房吃吃喝喝過兩天了。

這度假的錯覺，在恢復室還感覺昏昏沉沉、眼皮都還沉重的睜不開時，我就知道我

錯了。

醫生真的沒騙我，還真是呼吸都會痛的小刀。

一整天，甚至到隔天的清晨，我還在努力的找出能靠自己從床上爬起來或躺下去最

不痛的姿勢……

無力的躺在病床上，撩起衣服，看著肚子上的紗布，

突然間，像發現新大陸似跟老妹說：「你看你看，我肚子變好光滑耶！」

本來鬆垮垮的肚皮一下子變得緊緻又光滑。

老妹說：「你是有加錢給醫生順便拉皮喔？」

哈，心想，雖然傷口出乎預期的痛，但有這個附加收穫，痛一下好像也還不賴咧！

出院後的兩天，我像個八十歲的傴僂老太婆，捧著肚子、彎著腰，
徹底敗給被我藐視的四個小傷口。
攤在椅子上，google 著術後碰到的狀況，
這才赫然發現，原來在膽囊切除手術時，會在腹腔灌入二氧化碳，讓腹腔漲大方便手術進行。
那所以，我的光滑肚皮搞半天可能是裡面還有氣體喔?!
美夢破滅的同時，撩起衣服，我的肚皮似乎也聽見了事實，
剎那間，它無力的鬆軟。
開刀後的第四天，我的肚子又變沙皮狗了。
值得開心的是，開刀後的第四天，疼痛感消失了一大半，起碼走路的樣子不再那麼滑稽。

四十幾歲了，開個自己覺得沒什麼的小刀，
老媽開刀當天七點不到就到醫院，跟著到開刀房外等待。
老爸當晚也到醫院關心，包給我一個超大紅包。
年紀再大，再小的刀，看在他們眼裏，依舊讓他們擔心。
出院的隔天，老媽又不放心的從汐止騎著摩托車來家裡，
天下父母心，第五次的開刀，讓他們擔心掛念了第五回。
身體髮膚，受之父母。突然覺得，真不孝咧～～

除了爸媽，辛苦了我親愛的他。
婆婆已經又住院了兩個多星期，婆婆在三總，我在台大。
他得同時顧到在台大開刀的老婆、在三總狀況不樂觀的媽媽，還有沒人可幫忙照顧的妹妹。
開刀的當天，他一大清早就帶著妹妹趕到台大，
一直到晚上八點多把我托給老妹照顧後，帶著妹妹回家。

幫她洗好澡、哄她睡後，急急忙忙再跑到三總看媽媽，

當他 line 給我說到家時，已經午夜時分。

老婆出了院，他更兩頭忙⋯⋯

每天早上帶著妹妹一起去醫院，中午趕回家買我的午餐，

下午帶著妹妹再去醫院，晚上又趕回來張羅我的晚餐。

沒能分擔他肩上的擔子也罷了，偏偏在婆婆狀況不甚樂觀的這一回，給他更多的沈重。

這一個月的他，白頭髮似乎又多了更多⋯⋯

開刀後第四天，我的身體開始進入沒膽的調適期，

中午吃了點感覺也沒多油的炒飯馬上就開始有反應。

妹妹出生兩年多，看來現在才要開始進入產後瘦身期。

往好處想，沒了膽，以後再也沒啥事能讓我嚇破膽，

往壞處想，沒了膽，這下做什麼事都沒膽。

我的小小膽囊，拜拜囉～～～

學測過後

打從二月一號、二號學測過後，

和老公有著相同的感覺，這兩個多月的日子，
似乎一方面覺得過的像踩在雲端上，虛無縹緲的不踏實，
等待著一個接一個充滿不確定性和讓我們心跳加快的答案揭曉。
另一方面卻又像不斷的處於見一個問題就學著了解、解決另一個問題的充實。

考後兩天，坐在客廳躺椅故作鎮定的滑著 ipad，猷在房間對著答案。
他每「啊～」一聲，老媽的心就跟著跳一下。

待他對完了一科，忍不住跟他說：「猷，商量一下，別再「啊～」了，你老媽心臟不太好咧！」

知道了每科大約的分數，開始了解分數和級分是怎麼對應過來的。

於是才知道，他幾科的分數是落在頗尷尬的兩級中間，依照前一年，他會往上一級，對照另一年，就變往下一級。

於是乎，總級分的估算就出現了上下幅度的落差。

他的分數究竟會落在 65 ？ 66 ？還是 67 ？？

2/25 是第一個讓我們心跳加快的日子。

若是 66 或 67，那麼老爸發下若是台成清交就要辦桌請客的豪語，就有機會兌現了。

若是 65，那麼，中央、中正、中興也許就是將來四年 yoyo 的落腳處。

2/25，簡訊聲響的一剎那，老爹爹像觸電般的拿起手機，

哈～真不巧，不確定的通通落在往下一級分。Yoyo 的總級分揭曉：65。

成績揭曉的隔一天，老爸和老媽兩個開始搞懂了什麼叫做篩選倍率，

開始看懂厚厚一本簡章裡那些密密麻麻的數字是什麼意思，

開始才發現各科分數的分配原來比總級分來的重要。

於是接下來的兩、三個禮拜，老爸和老媽每天晚上兩個人坐在餐廳的兩端，各自滑著自己的 Ipad，對照著厚厚的簡章一翻再翻。

挑出六個校系難嗎？真的很難！

不上不下、各科成績分佈又不漂亮的 65 級分，志願選擇真的不容易。

要考量 Yoyo 的興趣偏好，

考量他因為交換計劃的準備，分身乏術去準備指考，於是學測勢在必得的決定，

考量老爸和老媽不同邏輯的評估，

考量第二階段面試撞期科系的抉擇，

再考量安全、落點和夢幻科系怎麼分配。

為了挑出符合以上考量，老爸和老媽三不五時就在拌嘴，兩個人是越看越討厭。

一晚，猷說，班上一些同學都說，最近家裡氣氛不太好。

要嘛有個高理想高標準的爸配上隨便就好的媽，

要嘛一個強勢的媽配上一個無所謂的爸，

大家頗有同感的結論是：為了志願的決定，家裡氣氛真是一派不和諧。

他呢，好巧不巧也是這家裡氣氛不和諧的一員。

中等的分數，我們落入了李家同校長說的一點：分數高的，要過哪個科系都沒有問題，分數低的，大概就是選擇一些冷門學校和冷門科系也沒問題，如果分數是中等的，那麼就在賭博了。

三月中，覺得像簽樂透一樣的終於決定了六個校系。

只不過，就此開始了日有所思、夜有所夢，美夢噩夢交織不斷的夜晚。

有回，夢中驚醒，跟老公說：慘了，我夢到一個都沒中。

有回，夢到不想清醒，因為夢到六個全中。

再有一回，失落的醒來，我說：今天只有一個。

天生屬於邏輯生物的老公說：「簡單，用平均法，加起來平均就是了。」

掐指一算，Oh，No～～～這樣只有兩個耶！

一回，和學姊、琪淑聚餐，他們說要有信心，吸引力法則，相信了就會實現。

3/25，第一階段放榜前夕，line 給弟弟妹妹、弟妹們六個科系代號，

我說：「人家說吸引力法則，沒事幫獻念這六個號碼，六個我都要啦！」

3/26，簡訊聲響，又是一次失落，真被老公用平均法算準了，第一階段低於預期的只通過了兩個科系～中央地球科學和中正資工。

備審資料送出後，緊接著的筆試和面試，兩個系所各 1/3 的錄取率，第二階段又是硬仗一場。硬仗過後，究竟能上中央地科？還是中正資工？兩個都上？還是兩個都落空？4/24 前，又是一個折磨，折磨了孩子，更在謀殺我的細胞。

從學測結束、成績揭曉到最後放榜，耗時三個月的大工程，最後的結局，到底是中央地科？中正資工？還是以上皆非？答案……只能繼續煎熬等待三個星期～

難熬的三星期，現在老媽能做的，好像又回到學測前～就……拜拜求心安去吧！

2015/5/5

決定就是你了！

送出備審資料後、緊接著又是筆試又是面試的考驗，再經過折騰人的等待，
耗時近三個月，冗長又繁雜的申請過程，終於即將結束。

第二階段，我們等到了兩個校系都上榜的好消息，
只不過這兩個校系，讓猷陷入難以選擇的掙扎。
中央地科是中央大學的重點學門，地球物理的研究是全台第一，專業領域上有它獨
特之處。
而中正資工，資訊工程原是 Yoyo 的首選科系。

雖然他的想法左右搖擺不定，但我的第六感告訴我，較大的可能，會落在中央地科。

學測成績公佈的隔兩天，我們帶著他走訪幾個可能的落點學校。

第一站就是中央，沒去過中央大學的我們，車子緩緩在校園裡移動，

地科學院是我們停車照相的第一個景點，而我相信這巧合，肯定在冥冥之中已註定了答案！

從難以決定直說乾脆擲筊算了，

到今天上網送出志願序，毫不猶豫的將中央地科填在優先志願。

我不問他決定的理由，我想，猷已經長大，他已有能力為自己將來要走的路做判斷和選擇。

不管他選擇哪個，我們一定都絕對支持！

記得他剛上高中的第一天，穿上麗山的制服，我為他拍下高中生活第一天的紀念，

看著他走出家門，我心裡想著，不知三年後的猷，會帶著什麼樣的神情往哪個學校走。

三年過後，照片一對照，現在的他，更成熟穩重，穿起襯衫西裝褲，已經是個大人樣了！

過了三年，我心裡的好奇終於答案揭曉，
明年從德國回來的猷，毫無疑問的，會帶著比現在更陽光的笑容、更自信的態度，
展開他在中央地科的大學生活。

Yoyo，我的中央小帥哥，恭喜你囉～～

2015/5/14

娃娃日記：《兩歲五個月》
我很幸福，我很快樂！

跳過上個月的娃娃日記，因為妹妹兩歲四個月大時，婆婆走了，我們在北埔老家守
靈中。

一般來說，這樣年紀的阿婆，通常是重男輕女的，
偏偏，很妙的，三個孩子，她就只愛這個相處時間最短的小孫女。
一直就覺得，她很不愛親近小孩，很怕小孩吵。

猷和 NU 小的時候，一聽到兩個孩子放學進門，她會馬上關上她的房門。
印象中的她，很不愛兩個孩子吱吱喳喳的說話聲，
印象中的她，幾乎不曾主動和孩子聊上兩句話。

直到妹妹出生，第一次在她臉上，看到印象中奶奶該有的慈祥面容，
她會自得其樂的逗弄才一兩個月，對她還沒什麼太大反應的妹妹。
她會很開心獻寶樣的跟大姑說妹妹學會拜拜、學會爬了。
她看到妹妹穿新衣，也會笑咪咪的稱讚她漂亮了。
太多太多覺得該在阿婆身上看到的慈愛，妹妹出生後，我終於見到。
重男輕女，在她對這三個孩子身上，完完全全不成立。

婆婆走了，妹妹常常玩著玩著突然就說：「阿婆去天上跟佛祖在一起了。」
接著，又沒頭沒尾的喃喃地說：「要幸福喔，要快樂喔！」
沒人教過她說這樣的話，也從沒聽她說過這樣的話，
和老公對看了一眼，我們相信……也許……透過她最疼愛的小孫女，這是她對我們
最後的叮嚀吧?!

兩歲五個月的妹妹，非常非常會說話。
用了兩個非常，是因為記憶中，猷和 NU 在這樣的年紀，言語表達能力和應對反應
和妹妹現在的樣子是差之千里。
記憶中的他們，語彙能力沒這麼好，思緒反應的成熟度也差了一大截。
現在，跟妹妹對話是一件極其有趣的事情，
問她問題，眼球骨碌骨碌轉啊，好像真的在動著她的小腦袋瓜想答案。

打從生下她，我的肚皮鬆軟的就像肉鋪裡吊掛著白裡透紅的肥豬肉。
打從生下她，小腹婆立即升格為大腹婆。
尤其忍不住 NU 的麵包香，宵夜多嗑了一些麵包後，
連 NU 都已經數次迂迴婉轉的說：「媽媽，妳最近肚子怎麼好像看起來大了一點

點……」

「就變胖了一點嘛。」我毫不在意的回答他。

「可有點感覺好像不是變胖的那種大耶？」NU 含蓄的試探著。

「就是變胖啊，不然是哪種？」

「那個……有沒有可能是妳又懷孕了？？」

「不可能！你老媽已經 44 歲了，已經生不出來了，OK ？」

一天，和妹妹在車上，癱坐在後座的我，放肆的放鬆我的大肚腩。

妹妹摸著我已經不能客氣的用微凸來形容的肚子問：「媽媽，肚子裏面有 baby

嗎？」

「沒有～，沒有 baby。」

「那這是什麼？」她摸著我軟 QQ 的肚子一臉狐疑的問。

「這是媽媽的肉。」沒好氣的回答她。

「哇～好軟的肉肉喔，妹妹躺躺看。」「哇～好舒服喔……」

這…這…這…這什麼話啊？突然之間，腦子裡閃出了櫻桃小丸子臉上三條線的面孔。

簡直烏鴉頭上飛了，我說妳，什麼好舒服喔？這時候，什麼話都別說，乖乖躺著就

好了吧！

又被哥哥整了。

這是 NU 最大的本領，從小丟給他一個紙箱，他可以刀片割啊割的，三兩下就做出個東西。

簡單箱底和兩側挖個洞，套到妹妹身上，妹妹就開心的滿屋子走。

但是，才不過一下下，她就發現不好玩了，因為套著箱子的她不能坐也不能躺了耶。

妹妹哇哇大叫的結果，當然，最後 NU 又被老爸念念念了。

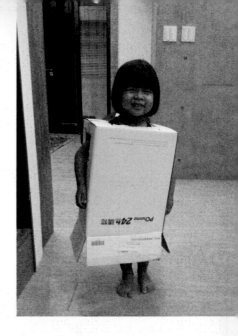

最近，看了侯文詠的一本書，其中的一篇寫到了生命的「內在價值」和「外在價值」。

看了這篇文章，我很有感。

咱家老公，是個目標感、責任感、使命感很強的人，

不管做什麼事，雖非處女座卻有對事要求完美的個性，他的自我要求極高。

婚後的他，耗盡他大部分的心力在追求工作的成就。

汲汲營營的努力，犧牲了和家人的相處時間，

經過這麼些年，確實追求到相較於其他同儕更好的財富、得到還不錯的頭銜。

業績壓力是他肩上揮不去的責任。

他有開不完的會，做不完的檢討，更有每個月天南地北的飛行。

這樣個性的他，在婆婆身體急速走下坡時，他毅然決然的放下所有的一切，回家陪伴照顧媽媽。

和他結婚十九年，我深知放掉一切，對他而言是多麼不容易的決定。

做了這樣的決定，在孩子們眼裏，他做了什麼很不得了的身教嗎？

答案是：有的！

在處理完婆婆的後事回到內湖家的第一個週末，

Yoyo 大力推薦了一部美術老師在課堂上放給大家欣賞的日本片：『我的母親手記』

這是一部描寫母子之間情感牽絆的故事，

動人無比的母子親情，是一部情感溫度很重的電影。

電影播畢，全家躺在地毯上動也不動，因為，真的被劇中動人的情感震撼到。

睡前，跟猷抱怨：「猷，阿婆剛走，你讓爸爸看這部片，你是想讓他晚上躲在棉被裡哭喔？」

Yoyo 抓抓頭頗感抱歉的說：「不好意思，只是我看這個男主角，第一個就想到爸爸……」

猷說的沒錯，爸爸對阿婆的孝順，他全看在眼裏。

婆婆過世的前一晚，他守在病床邊，搓揉著婆婆體溫慢慢變低的手腳，

帶孩子們離開醫院前，看著他，心裡其實最擔心最挂念的是他。

擔心他一個人在病榻旁看著呼吸越來越薄弱的媽媽，他會撐不下去。

凌晨，接到他的電話，趕到醫院時，看他跪在病床邊。

趕緊跪在他身旁，摟摟他的肩，拍拍他的背……這幾個月，他真的辛苦又煎熬。

陪伴婆婆走過最後的這幾個月，我相信現在的他，對生命的意義有了不同的體認。

對外在價值和內在價值孰輕孰重一定也有了不同的想法，

再回到以前那般早出晚歸的拼命三郎的生活，再多的金錢報酬都已讓我們意興闌珊。

婆婆走後，我們的半退休生活過得很隨性、很愜意。

天氣好時，帶妹妹去走走步道；

回家，抱著她說說故事聊聊天；

去吃早餐時，背著她在餐廳裡晃啊晃，

打掃時，拿條小抹布跟她蹲在玻璃的兩邊一起擦啊擦。

留停一年，我們的日子，也許還有無限的可能和變化。

但肯定的是：我們很幸福！我們也很快樂！！！

寫於妹妹兩歲五個月，又是感想很多卻雜亂不知所云的日記。

辛苦了，我親愛的你

這一個星期，我的心很浮、很煩躁……

留職停薪三個月後，老爹爹要回去上班了。
其實我，心裡有千百個不願意，
很不願意很不願意他再回到每天早出晚歸、天南地北到處飛行的生活。

忙完婆婆後事的這一個月，他肩上的擔子似乎才剛剛卸下，而我們才剛剛開始過起
優游自在，享受人生的慢活日子。
幾次公司找他，他再怎麼問我意見，我的答案自始沒有變過，就是：「不要。」
不管是什麼職務，不管是什麼樣的頭銜，更不管是多豐沃的收入，
似乎再也找不出沒有任何一個誘因，能讓我甘願的對他說：「去吧，家裡有我！」

始終覺得，人生～不同階段有不同的階段任務。
前面的二十四年，他在職場上努力過，辛苦過，打拼過。
五十歲開始的人生下半場，我多希望他放手去做他真正有熱情的事，
一直嚷嚷著要回北埔開個小茶館、要在我們的安佐花園裡駐唱，想做～那就做吧！
一直想念博士班，管他花個幾年，想念～就去念吧！
一直遺憾沒能參與猷和 NU 的成長，那就好好把握陪伴妹妹的童年吧！
五十歲後的人生，我有千百個不願意他再把任何時間和氣力花在追逐業績的數字和
存款簿上的數字了，
五十歲後的人生，該是把生命浪費在揮灑熱情、享受親情、實現夢想的時候了。

這一個星期，有點失落、有點不捨，

不捨很隨性的慢活日子就只過了短短一個月就要結束，

不捨每天一家五口可以一起共進晚餐的日子也要暫時結束。

雖然，日子只不過是回到過去十九年的常軌，

不懂為甚麼，這一回，整個心情是糾結的……

挑了些宜蘭小旅行的照片，明明要寫遊記，可對著電腦發呆了幾個晚上，卻還是寫不出關於宜蘭的任何一個字。

雖然，他在家裡，感覺像多了一個大孩子要照顧似的，我好像變得更像個陀螺，老是整天忙得團團轉了。

雖然，偶爾和朋友有約，還沒出門，黏人的他已經開始撒嬌的問：「妳幾點會回來？我會很想你耶……我等你吃飯哦……」每回出門，他總讓我心裡多了一個牽掛。

雖然，存款簿的數字開始一點一點向下遞減，樂天的我，一直覺得對於生活簡單的我們，一切都已足夠，於是永遠天不怕地不怕的說：「放心啦，餓不死的啦～～～」

只不過，我和老爹爹是兩個截然不同種的動物，我的樂天對上他的高度憂患意識，結論是，我輸了……

不管任何考量的出發點，總之我說服不了他……

Yoyo 的德國接待家庭來信了，

8/28，Yoyo 即將出發前往柏林，Braunschweig 是他未來這一年在德國落腳的城市，

朋友問：「一整年看不到，會捨不得他嗎？」

其實，時候未到，還很難想像一年見不到他，我會有多朝思暮想？

倒是兩歲多的妹妹，忘得很快的年紀，一年不見她的大哥哥，真好奇明年她再看到猷時，

會是什麼怪異的表情？？

現在的猷，正密集的學習德文，

他的第一個 Home 家，有一個十月就要離開家上大學的姐姐，還有一個八月要到美國交換的弟弟。

八月底住到轟家，只有一個多月的時間會和姐姐有短暫的相處，

再來，家裡大多數時間就只會有他一個孩子了。

這幾天，他和 Inbound、Outbound 的學生們一起到金門四天。

這回的分組，似乎刻意將即將前往德國的三個孩子和來自德國的五個學生安排在一起，

透過幾個活動，猷說，他第一次見識到德國人的高效率！

小組對表演的討論，德國學生邏輯清楚、果斷有效率的在很短時間就做好分配演練。

對德國印象的一個很好的開始，我有些期待，到德國念一年高中，住在德國的接待家庭裡，從生活中，他會更深刻體驗德國人的嚴謹、認真和效率，

期待平常老是少根筋的他，有番徹底的衝擊和改變。

而我們的第一個接待學生的資料也來了，

第一個孩子，是個很帥氣的加拿大男孩，叫做 Ryan，即將就讀 Yoyo 的學校－麗山高中。

接待的第一個孩子，他的中文名字會由我們為他命名，

取接近他英文名字的音，我們給了他「張治恩」這個名字。

延續了治猷、治尹和治甯三兄妹的輩分用字，

意義在於，珍惜這個來自遠方的緣分，我們將疼惜照顧他如自己的孩子一般。

第二個孩子來自丹麥，即將就讀成功高中，

第三個孩子來自捷克，一樣念麗山高中。

八月底Yoyo到德國後，他會忙著適應德國的高中生活、適應三個不同的接待家庭。

而我們未來的這一年，一樣要學著照顧來自三個不同國家的孩子，

對 Yoyo 和我們，都將是極度特別、新鮮又極具挑戰的一年。

這一年，不管從獸學測結束後的一關又一關的申請過程，

還是婆婆病情上的變化，到她最後的離開，

或是 Yoyo 即將前往德國前的很多準備，

加上妹妹上學的安排，

日子，似乎被一連串的變化推著前進，

很多的安排似乎都在在預期外的發展。

這一年，一向隨遇而安的我，太多超乎預期外的變化，第一次讓我覺得心這麼的
不定。

很會拌嘴的兩兄弟，大多的時候，其實感情好的不得了，

Yoyo 去金門四天，NU 說：「怎麼覺得哥哥幾天不在，家裡感覺空空的很不習
慣……」

我說：「他這次才去四天，後面還有一整年耶！不對，嚴格說來，明年回來，他接
著去住校念大學，他再來接著幾年，會住在家裡的時間應該都不會太長。」

語畢，只見一臉失落的 NU……

連著一個星期，每晚開著電腦寫不完一篇日記，

平常，我是標準的看照片寫日記，

通常，我是不經思索三兩下就寫完我的照片日記，

這回，再看一次，發現這是第一回照片和內容毫不相關的日記。

心不定、思緒雜亂……看來超級獨立的我，這次，還需要一些時間接受他回去上班
的決定。

我想，並非我依賴，而是我，真的捨不得他再回去過拼命三郎的日子了。

敬～我們的十九年

親愛的老公：

雖然最近你老是惹我生氣，但十九週年的這一天，我想暫時休兵跟你說：
「親愛的老公，祝我們十九週年快樂！」

這一年，耗盡大半心力在工作和照顧媽媽之餘，
其實我知道，你一直很努力的在照顧我的心情。

住院開刀前，媽媽也狀況不好住院中，
朋友們開玩笑說，這簡直上演著媽媽、老婆同時掉下水，不知你會救誰的人間大悲劇。
朋友們開玩笑安慰我說：妳還是自己學游泳比較實在。
玩笑歸玩笑，其實我懂，這是件多麼難熬的事。
媽媽在和生命拔河的關卡，老婆也進了開刀房，
守在開刀房外的你，可以想像，心情會是多麼的煎熬撕扯。
而在開刀房內麻醉昏睡前的我心裡，對你是滿滿的不捨。

十九年的這一年，知道你做了哪一件事情最讓我感動嗎？

媽媽過世的那一天，徹夜未眠的你，從清晨就不停歇的張羅著大大小小的事，護送媽媽回家。
在靈堂前，他們要兒子媳婦跪拜時，
你馬上擋在前頭，護著我說：「我老婆剛開完刀，她身體還沒恢復，她不能跪……」
接著轉頭對我說：「妳不用拜，妳去旁邊坐著休息。」

站在你的背後，心裡流過一陣暖流。
我知道，這輩子，不再有任何事會讓我擔心害怕，
因為，你會像一棵大樹一樣，為我遮風擋雨的保護我，
我知道，你會是我一輩子的避風港！

親愛的老公，我要謝謝你的好修養。
這麼多年來，面對脾氣和夏天的豔陽一樣火爆的我，
不管被我惹得再火，一下就調整自己情緒，一直就這麼嬉皮笑臉的跟在後頭陪笑臉的滅火。
謝謝你，這麼多年來，尤其這兩個禮拜，對還是很不開心你回去上班，老是擺張臭臉給你的我，始終如一的就是這樣沒脾氣的讓著我。

我還要謝謝你，每一回呼朋引伴的彈彈唱唱時，
毫無例外的，會再為我唱一回「月亮代表我的心」，
讓我虛榮的，在眾人羨慕的眼神中，一次又一次的重溫，那一年，你求婚時的甜蜜
和浪漫。

親愛的老公，這一年，對你而言，是個難過的一年。
媽媽走了，但別難過了……
因為，這輩子～你還有我！

親愛的老公，咱們的週年紀念日，等你下課都好晚好晚囉……
和你預約午夜，一起舉杯～敬我們的十九年！！！

辛苦了，我親愛的老公，
Happy 19th Anniversary.
I Love You, Forever and ever ～

娃娃日記：《兩歲六個月》我好性感

兩歲六個月的妹妹，穿上第一件小泳裝，

看著鏡中的自己，脫口而出：「媽媽，妹妹好性感喔～」
她的很多詞彙，常常讓我絞盡腦汁的回想，我到底啥時說過這句話，她從哪學來
的呀？
性感？這從來和老媽連不上邊的名詞，不是我！不是我教的……

今年的大腳小腳走天涯《第二回》，
賭氣的不理那個嚷嚷著不想搭飛機出國玩、又嚷嚷著台灣都沒走遍幹嘛要大老遠跑
出國玩的老爹爹了。
這回，決定和老妹帶著六個孩子嘗試翹腳放空五天的 Club Med 行程。
一向很有效率的我，早早為妹妹買好了小小泳裝。
一套粉紅色小比基尼被兩個哥哥你一句我一句的嫌棄，
YO 說：「脫掉～這能看嗎？肚子那麼大，很怪耶……」
NU 說：「很像非洲難民耶……肚子那麼大，妹妹，縮小腹，快點，縮起來！」
媽媽嘴上沒說，看了心裡的 os 也是：真像小孕婦拍泳裝寫真，那個……還真像猷
說的：
這能看嗎？？？
再換一套保守的兩截式泳裝，似懂非懂的跑去問 Yo 哥哥：「哥哥～妹妹漂亮嗎？」
聽到 YO「漂亮！」的答案，趕忙再跑去問 NU 哥哥：「哥哥～妹妹漂亮嗎？」
看到 NU 也笑笑的說漂亮，開心的穿著小泳衣滿屋子跳啊跳！
最近的她，不像前陣子相機一拿出來她就衝過來，
現在的她，會聽指揮站著、會自己找道具、會自己擺 POSE。
小女娃突然有點小女孩愛漂亮的小成熟了……

語彙能力驚人的妹妹，常讓 NU 聽完她一長串的問話後，嘴巴開開的傻傻的不知怎
麼回話。

一天，兄妹倆坐在餐桌吃餅乾，

NU 吃完了一片，伸手要拿第二片。

妹妹看著他，睜大眼睛對著他說：「哥哥，你吃太多了吧？」

傻傻的他，手伸到一半，被妹妹一說，好像覺得自己做錯事一樣，手又縮了回來。

妹妹優雅的吃完一片，大方的伸手拿第二片時，

換 NU 狐疑的看著她說：「妹妹，妳吃太多了吧？」

妹妹不假思索的答：「我只有吃一片而已啊！」

NU 不服的說：「喂～妳剛才不是說我吃太多了嗎？」

妹妹看著他，鎮定的答：「哥，你吃太快了吧？」

兩歲六個月，她冷靜的辯答能力，讓一旁的老媽，聽的嘴巴開開、傻到也不知怎麼
回話了。

自從前兩個星期，聽爸爸唱了一首大學時自己作詞作曲的「醉」，

小娃娃大概愛上它的曲調，想到就要媽媽唱爸爸的歌。

只不過現在唱歌給她聽很累，因為每一句的歌詞她都有問題……

「我剛從風裡回來……」「從什麼風裡？」「新竹的風啦」「喔～」

「一片霧中……」「哪裡有霧？」「新竹」「喔～」

「是迷濛，是故事……」「是什麼故事？」「爸爸的故事」

「爸爸什麼故事？」「就離開家的故事」

「離開家去哪裡？」「到台北唸書」

「到台北唸書幹嘛？」「唸書就是唸書沒幹嘛」

「我剛從家鄉走來……」「家鄉在哪裡？」「在新竹」「喔～」

「一片白雲……」「白雲在哪裡？」「在天上」「喔～」

「是回憶，還是期待…」「臍帶在哪裡？妹妹有臍帶耶！妹妹臍帶跟媽媽連在一
起……」

從期待說到了臍帶，掀起了衣服，研究起自己的肚臍了……

待她說完臍帶的故事，又拉著我：「媽媽，唱『醉』」

「我不要唱了，等爸爸回來叫爸爸唱。」
「唱嘛，唱爸爸的歌～～～」語閉，不知想到什麼心酸事又是一陣嚎啕大哭。

最近的妹，感覺突然變得大方了。
不像之前碰到不常見或是沒見過的叔叔阿姨，
問她話會頭低低的不敢答話，需要相處好一會兒她才會慢慢有互動。
現在的她，即使不認識的阿姨，她開始很容易就和和人家聊了起來，
碰到小表姐，很容易人來瘋的跟著人家說不停。
也開始和媽媽搶著接電話，電話一拿起就是：「我是妹妹，請問要找誰……」
煞有其事的學著摺衣服、擦地板和收碗筷，雖然常常是越幫越忙。

兩歲六個月，整體而言，講話有時無厘頭，有時很像小大人，
常常，前一分鐘被她的童言童語逗得笑叉了氣，
下一分鐘，就被她突如其來的「番」搞的理智頻臨斷線。
兩歲六個月，性感小娃娃的 Terrible Two 持續上演中～～～

空虛的普吉 CLUB MED

猷八月底就要離家一年。

而 NU，不管他愛不愛那些他覺得乏味的地理、歷史、公民和國文，
暑假過後，他毫無選擇的，就是得開始面對大考、小考每天考不完的國三生活。
這個暑假，無論如何，覺得不安排個假期，似乎對不起自己也對不起他們。

瀏覽了一家又一家旅行社的網頁，怎麼看，唯獨中意長天數的歐洲行程。

但這兩個月的獸，行程密集的像個趕場、轉不停的陀螺。

他有一整個月的中大英文先修班，有密集學習的德文課。

等他中大英文先修的課程告一段落，換 NU 為期一整個月的暑輔登場。

兩兄弟的上課時間一攤開，毫無疑問的，唯一讓我動心的歐洲行程無奈的出局。

花了很多時間看了一家又一家的網頁，突然一個念頭想～

找一個各取所需的行程，孩子們可以開心盡情的玩任何他們愛的球類運動或是水上活動，

老媽可以極盡慵懶的享受 SPA 按摩到脫皮，

而妹妹有個小小俱樂部能認識同齡的小玩伴。

這麼完美的 CLUB MED 行程，虧我這個聰明的小腦袋能想到。

這每個人都會開心的五天行程，肯定會讓大小孩、小小孩和我都玩得樂不思蜀。

但～我的完美期待，在機場往飯店的路上，到 check-in 進到房間後，立即幻滅。

毫無美感的建築和街景，和台灣觸目所及一樣，充斥著隨意搭建的鐵皮和髒亂的路邊小販。

放眼望去的每一個角落，骯髒又雜亂無章。

二十年前就去過的普吉島，對它既未有任何幻想，這回看它，不應出現這麼大的失落才是。

我也想不懂為什麼，機場到飯店的一個小時車程，

不消五分鐘，這難看的街景，已經讓我閉起眼睛不想再多看一眼。

剩下的期待，心想，度假村裡的設施美食才是比一般行程多花那麼多費用的價值所在。

但很快很快的，看到要待五天的房間後，我想回家找老公了……

這房間不止陽春，每一個角落都顯出它老舊又年久未受維護的老態。

這樣的房間，不止稱不上舒適，它離我心裡對住的基本品質要求還相去甚遠。

這五天～難熬了……

猷和 NU 倒是開心的不得了，和三個表弟表妹已經很久沒這樣湊在一起玩了。

每天大太陽下玩射箭、打桌球、踢足球、打籃球……，任何時候看到他們就是一整個大飆汗。

臭汗淋漓後，跑到泳池旁的吧台痛快的暢飲，

接著跑回房間，換了泳褲後，防曬乳也不擦的就衝到海灘，恣意的享受著陽光和海浪。

餓了，有早餐、晚早餐、午餐、下午茶、晚餐不停歇的餐廳，

猷和 NU，玩得像匹脫韁野馬。

我和妹妹，每天漫無目的的在度假村裡繞啊繞，似乎只是一直在尋尋覓覓哥哥們的蹤跡。

妹妹有潔癖這回事，這回證實，她遠遠青出於藍，更甚于藍。

只有第一天跟著哥哥們走到沙灘上，

第二天，走到沙灘就定格，死命拍打手上腳上的沙，

第三天，遠遠就拉住媽媽的手，說什麼也不願靠近沙灘。

為什麼不要呢？她說：「妹妹的腳弄到沙子會髒髒耶……」

第二天一早，牽她準備到餐廳吃早餐，

她說：「媽媽，妹妹的雨傘呢？我要拿雨傘！」

看著她，不解的問：「沒下雨啊。妳看外面太陽那麼大，拿雨傘幹嘛啦？媽媽沒帶來啊！」

小娃娃正經的答：「那個……外面太陽太大了，妹妹會曬黑耶……妹妹要拿雨傘！」

無語的看著她……

我很機車，不愛沙灘、不愛陽光又怕熱，

居然挑個就是只有陽光、沙灘和海洋的普吉島行程。

我很機車，雖然愛乾淨，但起碼走在沙灘我不會怕沙子弄髒我的腳，

我很怕太陽，但起碼走在普吉的陽光下，我不會機車的撐把傘。

但我的機車卻遠遠不及妹妹的超級大機車，

簡直～～～敗給她了！

一早的雨傘對話，和她坐著一邊吃早餐，一邊就決定馬上送她去小小朋友的俱樂部。
來都來了，不喜歡陽光，總得享受一下泰國的 SPA。
付了昂貴的託嬰費，速速閃人。
留她在陌生環境她會哭嗎？當然會哭，不止嚎啕大哭，而是驚聲尖叫的哭。
哭到兩個哥哥在數百公尺外都聽得到她的大哭聲，
淒慘到兩個哥哥輪番整點就來詢問：「媽媽，妹妹這樣哭不好吧？你要幾點接妹妹回來？這樣送她去那邊好嗎？還是接她回來，我們帶她玩好了？」
和老爹爹通 line，他一聽也說：「這樣妹妹會以為被遺棄……」語氣中，儘是不捨。

想了想，好吧，去一天就好，
花那麼貴的託嬰費，爸爸怕她會有被遺棄的感覺，哥哥們說她可憐，
什麼小小俱樂部，算了吧～

隔天一早，帶著妹妹吃了很久很久的早餐，還不見兩個睡到自然醒的哥哥，
好不容易看到他們出現吃早餐，一眨眼，又不見他們人影了。
說要幫忙帶妹妹玩的兩個哥哥，一早又玩得無影無蹤了～

帶著碰沙子嫌髒、碰水怕濕的妹妹能幹嘛呢？
就是吃完早餐回房看卡通、看完卡通吃午餐，吃完午餐，嘴巴擦擦就回房睡午覺，
睡醒後出來喝下午茶等晚餐，吃完晚餐就回房洗澡看卡通就睡覺。

偶爾，兄弟倆回房沖洗，過來敲門看一下妹妹，
NU 說：「媽媽，你來這裡都不出去玩，這樣很浪費耶，妳都不玩，那你來幹嘛？」
看看他，我說：「真是個好問題！我也不知道我來幹嘛的。肯定腦子被雷劈到才會秀逗訂這種行程，我很想去按摩好不好？不然你們幫忙顧妹妹啊……」
兄弟倆一聽，敷衍的答：「噢～那不然我們現在去打一下球，晚一點就回來幫忙。」
說完，火速遁逃。晚一點再見他們，又是晚餐時刻了。

這游泳背心，碰到怕沙弄髒腳丫、怕水打濕玉腿的妹，
最後一次也上不了場，
穿著在房間留影紀念也好。

打從第一天就在數饅頭倒數的行程，老爹爹說的對～簡
直花錢找罪受。
這吃完一餐等下一餐放空行程，唯一最大收穫就是身上
帶回兩斤肥肉，
猷和 NU 說：「我覺得這種行程還不錯耶～」
斜眼瞪了他們一眼，不錯？以後自己去，老媽再也不
奉陪。

娃娃日記：《兩歲七個月》嘰嘰喳喳的小麻雀

兩歲七個月的妹妹，她的語彙能力豐富的無與倫比，理解能力更是超乎我的想像。

現在的她，不但能加入爸爸媽媽和哥哥們的聊天對話，更能清楚的表達她的不同意見，
這個月的她，不斷的在挑戰媽媽的權威。
告訴她、提醒她的事情，她總是停頓一下下，然後，像是經過小腦袋瓜的思考後，
老是不以為然的回媽媽一句：應該不會吧？……應該不是吧？
通常，我會冷冷看著她，加重語氣的再告訴她：「會，一定會，ok？」
但，毫無例外的，她會用更堅定的語氣再告訴我：「不會！妹妹說不會！」
老爹爹的權威和老媽的威嚴，碰到這個小老三，已經頻臨潰堤……

暑假都待在家的 NU，終於見識到妹妹除了午覺外，未曾閉起嘴巴的聒噪。
一下子自言自語的念故事書，一下子如入無人之境般忘我的高歌，
一下子追著哥哥問不完的問題，一下子變成大聲尖叫的番仔。
好脾氣的他，在妹妹一整天嘰哩呱啦不停的轟炸下，常常抱著頭，崩潰的問：「媽，
她每天都是這樣的嗎？」

這一個月，和她最常出現的對話如下：

媽媽：妹妹，妳不要這樣站在椅子上，很危險，下來！
妹妹：妹妹站在椅子上就會怎麼樣了？
媽媽：就很危險啊。
妹妹：很危險就會怎麼樣了？
媽媽：就摔下來了啊。
妹妹：摔下來就怎麼樣了？
媽媽：摔下來就受傷了。
妹妹：受傷了就怎麼樣了咧？
媽媽：受傷了，就要看醫生了。
妹妹：看醫生就會怎麼樣了咧？

媽媽：醫生就要幫妳打針，幫你搽藥了。

妹妹：打針跟搽藥就會怎麼樣了咧？

媽媽：妳大概會很痛，就會哭了。

妹妹：妹妹哭了就會怎麼樣了咧？

媽媽：妳一直哭一直哭，爸爸就會從公司衝回來抱妳了。

妹妹：爸爸抱我就會怎麼樣了咧？

媽媽：媽媽看了就會很生氣。

妹妹：媽媽生氣就會怎麼樣了咧？

媽媽：沒怎樣，不跟你說了！

妹妹：不跟你說就會怎麼樣了咧？

媽媽：＆＊＆……％＄我要抓狂了！

妹妹：抓狂就會怎麼樣了咧？

媽媽：啊～～～～～我快發瘋了！

妹妹：發瘋就會怎麼樣了咧？

@@………………………

個兒長高了，還是喜歡拿哥哥的麵粉篩來踮腳。

廚房裡的鍋碗瓢盆依舊是她每天玩不膩的辦家家酒道具。

常常，讚嘆她信手拈來的模仿能力，

唸了本龜甲的故事書，故事剛說完，她就小碎步跑去打開櫃子，拿了爸爸腳踏車的
安全帽，往背後一背，說自己就跟書上的烏龜一樣了。

看了媽媽的大肚照，櫃子裡拿了顆皮球，撩起裙子，死命的把球用力塞進衣服裡，
然後擺了個很酷的 POSE。

看看她，再看看自己的孕婦照，實在太過平淡無新意……

我真該早點認識她，早點看到她的大肚照的，

那麼，我一定會不甘示弱的擺個更酷的姿勢跟妳 PK 的啦～

瞧她，什麼怪表情都出來了！

開始搶著接電話的年紀，

電話鈴聲響，她會飛奔的搶走電話。

然後，像連珠炮的說：「我是妹妹，請問你要找誰？請問是要找妹妹？還是要找媽媽？」

常常，來不及拿回電話，就聽她說：「她很忙沒空耶……」就這麼乾脆掛掉，直接幫我回絕電話。

下回，哪位叔叔阿姨們打電話來，萬一聽到「我是妹妹……她很忙沒空」後就被掛斷的，

煩請耐心再多打幾回嘿～～～

寫于妹妹兩歲七個半月～一個古靈精怪、花樣百出、說話像個小大人般，機靈的令我讚嘆的一個月。

寫於 2015/07/31 深夜，再過幾個小時，全家將前往機場接 Ryan，我的接待日記～即將揭序！

今年的全家旅行意義很不同。

距離 Yoyo 出發的時間還有三個星期，

這回，爸爸媽媽刻意的，將行程的最後一晚安排在 Yoyo 十八歲生日的這一天。

更有別以往的，除了第一站，走訪了很符合他即將啟程意境的幾米廣場，

這趟的旅行，不走景點，帶著三個孩子拜訪了普賢育幼院、幸夫愛兒園和神愛兒童之家。

在他滿十八歲的這一天，在送他出國體驗不同文化的這一年，在一家人為他特別安排、給他溫暖祝福的這一刻，

希望透過這回拜訪這幾個社福機構，讓他想想這些孩子的際遇，看看自己的富足，

對於「知足惜福」，對於「感恩」，相信善良的他會有更深一層的體會。

三個星期後，當他背起行囊，現在的我，還無法想像，當下，我會用什麼樣的心情看著他的背影離開？

十八歲的他，依舊是個少根筋的傻小子。

說他傻，倒也非真的傻，只不過感覺還是老讓自己處在放空的意境。

對著他一件一件交代的事，百分之九十的狀況是，他看著我的嘴巴動不停，其實腦子放空一句話也沒聽進去。

幾乎百分之百的狀況是，當我說完一件事，看著他空洞的眼神，擔心他放空，要他再複誦一遍時，很神奇的，明明他一字不漏精準的復述，

但下一分鐘，他會像從沒聽過這件事一樣的，問著上一分鐘才剛剛說過的事。

對於這樣的個性，說不擔心他是騙人的。

對於這樣的少根筋，單單入境德國要記得換紐西蘭護照入境這件事，

複誦了 N 遍，還是覺得他會放空的一時忘記，拿著台灣護照入境，

那麼我和他，不需一年後見，只要短短三個月，就可以等著機場接他了。

我的傻兒子，幫幫忙，清醒點吧～～

這一站是終點？ 還是另一個起點？

現在照相最酷的是 NU，明明笑起來就是好看的不得了，
偏偏大多的時候就是這副心不甘情不願的樣子。
名副其實青春期的彆扭！突然，真想念以前那個老逗得我哈哈大笑的開心果。

「這一站是終點？還是另一個起點？」好有意境的一句話！
高中告一段落後，給自己一年的時間體驗德國的教育、德國的生活、德國的精神。
媽媽覺得，這是一個讓人好生羨慕的啟程，
Dear Yoyo, Enjoy it ！

走到哪，左右兩大護法隨行，
不受控制的妹妹像極了抱著球往前衝，左躲右閃就是不讓你抓到的橄欖球員。
兩個哥哥疲於奔命的追，就怕一個不小心，萬一讓這個公主妹妹摔疼了，
肯定遭來老爸一陣責難。
有一回，NU 好氣又好笑的描述著他們四人在賣場發生的故事：

有一天，爸爸帶著他們兄妹三個到賣場吃東西，
NU 說：「妹妹今天從椅子上不小心滑了下去，哭蠻慘的。」
媽媽：「你跟哥哥肯定被罵了吧？」

NU：「對啊，爸爸說：『你們兩個不會看一下嗎？顧著滑手機，讓妹妹這樣跌下去！』」

媽媽：「妹妹坐在你們中間嗎？那你們顧到她滑下去當然被罵呀。」

NU：「不是啊，她坐在爸爸旁邊，而且你知道嗎？他那時候自己也在看手機！」

媽媽：「坐他旁邊，然後跌下去罵你們兩個？」

NU：「對啊～」

同情的看著他，我說：「NU，看開點，有一個事實你需要認清覺悟，就是你跟哥哥的地位，毫無疑問的，遠遠不如你妹妹……」

這樣的笑容，才是我最愛的 NU ！

妳黑白格，我黑白點，勉強稱上母女裝！

皮的無以復加，已達不受控制境界的妹妹，

老媽要維持這般優雅的笑容，得謝謝兩位任她欺負、有怨卻甘願隨侍在側的哥哥。

辛苦了，猷 & NU ！

原訂八月八號入住的礁溪老爺～很不錯的度假飯店，

很沒概念的，google 了網站才知道四人房的房價實在不怎麼親民。

很不大氣的，硬是每天看著網頁，猶豫了兩個星期，

直到看到四人房剩最後一間了，才催眠自己，是猷的生日又是八八節，

工作辛苦也要懂得犒賞自己……一個又一個冠冕堂皇的理由，才這麼閉著眼睛訂了下去。

說它昂貴的高不可攀嗎？飯店裡看到多的是比我們年輕許多的夫妻帶著孩子入住。

以工作的資歷收入，五十歲的老公絕對高於這些年輕夫妻或情侶許多，

但訂房前 google 到的入住文章分享，看到的是一個比一個年輕。

人家都大飯店住盡了，我們怎麼會這麼小鼻子小眼睛的一晚都住的心疼呢？

訂房前跟猷還有 NU 聊過對房價的猶豫，

猷的金錢觀，連擁有客家勤儉美德的老爸，都哭笑不得的佩服不已。

至於 NU，在某方面的用錢觀，簡直像被老媽催眠過的一樣，完全複製我的觀念。

例如，一次買一個品質好一點但貴一點的東西，跟買了好多便宜卻用不久的東西，

我們的觀念～買便宜質感不佳的東西，眼前雖省了小錢，實際卻絕非節省的好作為。

至於一晚兩萬多塊的房間住不起嗎？當然不是！

老爹爹開玩笑的和兩個兒子喊窮，說自己復職兩個月，存款簿的金額不增反減，

第一個月的薪水，因為塵爆，全捐給了陽光基金會。

第二個月的薪水，全給了照顧唐氏症病童的黎明教養院，

甚至透支了第三個月的薪水，全因對普賢育幼院、幸夫愛兒園和神愛兒童之家的大愛精神所感動。

猷 &NU，爸爸媽媽的金錢觀也許不盡然是對的，

但想讓你們體會的是，錢，可以用來享受，也可以用來助人。

在能力範圍內，犒賞自己的享受絕對是值得鼓勵的，

但有句話媽媽覺得更值得記在心裡的是：『手心向下是助人！』

擁有手心向下的能力絕對是值得心懷感恩的幸福，

在能力範圍內，在物質享受之餘，學習做個手心向下的人，學著關懷別人，學著給

人溫暖。

咱們的宜蘭小旅行，媽媽覺得，這一回，是最有溫度、最有愛的旅行！

被妹妹當成辦家家酒對象，蓋上餐巾說：「哥哥是新娘子，好漂亮喔！」
兄弟倆無奈的面無表情～

在兩個低頭族哥哥面前使出渾身解數還是沒人願意陪她玩後，使出絕招～
勒住哥哥脖子，大叫著：「你們兩個，不要再滑手機了，陪妹妹嘛～～～」

扯掉哥哥的線，YA～～哥哥，快點陪妹妹玩！

怎麼覺得，猷套上這個帽子，還沒到德國已經有德國佬的味道了？？

小小迷你的蛋糕，還有妹妹送給哥哥的木頭蛋糕，
Dear Yoyo，十八歲生日快樂！
親愛的老公，第十八個八八節快樂！

親愛的你，咱們兒子個性靦腆，僅代替他說：
謝謝你，老爸！
謝謝這所有的一切盡在不言中，
愛你喔，老爸！！！

出發前之選擇篇

　　2015 年，我確定通過了扶輪社交換學生計畫去德國學習一年的申請。老實說，我在申請學校的初始階段，並沒有什麼明確的奮鬥目標。那時，一心只想出國見識見識，除此之外沒有太多想法。總之，心態不大正，想法也不夠成熟。這是我在寫這篇文章時，所做的反省。寫日記或許真的是一個好習慣，既可以記錄每日生活的點點滴滴，日後又能緣此搜尋自己成長、改變的足跡。

　　一開始，無從了解自己最想去歐洲哪個國家，兀自茫茫然地想：「沒去過的國家應該都是好國家吧！」於是亂選一通。首先鎖定北歐，該地區的幾個國家，風景美得非常經典，語言可說難到爆，而且氣候嚴寒到簡直就是個天然冰箱。以上幾點完全滿足本人的私心（媽媽說：「等你留學回來可以帶我們去那個國家玩，充當導遊呀！」）和好勝心（「再難我都能學會，完成不可能的任務！」）

　　結果，北歐選的前兩志願都發生了些問題，一封 E-mail 寄過來了，芬蘭跟挪威，一個說今年沒名額，另一個說今年新增年齡限制規定。我其實已經是踩著年齡限制通過了扶輪社考試篩選，勉勉強強地進來了，所以根本不敢賭這個勉強再加勉強的機會，於是就將原本放在第三順位的德國移到前面來。

　　一開始也覺得沒什麼，德國就德國吧。另外兩個國家的機會失去，其實沒給我多大的失望感覺。同樣，德國會不會上也是一樣，都沒差。其實，就算最後上的不是前五志願的國家我也沒差了……。那個時候真是沒啥上進心，啊哈哈。

　　在送出去重新填寫過的志願單後，在一種自我莫名其妙的推力和父母的督促之下，我開始對志願序上的國家一一開始用 Google 大神來調查，就想說：「選了都選了，那就開始做調查吧！」

　　一查之下，哇！德國的美麗風景真讓我震驚不已，完全不是台灣的水泥藝術可以比得上的！

太多美景了！這邊先放上這兩張。畢竟講到德國就是新天鵝堡──迪士尼城堡的原型，這是經典。然後，我喜歡爬山，所以把他們的最高峰 Zugspitze（楚格峰）放了上來。……嗯……這山形滿獨特的，我回來後要讀中央（大學）地球科學，之後再找時間研究一下，哈哈！

心態擺正之後，我開始大量查詢德國的事情，也期待和德國人交流。

遺憾的是，我竟然錯過了扶輪社舉辦的一個例會活動，好像是在故宮舉行，滿慎重的呢。因為我要參加大學的入學面試，所以不得不放棄這次和外國來的交換學生交流的機會，真是遺憾啊！不過沒關係，因為接下來還有一次機會，讓我可以和外國學生在出國前先行接觸──那就是「金門參訪之旅」。

先不提在這趟旅程中認識的扶輪社好友，以及金門海蝕崖等特殊風景。我在這趟旅程中有幸認識多個德國交換學生，裡面最強的一位叫 Anne，她中文超強的，可以用中文和我們自在地聊天，甚至在旅途的最後還被叫上台做一個簡短的中文演說時，還用全中文給了扶輪社許多建議，硬是把「簡短的演說」搞得跟正式演說一樣，真的不得不佩服她啊！

總之，經過長達半年多的時間，確定了我要去德國的這件事實，同時也期待著8/28的到來，在那一天我將啟程飛往德國啦……

Welcome 治恩

7/31 的晚上，兄弟倆努力趕工中……

歷經幾乎整整一年的申請、講習訓練，

我們的接待生活，即將粉墨登場！

猷和 NU 忙著剪剪貼貼，而我，想像著申請書上，那個抱著滑雪板、斯文帥氣的男

孩真實的模樣……

8/1 凌晨五點半,從加拿大偏遠的小鎮,風塵僕僕轉了三班飛機,歷時 24 小時飛行的治恩,終於抵達台灣。

給了他「張治恩」這個中文名字的我們,理所當然的,一家五口一個都不缺席的準時接機。

他的第二 Home 家、第三 Home 家、接待社的社長、顧問,還有他參加跨區域的華語營的短期接待家庭……等,浩浩蕩蕩的二十人接機大陣仗,

這麼盛大熱情的歡迎陣容,我想,這麼一大群人,一定給了他踏入台灣的第一個溫暖!

接回他，已是兩個星期的中文營過後，
這一年，共要接待三個分別來自加拿大、丹麥及捷克的學生。
對治恩，因為他的中文名字跟著我們的姓、跟著我們孩子的輩分取，
對他，還未見面就已存在一種不同於另兩個孩子的期待。

台灣，一年有來自世界各國、共約六百多個扶輪社交換學生，
我其實並不了解這個交換計劃的配對模式。
但，六百多個學生分散在台灣這麼多個分區，一個分區內又有這麼多個社，
配到我們成為他的第一個接待家庭。這緣分，真是一種很微妙的東西，
把來自遙遠國度的孩子千里迢迢的帶來和我們一起生活。
天地宇宙何其的遼闊，這相遇的緣分更顯得奇妙。
這感覺，尤其在他的 line 上看到了：Ryan ／張治恩 我愛台灣。
在他的背包上看他掛上了一個『張』的姓氏鑰匙圈。
在聽到他念自己的中文名字：「張治恩」，
再聽到他叫我一聲「媽媽」時，
我告訴他：「在台灣，我就是你的媽媽，我會愛你照顧你，就像我對 Yoyo，
Nunu 和妹妹一樣。」

瞧，我的四個孩子：治猷，治尹，
治甯，治恩。
小小的家，擠進四個孩子，有點擁
擠，卻熱鬧的很有幸福的溫度。
小小的餐桌，坐滿一家六口，水果
一份又一份切，早餐一份一份上，
手忙腳亂，卻有兒女成群的滿足！

老爹爹正在英文解說一首詩的時代背景、解釋著詩句的意思，描繪著這首詩的意境。

走近一瞧，服了你了！

文言文的詞句，雖然每個字都認得，但別說意境了，它到底在說啥我都看不懂。

一臉認真的治恩，不知聽懂了幾分？？意會了幾分？

想想，這些申請交換的孩子真的很勇敢，

其實，他才不過是個 16 歲未滿的小孩，只不過長了 NU 一歲，

在這樣的年紀，就隻身遠赴一個陌生的國家，要適應三個不同 Home 家的生活習慣，

要把自己丟在一個聽不懂更說不出口的環境。

其實，真真確確的，對一個 16 歲的孩子而言，這是多麼不容易的一趟冒險旅程。

而這個孩子這一年的交換成功與否，我們～扮演著很重要的角色。
如何讓他在家裡覺得像在自己家裡一樣的自在，如何讓他感受到我們的關心和愛，
這一年，他是我們的孩子，卻又不是我們的孩子。
對他，收放的拿捏，都是學習。

Yoyo 的出發時間，這麼一轉眼也進入了倒數。
誠品的角落佈置，巧合的，對應到了兩個孩子這個月的歷程。
倒數 8 天，祝福準備啟程為自己的德國探索旅程按下 START 鍵的 Yoyo，和抵達台
灣開始奇妙旅程的治恩，這一年，能在挫折中堅強，能在摸索中卓越成長。
期待這一年的奇幻之旅，治猷、治恩一切都順利平安。

出發

8/28 晚上十一點二十分登機後於座位上無聊到用手機備忘錄開始打字。

9/2 莫名地覺得有點流水帳的感覺,趕緊加工──加油添醋瞎掰一番。

　　記憶回溯到這一天的早晨,匆匆地帶著睡眼惺忪的 Ryan 踏出家門。在這過程中,越發覺得他和我自己還真是像,連續穿脫三次鞋子,為什麼?因為他一直丟三落四、忘東忘西的──從最簡單要帶的外套(媽媽在昨天已經跟他說過了喔),到

搭捷運必定要用到的悠遊卡……唉！真是讓我在他身上看到了自己的影子。

　　結果，差點搞了個大烏龍：先是把國父紀念館跟中正紀念堂搞混了——這倒是無傷大雅，因為剛好在同一路線上；再來就是繞了一大段路——從捷運出來後有一個出口可以直達目的地「微風廣場」，我卻硬是找了個直指中正紀念堂中段的路去繞了個半圓。還好，有先問過路人，才能及時在八點三十分準時將 Ryan 送到集合地點。希望他在這一天一夜能在宜蘭玩得開心吧。

　　將 Ryan 送到那兒後，分別前跟他再拍了張照片（果然自拍技術要再鍛鍊啊），他也用英語跟我說了些「祝你這一年順利」啥的（我現在能聽懂但說不大行，要我寫出來更難 =.=）。隨便啦，總之是送到了，但這一次讓我在出國前更加警覺對時間的控制這一方面的事情。畢竟，早一點總不會錯，但遲了些就可能出問題啦。

　　與 Ryan 分別後沒有直接回家，我先到麗山高中附近晃了晃，看看「花蝶」租書坊，想著：「真是好久沒來這邊借書了啊！」大概是從高三開始，因為各種因素之故沒辦法看實體書了。畢竟，我是那種一翻開書頁就停不下來的個性，在需要抓緊時間準備大考的情況下，必須要用電子書這種比較容易停下來的方式來放鬆自己。

　　寫到這裡，心想：「為什麼我不去做運動來放鬆自己，而是要用傷眼的電子書呢？」呃……大概是懶吧。高中跟國中不一樣，沒有朋友陪跑步了，空閒時間也相對縮短不少，而且最重要的是，高中的課堂上如果睡著會很麻煩，沒那個體力去耗在跑步上。其實，從升上高中開始幾乎沒一天是空閒的，天天被考試追著跑……

　　扯了這麼多，我也不過是在腦中回憶著高中這三年，在這一帶我做過的事情，然後閒晃了四十多分鐘左右，很快就回家了。忙忙碌碌了三年，終於有了空閒時間卻不知道要幹啥，真是一個天大的諷刺啊！

　　一回到家就看到表弟、表妹，好像說是來玩而且要送機。早上搞了下 Google+相簿（有夠難用，超不人性化的），吃了碗擔仔麵和珍奶就是中餐了，下午好像睡了下，然後就四點了。起來後想說和弟弟玩場最後的 LoL（多人連線遊戲《英雄聯

盟》（League of Legends，簡稱為 LoL），結果妹妹的左手好像出了點問題——雖然有點不好意思說出來，但在剎那間我想到的竟然是，我在要去中央宿舍報到的那一天，妹妹好像也是手受傷，而且兩次都是大哭，都很嚴重，都剛剛好是我有要事待辦的時候，嗯～這是要我在妹妹和私人事務中間做一個抉擇是吧？哈哈！說著玩的。還好，到最後好像沒啥事情。然後，就到了機場……

　　忘了說了，我的死黨竟然會來為我送機，我的飛機可是晚上十點五十才登機的啊……回到家都不知道幾點了 ?! 所謂「死黨」就是這樣吧，沒有報酬的付出還有個新名字。張治翰？滿好笑的，但連媽媽都笑說：「你幾乎算是我們家的兒子了。」我們的友情已經不是普通的好了吧？同時我也在想，我們扶輪社的這些交換學生，聽說飛去歐洲的班機時間都是在這麼晚，搞不好你是唯一一個會在這麼晚來為朋友送機的。唉！莫名的感動，一生的朋友。

　　打到這裡手好痠啊，休息下。

　　除了我的死黨以外很多人也都來了，很多的扶輪社阿伯和一些想藉由認識我來確認出國志向的同學都來了（這樣講起來好像怪怪的，隨便啦），除此之外，阿嬤和……（用注音輸入來打出台語稱呼還真是有點難，這裡就先暫略吧），總之，很多很多人都來了，真的很感激他們在這麼晚的時間還過來為我送機。對了，不妨在這裡抱怨吐槽一下：「我連我爸都抱了，我的死黨啊，我只是稍微想跟你離別擁抱下就被揍了，是哪樣啊？」XD

　　十點半是我預計要入關的時間，十點五十就要登機了。最後，就在差不多十點半的時候上了階梯，進去了後先檢查隨身行李（一度忘記護照在哪兒，超驚慌），

126

弄好後就直接走進去了，禮品店都沒逛，只有稍微看了下書店，想說問下有沒有德國的介紹書，結果只有《德國十天自助旅行》這種書，沒啥參考價值啊，畢竟我是要去住而不是要去玩，而且在行動上是有所限制的……。好吧，說真的我不是那種會自己找地方去玩的人，我就是懶，你管我！

登機時間遲了些，大概到五分多鐘後才開放進去，有分登機區域，然後我是排在倒數第二區上機，所以我要在候機區再坐一下子，但也因此我有時間站在那兒到處看看（有點自我安慰？）。看了看，正想說把手機拿出來看下小說，結果看到一個外國阿嬤坐在那兒拿著一本舊舊的書在看。就想到了爸說的，德國人相對於手機比較喜歡看書這件事。於是，默默地把手機放回去了……。把手機放回去後才清晰地發現周圍大都是外國人，開始有點出國在外的感覺了。

登機，走到一半發現有二樓……「是頭等艙吧？」駐足了一下差點發了個呆。直接走到了我的座位，結果坐下後沒多久就有一對外國夫婦或是情侶啥的，反正就是一對男女走了過來，很親切地用英語問我說可不可以換位置。我看了下還是靠窗位，於是就很高興地答應了，還給了我票根，可能拿來作證用吧。重新坐下後沒多久又有對台灣母女坐了下來，聽了下她們的聊天內容，大概了解到她們是要去德國玩的，於是就順理成章地請她們幫我拍張靠窗的照片（台灣人＝愛拍照，可以理解）。當然，照片品質是已經有心理準備不會太好啦，但還是謝謝啦。看看時間已是台灣的凌晨了……不大想看電影或聽音樂，但又有點睡不著，於是就打著調時差的藉口開始看預先載好的小說了。小說內容在這兒給一年後會來回顧的我看一下好了，基本上是一直在玩恐懼遊戲的網遊，還好沒睡啊，因為之後過沒多久就來了餐點，看下時間已經是十二點多了 =.=。這麼晚還送餐？罷了，應該是用德國時間來算的吧。雞肉飯很好吃。吃完了就睡了。

是說發現如果要在 Blog 上 PO 文，不能用 Word 先打，不然文字格式會不對。這個真的是有夠慘，畢竟我在發現這個事實的當下，在我的筆電裡的某個小資料夾中已經有這幾天的存稿了。算了！隨便，大不了都重打，你說是不？

浪跡德國－出發吧！展翅飛翔～

距離去年看到簡章，開始著手準備申請文件，到今天搭上飛往德國的班機，恰好一年整。

這一年，和他一起東奔西跑的準備繁雜的申請文件、一起參加一次又一次的講習；
一起坐在台下等待宣布派遣的國家、一起準備著一樣又一樣的簽證文件；
陪他列著禮物的清單、帶他到故宮和手工藝品店採買禮品；
到最後一天和他坐在地板上一起打包。
8/28，終於～Yoyo 要出發了！

三個接待家庭中，彥潔飛往丹麥，玠妤也已出發至法國，飛德國的猷是最後一棒。
3480 和 3500 兩區派遣德國的六個孩子中，猷也是最後一棒。
我自信的覺得，送他走，如同看著彥潔和玠妤出境一樣，就是開開心心、瀟灑的揮手
說拜拜，如此而已。

從他自己辦著 check in、候機時間一群人閒話家常、大陣仗的送機團這裡拍拍，那裡
拍拍、
一直到看他走進出境門，這一刻，終於有感，看他轉身離開，瀟灑說再見是何其的不易。
尤其，對十八年來全職照顧孩子的我，對一路抱著、牽著他幼小的小手上學、護著他
長大的我來說，這一刻，難掩不捨……
伸長脖子看著他走進海關，在背影消失前，他回頭微笑著向我揮揮手，發現自己只能
用力的揮手回應他，嘴裡的再見卻已哽在喉頭說不出口。

記得彥潔出發時，因為颱風影響，班機延遲大亂，聽著彥潔媽媽說她的轉機時間、抵
達時間，
心裡還想：太厲害了，背的這麼熟，幾點飛哪裡、幾點降落哪裡都記得一清二楚。
換猷飛了，這才知道，這就是父母。
半夜醒來，看看時間，算著他現在大概飛到哪了？
天亮了，還是第一個看時間，看還有幾個小時飛機會降落？還有幾個小時他要轉機了？
他離家越來越遠，心裡那條牽掛的絲線也越拉越長……

最開始有分離焦慮的大概是 NU 吧？

從四月開始就每天賴在哥哥房間，不回自己房間睡了。

很會吵架拌嘴，卻分享著很多秘密的兄弟倆，

這回，兩個人一年互沒對象能發洩情緒囉！

和猷國小五六年級同班的琮翰，國中、高中都不同校，卻一路是最好的朋友。

謝謝他專程跟著到機場送機，我說：感人友誼的超級麻吉，非他們倆莫屬！

一開始，最疼這些孫子的阿嬤不願意到機場送機。

問她為甚麼？她說看了會捨不得。

豪氣的跟她說：「幹嘛捨不得？不會啦！一年而已，走啦，一起去送猷猷。」

當年，遠在紐西蘭生產時，耗盡精力的爸爸媽媽不算，大老遠飛到紐西蘭的阿嬤是第一個抱猷的。

一轉眼，猷這麼大了，感性的阿嬤是對的，怎麼可能捨得呢？

謝謝景福社的推薦，讓非社員的我們，也有機會參加這個這麼特別的交換計劃。

前後三任社長親自送機，感謝和感動更是點滴在心頭。

打從面試的那一天，社長、社當和顧問都陪同一起面試，

送到國外的申請書，都要他們一份又一份的簽名，

我們告訴猷，這一年，能有這個機會到德國體驗生活和文化，這份拉拔推薦的情不能忘。

帶走一面景福社的社旗，更帶走伯伯們的熱情和祝福！

一把抓來到處跑的妹妹一起照相，明年再見，希望妹妹變胖又變高囉！

說不完的叮嚀，我是標準嘮叨的老媽子，

每天講、重複講……講到出境前還在重複講了 N 遍的叮嚀，

兒子啊，嘴巴甜一點、笑容多一點、心思細一點、主動幫忙、多問、多聽、多說⋯⋯
以你的善良和憨厚、以你肯做能吃苦的傻勁，
媽媽相信你會得到 home 爸和 home 媽的疼愛的。

好愛老爹爹捕捉住的這個畫面，在出境門前，
帶著自信笑容揮手說再見的猷。
振翅飛翔吧，孩子！
淑慶阿姨說的好：懷抱大家的祝福遠渡重洋，
天公一定疼憨人！
帶著你一貫的傻勁，用力的體會德國、用力的
享受德國吧。
媽媽相信，明年此時，你將背起載滿豐富回憶
和收穫的行囊歸來。
兒子，加油！咱們～明年見！！！

2015/8/29
到達

　　吃完稍嫌遲了的餐點後，我打打字看看時間就睡了，但真的是睡一個小時就起來一次。因為座位真的太難睡了……。這裡不得不提一下，我發現兩個姿勢還算舒服，一個就是把枕頭放在左邊扶手上讓它成為一個 L 字形（靠窗），然後適當地把座位給調一下就可以睡了，把頭枕在 L 的上端那一坨。第二種就是把桌子放下來，然後把枕頭放上去，頭直接枕上去，手就自然地垂下 or 放在大腿上，因為真的有點小冷。這樣睡的缺點就是脖子會有點痠。回頭看了下連我自己都不知道我在說啥，隨便啦，哈哈！感覺身為第一次獨自出國的年輕學生，我好像太放鬆了些啊。

　　早上了，應該說十點多了，我才停止睡一個小時起來一次的循環惡夢。在這之前我好像迷迷糊糊地用了一頓早餐，而且是在吃到一半的時候想起來要拍個照。旁邊那對母女對於我這個沒事一直拍照的人好像滿好奇的，對我來說旁人的目光無所謂，繼續拍。起來後真的超無聊，沒事無聊到開始看飛機機翼和窗戶上結的霜。直到降落之前我都一直在亂看，應該說直到最後降落的時候我還是對機翼為降落所需的變形保持非常高的興趣。可惜，因為正在降落手機已經關機了沒辦法拍下來。我對那個變形的機翼的興趣已經大到無視降落時的大霧了，事後回想起來還真是有點怕怕的，在降落時大家都對機長鼓掌叫好，不難知道在那當下是多危急。

　　下機後立刻就遇到了難題——我記得媽跟我說我應該在法蘭克福是不需要出關的，所以我遵照服務員指示往登機口，我記得是 D26，走時卻發現是要排隊出關的，這奇怪了？再加上我的登機證上寫著我的座位剛好是 D27，這更讓我困惑：「我是不是聽錯了？」連著確認了四次，找了三個不同的服務員和一個導遊，結果答案也不是統一的……。事後證明那個導遊根本是信口胡說，我的不安感在所有人幾乎都走光時達到了最高點。還好我有幸遇到一個從台灣來的女生也是要轉機到柏林，她從國中一年級開始就在德國讀書了，所以她可以講非常流利的德語，但她只幫助

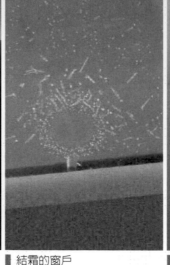

▌機翼　　　　　　　　　▌結霜的窗戶　　　　　　　▌機場大霧

我安定了下我不安的情緒，並沒有進一步舒緩我的壓力，因為她跟我說她可以留下來幫我翻譯，結果到真的需要翻譯的時候我卻找不到她。還好出關時的那個服務人員很和善而且英語很好，這真是萬幸啊，哈哈（無奈）！

　　在要走過去拿行李時又遇到了要不要停下來確認自己行李的抉擇——雖說媽跟我說我的行李是會直接送到柏林，但她也跟我說在法蘭克福我不需要出關 =.=，真的是非常混亂啊！後來用蹩腳的英語溝通後總算是確認了行李會直接送到柏林了（直接無視剛剛給我答案的導遊，逕自走過去再一次向機場人員 confirm）。結果 TM 悲劇地在檢驗機票的時候又出了點問題，真的是把我的心提了又提。機票是用掃描的，然後閘門會自動打開，但掃了半天就是掃不出來，是怎啊？當下立刻問旁邊的服務人員——他的胸前寫著有問題請第一個找他，幫我用電腦確認了後就 OK 了。還好前後也不過是五分鐘的事情……直到「順利」到達登機口，又遇到了一堆事情。事後回想起來我真是堅強，一般人第一次一個人出國連續遇到這麼多事情大概也要哭了吧？例如，莫名其妙被請到小隔間被搜身，或是行李跟著出問題要一個一個跟他用蹩腳英語解釋這是啥東西等等（也算是有先練到要如何用英語介紹禮物啦），總之到最後就是「很順利」地（？）到了登機口，確實是 D26 沒錯而我的座位也是 D27 沒錯（單純是運氣問題，真的太接近了，讓我誤會了下）。

▌還不錯的早餐，但我吃了大部分才記得拍照

不得不提的是廁所有點小奇妙啊，進去後我第一時間只看見洗手台——原來是有另一道門把上廁所的地方跟洗手的地方隔開了，雖然有點奇怪，但應該也是一種讓臭味不要蔓延的方式吧？當下我是這樣想的，結果走進去後卻發現超乾淨的。那麼，弄這個隔間的意義到底是啥呢？或許有遏止一些人去汙染這間廁所的意義在（當明顯有防範時別人就會下意識不去做）？總之，後來是在隔間裡大號，並再次對廁所感到驚奇——因為找了半天，發現沖水按鈕其實就在原來的那個位置上。只是，那個樣子真的不大像沖水按鈕。怎麼說呢？就像是以一種完美的姿態和馬桶融合了在一起，真的很難找到。

　　找了個座位打開了電腦嘗試打了些文章，沒有網路沒關係，可以 word 先打一些當存稿（我錯了，這樣排版會有問題）。其實，事後發現機場是有網路的，只是我拿去打《爐石》（《爐石戰記：魔獸英雄傳》）了。登機前三十分鐘，我就收拾了下東西，同時確認下機票、護照等等的位置……結果在進入候機室前又被攔下了=.=，那機票又出問題了。雖說查過編號後就放我過了，但這種沒一件事情順遂的感覺真的是不大好啊 :(。

　　很幸運地遇到了剛剛那位同樣從台灣來（她也在柏林轉機）的女生，心中各種情感摻雜、五味雜陳啊，說好會等我卻自己先跑了的人就在我眼前。然而，我也應該要有自知之明，我對她不過是個路人，所以她沒理由要等我，或許她怕會耽誤到飛機所以先行一步了……總之，隨便啦。還是

■ 應爸媽要求的照片　　■ 在德國讀書的台灣女生

很開心地跟她聊了起來，這才知道她從國中開始就一直在德國讀書，到高中繼續讀，然後家人就先回台灣了，剩她一個人自己住，佩服她。

　　到柏林的飛機真的有點小啊，跟想像中的不一樣啊，畢竟是往首都飛去的飛機嘛，你說是不是？畢竟是國內航班，所以小是難免，但穩定度不大好啊。有點暈機，飛機被亂流搞得有點上上下下的。

　　下飛機後領行李的時間有點久，可能是因為前面還有幾班航班吧，於是我們又

亂聊了些東西（內容我現在忘了）。可能因為和轟家（住宿家庭）就是一牆之隔的關係吧，緊張啊。很幸運地我們的行李是一起來的，所以不會有一個人尷尬地要先行一步的情況，而在揮手道別後（留下了聯絡方式算是為以後有問題時可以多一個人來問吧），非常順利地碰上了轟家——歡迎用的牌子真的是好大啊，哈哈！莫名的感動。轟姊今天沒來，她朋友代她來，叫 Nele。車上，或許是因為我非常緊張，雖然聊了很多卻有點坐立不安。吃了東西是有好些，但又陷入很累但睡不著的情況，畢竟在第一次坐上別人車子就睡死真的非常不禮貌。轟爸媽跟我說「你可以休息」的時候我真的不知道該怎麼辦，那個時候真的是非常緊張，對我來說整整兩個小時的車程可以不睡真的非常不可思議啊。結果 Nele 先睡著了，哈哈！

　　轟家的街道真的好漂亮啊，一整排房子也是非常漂亮——應該說我最喜歡的是一長排的整齊統一感，那種古典的味道，雖然也是台灣沒有的，但我還是較看中前者。台灣的頂尖房屋地段，漂亮是漂亮，但每棟風格都不一樣，真的會讓人看得眼花撩亂，爭奇鬥豔得太誇張了啊。偏離主題了。總之，就是非常漂亮。但我已經累癱了，長時間的飛機和超爛的睡眠品質真的不行啊。大概他們有看出來了，所以很快就趕我先去睡覺了。然而，我還是堅持先逛完這個家和自己的房間，並了解有哪些地方要注意等等，然後再吃了頓蛋糕下午茶，同時聊了很多關於植物的事（？），最後已經在對話到一半的時候打瞌睡了，真的撐不下去了才回自己房間睡。可能因為夏天吧，真的有點熱，所以我還必須要起來，打開窗戶，然後睡倒。

　　然而，不可能一覺到「天亮」，因為我是在天還亮的時候（大概下午三四點吧？）回房睡的。我在晚上七點被叫了起來，惺忪睡眼看見天還大亮呢。在他們跟我說了為什麼要叫我起來後，我的起床氣有被舒緩了一下。大概是我在超睏的當下被他們問了些問題，自己沒聽清楚就先傻呼呼地答應了。他們說不要讓我直接一覺

到天亮，是怕我會因為睡太長時間然後凌晨爬起來，這樣大家都不舒服。於是，我就非常愉快地跟他們出去騎腳踏車了（？）。沒錯，晚上七點天超亮的一次在鄉間石子道路上的一次夜騎。

　　他們很貼心地給我了一部前輪有設油壓的腳踏車，所以我在看到要騎的石子路時還不至於不敢騎上去，但我忘記檢查座椅有沒有油壓了……於是我的屁股就悲劇了。騎了有點久，聊了很多，或許是因為睡一覺等於過一天的錯覺，我對他們也有種熟悉感了，於是就放開地聊了很多。媽媽人很好，為我考慮很多，爸爸看似古板卻很愛開玩笑，而且整體上的氛圍莫名跟我爸很像——那種常常板起臉卻不時龜裂的感覺真的超像（無法描述）。

　　後來直接去了鄰居辦的派對，想說超刺激啊，來的第一天就要參加派對啊，完全沒有心理上的建設。結果，只是鄉鄰大會這種感覺，白提心膽吊了 =.=。喝了沒有酒精的啤酒（？），發現我在台灣試喝的那兩罐大概是因為我不喜歡小麥的味道所以不大喜歡，因為我在喝過沒有酒精的啤酒（？）後還是會反胃——總算是為自己平反了，自己酒量不低真的是太好了，或許是因為莫名的男人的自尊，我真的很擔心這個問題啊，能在德國解決真的是太好了。除了莫名的啤酒，我還喝了汽水，但和之前那罐啤酒好像起了化學作用：又或許只是單純地喝了太多了含氣泡飲料，肚子真的不舒服啊。回家後嘗試一下堅持下去，然後問幾個問題集上的問題，大概十個吧，我就堅持不下去了，直接睡了。

▊ 我的房間

▊ 客廳（聽說轟爸很會彈鋼琴）

▊ 喝下午茶的庭院座椅

第一次扶輪社聚會（沒有台灣人參加啊）

　　早上起來是另一天了，這次沒被叫醒，但我還是超早就自己爬起來，可能因為對環境的不熟悉吧……。但又睡著了，直到八點多才被叫起來，並在門口非常和諧地花了五分鐘討論之後要不要叫我起床和時間上的問題，真的很和藹可親。我知道交換學生和轟家之間最需要的就是溝通，所以我很開心我們能有這樣的機會能在發生問題前有個很好的溝通，但還是對自己第一天就要被轟家叫起來感到羞愧啊 :(。

　　早餐超豐盛，因為是假日，整個餐桌擺得滿滿的，雖然選擇好像只有麵包，但我能選擇不同口味的麵包和果醬，這樣也是幸福啊。牛奶和果汁我都試了些，真的有差。台灣的感覺就假假的，這裡的牛奶不香，果汁也酸酸的，但這樣才是真的，不是嗎？所以我很爽快地又各喝了一杯。

　　和台灣不一樣的是，我們吃完後就坐在座位上繼續聊，東西也不收。就這樣繼續聊，聊了半小時多，其中有大部分是在訴說家庭狀況和「不要緊張，你可以辦到的」等等。又好像因為我的學習速度很快，所以他們很驚訝。前一個來自巴西的交換學生好像非常好學，而且他已經考上德國的大學，可能會在最近為來看他們。然而，他們覺得我學得比他更快，這時我壓力就大了，畢竟我前面那三個月的努力不是學假的啊，比別人有這麼多的優勢，我卻不好好把握的話，那怎麼行呢？必須努力啊！！我要來德國讀研究所！！

　　聊著聊著，莫名地和轟媽一起到了廁所。因為她要跟我說轟姊的情況，所以要用到廁所裡的地圖。好像是姊姊她原本已經在要讀的大學那裡找到了願意跟她一起住的房客，但突然變卦說不要，所以近日要再去那邊再找一次，所以她會提前走的樣子。也就是說，我會比預期的先自己一個人生活（轟爸媽都比較晚回家，學校又很快放學，所以我會有一段時間是會一個人在家的）。

　　出了廁所又到了花園，開始欣賞花花草草和在水池裡的小青蛙，是滿可愛的沒

錯，但事後回想起來真的有點對當時的對話場地跳脫性感到好笑。

　　昨天一回到家就想要充電手機和電腦，但突然發現充電插座和亞洲的不一樣，那時心裡又在想：「我這個傻 B，這種事應該要提前想到的啊，怎麼能到德國後才發現呢！這下好了，手機、電腦有一段時間不能用了。算了，隨便啦。這樣又可以增加和轟家在一起的時間多多聊天吧。不對，要和家人報平安，這是必需的。還是去問下轟媽吧。」云云…。一問之下還真有，瞬間就從手邊掏出個轉換插頭。格式是對了沒錯啦，但一插進去就因為太鬆掉出來，是怎樣啦？後來，還是用特殊的角度撐過去了一段時間。還好隔天轟姊就給我了她之前用過的筆記型電腦充電器轉台灣式插頭，連同手機的都一起給我了。等等，到現在才想到，為啥姊姊會有啊？是之前去過台灣嗎？算了先打文章再說。

　　早上原本好像轟媽說要我做啥事情的，不大重要。因為我說我想先整理下行李，把東西放到該放的地方時，媽媽也鼓勵我說要先做。整理到一半，發現沒有格子抽屜。在問過有沒有的狀況下就先將就了，把內褲、襪子先排排放就好，也是另一種嘗試啊。寫到這邊，突然想起轟媽有教我一種新的摺襪子方法，可以回去時教教妹妹，摺起來滿像兔子的，挺可愛的。

　　下午要去扶輪社和其他交換學生先做些交流，從上午開始就在期待了。

　　在那邊很多很多人，但遺憾台灣的同區女生沒來，應該是有事吧。是說巴西人對足球議題真的是狂熱啊，從一開始就聊到最後，隱約比得上咱麼台灣的中二小屁孩對於 LoL 的狂熱程度了。在扶輪社聚會裡見到 Stefan，感覺到現在還是沒搞清楚各種職位，只知道他是會全德國地區跑的那種高階職位，而真正負責我的顧問到現在還沒跟我聯繫到，但聽說會在我學校安定下來後跟我碰面吃個飯。

　　玩了滿多怪怪的遊戲，應該是扶輪社自創的（已經在盤算如果拿到台灣來玩會不會侵犯版權啥的），很多人圍成一圈向前走，手向前伸直走，碰到後打結是理所當然，所以要解開，然後就是團團轉，傻傻搞不清，叫做 gordischer Knoten。接下來的下一個遊戲，一樣是大家圍成一圈，但又有點不一樣，會有一個人要站在中間，然後喊出特定指令，例如：「Snow White ！」然後被指定的人就要做出一些動作，例如：後面的七個人要蹲下或是是手圈起來，旁邊兩個人要做出嘔吐狀等等。好像有非常多個指令，因為一開始大家都不熟悉，所以指令會先弄比較少一些，

等到大家熟了就可以慢慢增多。總之，就是很好玩，而且有點莫名其妙。因為現場有三十多人，所以站在中間那個人有時不會很平均地叫到每個人——因為就是有些人的面孔和衣著特別顯眼，所以常被叫到，真的太好玩了。所以，很常被叫到那一區的人，因為基數上升，所以失誤的次數也就增加了。我還因為這樣記住了一個戴帽子留長髮的人（還是因為特徵獨特啊？），然後我被叫了「白雪公主」七次我真的不知道為什麼，一定是我旁邊的那貨臉帶衰，絕對沒錯！

令我印象深刻的是，當我打開了一瓶蘋果汽水後蜜蜂就開始變得超喜歡我的，直接往我嘴唇上飛過來，但到最後我也是淡定了，直接學周圍人的反應，用手揮一揮就走了，當蒼蠅就是了不用自己嚇自己。德國最多的兩種飛蟲一種是蜜蜂，小心點地揮走牠們就可以了，而另一種是像果蠅的東西，直接拍走就可以了。總之，就是不要怕就對了。

我聽說北歐的那群交換學生年初就來了，也不知道為什麼，也不清楚他們會什麼時候回去，滿羨慕的ㄚㄚ。但也知道對我們台灣來說是不可能的，只能當作夢想，畢竟我在那個時候大概還在便利商店讀書拚學測呢。題外話。在事後我在 What's app 上一說出我和某位前德國交換學生（台灣的）是大學同學後，炸群了，有五個男人（？）對我的那位陳男性朋友瘋狂示愛，雖然炸得滿瘋狂的，大概就是在爭陳同學是誰的（？），不得不灑灑菊花啊。

忘了說了，和轟姊的第一次見面，超重要的啊，但也沒發生啥特別的事情，就只是等活動結束後接到她然後回家。聽剛剛提到的那位陳同學說，轟姊是個很漂亮的女生。就在想，在台灣出發前 Ryan 和一個巴西女生在假日時搞出來的事情 =.=，不會一樣遇到眼睛不知道該放哪裡的事情吧？原本是這樣擔心的，結果一見面就發現她比自己高，感覺……很帥？總之，應該是很漂亮，但就是不對味，但她人很好，真是太好了（突然發現自己的莫名自尊心滿高的，遇到比自己高的女生就會自卑，在學校遇到一堆自己高的男生也是同樣感覺）。其實，之後跟她講話不知道為什麼都會有點壓抑，不是身高問題，在學校可是一堆女生比我高，鎮懾力……？然而，她真的很為我著想，很多事情都會和轟媽一起幫我。

在第一天和姊姊沒聊多少，因為她連續兩天幾乎沒睡，非常累，所以在車上就先倒了。到了家還是我幫她扛睡袋的，記憶模糊了，好像又沒有這回事，不重要，

▊ 回到家一起拍的全家照

跳過。但是,跳過之後,接下來的時間好像又沒其他事,吃個飯之後的事情就忘記了,之後就睡了。

　　這裡不得不說一下,每天我都會在吃完飯後拿出德文書和電腦打 Blog,或是坐在沙發上和他們一起看電視,聊聊天,所以不會有很快就回房間的情況,但就是會忘記那些時間的片段,畢竟要記住聊天內容啥的真的有點難啊。

　　無圖,抱歉了啊,感覺滿難拍照的,等假日多拍些。

和姊姊跟她的朋友騎車到鎮上

八月最後一天

最近聽說月報告十月十五再交上去就可以了，是想說可不可以直接將日記全部 PO 上去就可以啦 o.o ？

　　一整天下來沒做啥事情，應該是說沒有特別到必須記錄下來的事情，因為對我來說天天都有著驚奇，但如果要一句句記錄下來會死掉的 =.=，但又不能不寫，所以還是盡力拚下來吧。

　　上午應該是打開電腦弄了下電腦碼了下草稿就收起來了，吃完午餐睡了下就到三點。

　　下午三點，時間軸跳有點快，哈哈！這裡不得不提的是，在德國，我們早餐在假日會比較晚吃，大概會從八點半吃到十點。因為是假日，所以東西會豐盛些。雖然就是一堆任你挑選的麵包和任你挑選的果醬、水果，但這樣也可以搭配出很多種組合了。再加上聊天會聊比較久，就算吃完早餐了，還是會先將盤子啥的先放著，然後繼續聊，所以真的可以吃一個半小時多。

　　打到這裡突然想來說一下，我發現這邊的洗碗機和很多其他的廚房用具都跟在台灣的款式一樣，所以在我跟媽媽說這件事的時候，她正在表示這些東西都很舊了該換了，讓她有點尷尬 o.o ！對我是沒差啦，而且其實我覺得人家這邊的舊設備比在台灣的還強啊——我們還需要先用水沖過才能丟進去洗，他們直接丟進去せ，完全不用洗的。我自願代勞，他們還說不用。直到最近才醒悟，台灣的水費便宜，在德國還真不行，這樣先水沖再放洗碗機洗，浪費錢。

　　在台灣，我們東西不多，再加上氣候問題，所以要天天洗，天天烘乾；然而這邊，不管是衣服還是廚具，都是一廚一廚的，完全不用擔心存量不足問題，所以衣

服一週洗一次，碗倒是沒一個固定時間，滿了就洗，跟在台灣都是不一樣的。

　　總之，是到了三點，姊姊跟我說等等要出去和她的朋友騎車去城裡吃冰淇淋。當下那第一個反應是想說：「為了吃冰淇淋要騎車去城裡喔？」有點鄉下的感覺。騎在半路上，看著田野風光，才發現錯了，重點是要欣賞景色啊。先無視我們不是騎在柏油路上而是森林裡吧，一路上給人的感覺都和台灣不一樣，經度、緯度、臨海距離都不一樣。想當然都不一樣了是沒錯，但其實一開始當我踏入德國時，身體本身上還是會下意識排斥，哪怕是多麼地漂亮，但現在我發現我是真的喜歡上了德國的美妙風景，太好了。

　　很多很多獨特的風景，這裡真的很漂亮，路邊的密林裡就有牛在那兒睡覺。牛群，滿獨特的，不是說牛都在草地上嗎？這邊的牛應該是用放養的，想去哪兒就去哪兒。還騎到一個地方兩邊都是湖，就中間一條道路，再加上熙熙攘攘的人們相繼騎車而過：「Guten Tag!」很用力喊的感覺，感覺好獨特。

　　我不大喜歡吃冰，所以當我看到那家店關了然後我們要找另一家飲料店的時候我小高興了下。然而，喝完那個還算獨特的用一堆德文材料合成的飲料，接下來又去找冰店了。德國人超愛吃冰，尤其是在夏天，「冰是人生！」這種感覺吧。台灣的冰黏黏的也不知道為什麼，說詳細點就是有點稠稠的，德國的冰就是不一樣——水水的？真的說不出來那種感覺，就是有點「添加物很少」的感覺，這個冰就是這麼簡單的感覺，所以越吃越健康？反正我是吃得滿高興的。

　　忘記一段滿好玩的事情了，在出發前我們到了 Nele 家，發現她和她的狗站在門外不知道在幹嘛，以為是迎接我們。結果，原來是發現了大蜘蛛，要人幫忙。一看，也不大啊！跟拉牙（兄犽）比起來小多了，但好像在德國算是大的了。於是，就看著轟姊姊很英勇地拿了根湯匙和一個盒子，在嘗試殺死無果後果斷捕捉放生。回程又到了 Nele 家，看了她家的烏龜，和台灣一般養的又是很不一樣——大大的，不用放水裡，應該是陸龜吧，爬超慢，但很可愛。台灣的紅耳綠蠵龜，又凶又快又會咬人，這邊的完全不一樣啊，你要對牠怎樣都可以（X）。除此之外，還知道她爸爸有養蜂，可以做蜂蜜。那時我也淡定了，這蜂窩放在院子裡真的可以嗎？算了，蜜蜂隨手揮掉就可以了。那隻狗有點老了，但也很愛玩，特別是 Nele 媽媽回家開始用水管噴地的時候——好特別的玩樂方式啊？

感覺只要打開雙眼多多看看事情就可以看到很多東西啊，不要拒絕任何邀請，因為待在家裡不會記住什麼東西，頂多也就是玩，讓你的電玩遊戲經驗條多漲一些而已，不值得待在這一年，所以我要盡量少睡覺和多參加各種活動！例如今天，如果沒有答應轟姊的邀請，我就不會看到這麼多東西了。以後要注意這些東西，多多告誡自己。

回到家後請隔壁的鄰居過來幫我們拍照，他們家長不在所以女兒過來幫忙。因為我在第一天就有提出小要求說要拍照了，但鄰居出去玩所以就沒有拍到，先用手機暫拍了一張照片，現在這張是用照相機拍的。

才剛說不要多睡就睏了。奇怪，時差也該要調回來啦？累。

End

逛逛周圍

是九月第一天ㄝ

　　原本是想要出去走走的，然後轟姊姊會帶我去學校先看看。但是，下大雨，再加上轟姊有事情要忙，所以就待在家裡了。那這一天下午在幹什麼呢？

　　說真的，在這一天沒做什麼。在第一週的時差還沒調整過來的情況下我非常嗜睡，早上吃完飯就一路睡到中午也是常有的事。想出去多看看啥的，但常常無奈轟姊沒空，或是天氣狀況不佳。

　　不過，今天又好像在早上時天氣是不錯的，真的不確定，因為沒有記錄下來。總之，好像有出去，跟轟姊姊在鎮上隨便走走，沿著地標繞了一圈，好讓我知道周遭大概位置。但在這之前，我和轟姊、轟媽坐車去了媽媽工作的地方，放媽媽下來後去一個地方辦了居住證明，聽說是明天早上要用的。

　　今天不知道為什麼感覺寫不出什麼東西啊。如果是以往的話，應該會劈哩啪啦的搞出一堆東西來的。今天卻一段就那麼一點點，真的不知道為什麼啊。隨便啦，有想到再補就行了。

　　早上，陽光不錯，吃完飯後就出去了。可能因為還是在夏天的季節吧，太陽很大，氣溫卻因為在高緯度的關係顯得較為寒冷。奇妙的感受，又熱又冷，但整體來說還是偏向於熱的。我就跟著轟姊先往教堂那邊的方向走，因為看到我好像想看教堂的樣子所以帶我繞了點路。結果，跟我原本想像的不一樣，非常小。可能因為是小鎮上的吧，舊舊的，一點也沒有宏偉的感覺。忘記拍照了，哈哈！繼續往前走就到了郵局。順帶一提，郵筒聽說比郵局早來，所以郵筒和郵局的位置有點距離，導致我差點去開其他人的家門，誤以為是郵局。

　　這裡的房子都太漂亮了，根本分辨不出普通的房子和公家的房子差在哪兒。在

■ 郵局門口前　　　　　　　　　　　　　　　　　■ 一個類似區公所的建築前

台灣，公家的就是醜和舊，公寓就是各式各樣的風格，所以好像也無從判斷，但身為一個台北人也有十年了吧，總是可以認出這些東西的；但在這裡，就有點審美疲勞的感覺了。偏題了。總之，是到了郵局並和在那邊工作的 Nele 媽媽認識了下。Ronja 要寄東西，所以我在這裡面晃了下，也沒啥特別的，就是紀念品特別多，感覺回台灣前可以到這裡買東西。

　　繼續往前走，指了個岔路給我看，說這裡走下去是車站。然而，因為不順路，再加上預定下午就會去了，那就不用特地先往那邊走看看了。於是，拐了個左轉繼續往下走，文具店關門進不去，麵包店倒是開著但沒進去，音樂教室和駕訓班感覺我不會用到所以直接走過去了。聽說十六歲就可以考駕照，但是要跟著爸媽開到十八歲才准許獨自一人開，結果還是十八歲嘛，但我覺得這樣比較好，有提早獨立的味道。

　　經過了藥局，心想：「要避免來這裡啊，盡量不要生病！」希望如願。之後好像就沒什麼東西了。帶我去看了下體育場和國小，外加在旁邊和國小一樣大的羽球館。再順帶提一下，羽球館聽說不用結伴去，因為假日時會有人在那兒，而德國打球是不會局限於跟自己一起來的夥伴的，所以可以自己去然後跟著別人打。

　　再繼續往下走就是家了，但沒有拐進去那條街，而是繼續往前走。接著右轉，是間超市，中等大小，但超爽的，離家來回走路五分鐘路程，這個地點真是太棒了。不知道第二、第三轟家有沒有這麼好的環境？那間超市叫 Netto。進去後，轟姊可能因為一路上我一直找話題的關係，已經聊開了，所以很好說話，說：「你想要什麼就去拿吧。」但我好像沒有要吃的東西，所以就纏著她去買別的東西，順便問商品名。冷凍區的冷氣真的不是蓋的，好冷。

　　下午就龜在家裡了，那段時間應該沒在玩電玩，因為轟姊看起來好認真，所以我好像在那個時候是把買的東西卸下來之後就開始複習德文了吧。

　　一天的完結。

146

跟轟弟弟的女朋友吃飯

今天是星期三，是開學前一天。

早上匆匆忙忙的去辦了居留證。記得有登記時間限制，是幾點來著？八點嗎？應該更早。我們很怕會遲到，因為昨天拿到的那張居住證明不知道為什麼是有時限的，但這次很順利地就辦完了，就等發下來，而且就在學校附近，所以之後就順道去了學校。

到了學校，就先給我帶一遍這個學校的結構。怕我迷路找不到教室吧，開玩笑！哥可是麗山人怎麼可能在學校迷路呢？而且說真的，這學校才兩棟樓而已，還是分開的，一邊是給高年級，一邊是給低年級，所以要迷路的話，從物理上來看還挺難的，頂多就是改課了自己卻沒注意到以致慌慌張張浪費一堆時間吧。這邊課程滿常因為教室因素取消的，被這樣告知了，所以多出來的時間可以自己去城鎮裡玩，還鼓勵我要藉由這個時間多多認識大家的——跟在台灣大大不同啊。

逛過一遍後大約知道要怎樣走了，接著去了像是教務處的地方，因為學生人數不多所以就比較小了些。在那兒聊了下後好像是拿到了課表，而課本也是到手了，不過是二手的，不用錢啥的，最喜歡了（X）。講起來很快，但這樣一弄大概也是兩小時就花在學校裡了。之後就走了出去，沒有立刻回家，是因為聽說轟弟的女朋友想和我見面，好像前一個巴西來的交換學生她也有見面。到底是有關係的還是只是單純的女性朋友啊？傻傻分不清。因為在這之前，媽媽介紹 Nele 時是說：「這是 Ronja 的 girlfriend。」或許用英文要表達出來女性朋友和女朋友好像滿困難的。總之，對 Nele 的稱呼是一樣的，就讓我混亂了。後來，弄清楚了，真的是轟弟的女朋友，而轟姊不是「女同」。感覺最近講著講著都會偏題啊，算了繼續。

我們約在學校旁的一個咖啡廳見面。我們先點了些東西等她過來，吃到一半就看到了。臉很乾淨（？），真的找不到形容詞了，笑起來很漂亮，坐著聊了些就離

147

▌三張照片不同角度 www

座了。我有點拘謹，因為是第一個見到的同齡人，一開始放不開講話，但在後來啟程到了 Schloss ——一個大賣場但外表是宮殿的地方，我們就漸漸可以講話了。只是說一直不知道要把眼睛放哪兒，她穿低胸 =.= ！十六歲就這樣穿啊？不對，我也沒見過十六歲台灣女生的假日打扮，或許也有可能是低胸緊身褲？感覺這可能很正常，只是因為我國中就只會讀書所以忽視掉了。其實，今天過來是要幫我買衣服和檢查手機 SIM 卡的，這樣勞師動眾的感覺好怪啊。聽說這裡便宜的店家有兩間，一家叫 H&M，一家叫啥來著啊？反正很便宜就對了。跟著她們去，很快就到了男士衣服區的 H&M。然而，因為價錢好像可以在另一家更低，所以就先去吃飯了。離開 Schloss，又走了一小段路到一家餐廳。很獨特的點餐方式，先在入口拿一塊應該裡面有晶片的東西，在排完隊後點餐用那個結帳，等最後用餐完再用那個付現金。順帶一提，點完後不用到候餐區啥的，因為它有很多吧檯，不怕堵塞，站在那兒直接看著他做就可以了。我和 Marie 一起點餐，點的都是義大利麵。因為我對一罐紅色飲料展現出高度興趣，所以她就買了一罐，之後聽說是桑葚汁。

　　之後就去買我的衣服了。短袖買了兩件，卡其褲買了兩件。這邊衣服真的好便宜啊，衣服一件才一點五歐，換算成台幣才六十塊，太便宜了吧 =.= ！感覺台灣物

價有些地方高得莫名其妙。重點是品牌是嗎？我覺得大部分的價錢都是在算在「品牌」上。這樣一直詆毀台灣的東西感覺不大好啊，但就是會不自覺地來做比較。嗯，我應該要無視這些台灣的不好，把好的拿出來才對，這樣才是可以順利宣傳台灣的正確舉動。

　　買完了後卻沒有直接回家，說是要去幫 Ronja 買披肩。結果……三個小時過去了，披肩沒一件滿意的。然而，我在這期間倒是和 Marie 聊了很多。或許是因為不是為了她自己逛街吧，她看起來滿累的。和我想像中的女生不一樣，我以為她們無論怎樣逛街都不會累呢。總算放棄找披肩後我們走到廣場附近，在周圍繞了一下，也算是帶我看一下周遭吧。Dom 滿漂亮的，走進去就是和教堂感覺不一樣。另外，聽說獅子雕像是 Braunschweig 的代表，如今總算是看見實物了，有點小感動。沒拍照，因為原本聽說今天就是到學校拿資料再去買件衣服而已，所以相機沒拿出來，失策啊。是說 SIM 卡後來放著一下就好了，沒拿去修，雖然是有經過店面門口啦。最後又回到廣場，點了杯冰飲，因為我真的不喜歡吃冰淇淋，再加上這邊的冰——或許是因為德國人超愛吃冰的關係，一個聖代換算成台幣要四百五，這我吃不下去 o.o。

　　後來好像披肩之旅又繼續了，但是我和 Beate ——也就是轟媽，要先去解決昨天晚上壞掉的玻璃櫃卡榫，所以就分頭行動。結果，水電行人超多，排隊要一段時間，我就開始探索這個店。誰知，看見了一堆可怕的東西，感覺末世殭屍出現的時候就可以到這邊來拿這些東西，諸如管鉗和斧頭加上一堆鋼筋，除此之外好像還有很多具有凶器潛力的物件。不過，逛到一半的時候我突然便急，就跟店裡借廁所。意料之外的乾淨啊！從廁所出來後找不到 Beate，打了在德國的第一通電話。接通後的那一瞬間我就看到她了，所以沒發生啥事情。當然在那一瞬間……我好像沒緊張，就是很淡定地拿出了手機開始撥號，我的神經真的滿粗的。

　　最後，大家會合後就上車，總算是把 Marie 送回家，然後我們也回家了。今天一整天就是一直走，都沒怎麼休息，睏啊。

開學第一天

這是開學第一天，感覺每天都是特別的

　　感覺寫部落格的熱情已經慢慢消退下來了啊。感覺可以做一個一到日星期常態作業就可以不用重複打一些同樣的東西了 =.= ！說真的，至少我可以做一個學校日常表吧？就像是禮拜一固定上德、英、數、數資這種感覺。

　　轟姊早上跟我說第一天會帶我上學，我愉快地吃了四片烤土司後就出門了。真的有點冷啊，出門後才發現，今天開始突然變冷了。轟姊說秋天快來了。聽到這裡，我不禁在上學的路途中跟她說起台灣的氣候。放慢腳步後發現這也是個欣賞周圍景色的好方法，還順帶聊天打好關係。Ronja 對於台灣的濕熱氣候感到好奇，畢竟基本上跟歐洲是完全相反。這邊應該算是乾冷天氣，夏天搞得跟台灣冬天一樣，但搞不懂為啥德國民人人愛吃冰，好冷ㄝ。

　　月票還沒拿到，我是跟 Ronja 一起用普通票上車的。聽說最遲今天晚上媽媽就會幫我拿到月票了，接下來除了要拿出來給人查票的時候都不用拿出來。我之後還滿頻繁遇到查票的人，查票員會先出示一張證明，他身邊跟著一個肌肉超多、一個人就可以堵住車門的巨漢，想逃也逃不掉，就是在說這個情況吧，總之月票的時效是必須要記得的。

　　到了學校，跟昨天完全不一樣的感覺，學生都不在教室等著上課鐘聲響，而是在交誼廳三五成群地紮堆成為一個個小圈圈。我在之後才知道這個小圈圈是交換學生的惡夢。因為交換學生身為外國人，再加上和他們這些彼此是老同學、十年來都在同一間學校的人的關係不一樣，真的很難打入他們的圈圈。心想，他們人數多，直接擠進圈圈去就行了，但談何容易！這些圈圈通常都是五個人為上限，所以要像我這樣，厚臉皮、粗神經地站進去，真的是有難度。這樣說起來，我就只是直接站

進去，其他人為什麼不行呢？感謝粗神經。轟姊帶我經過了交誼廳，然後到了布告欄。說是布告欄也不對，因為旁邊就放著一塊板子，上面寫著「給學生用的布告欄」，所以這塊是啥我也不知道。總之，是給大家用的？是電子的，然後會每日更新，如果課程被取消的話那就會在這裡 PO 出來。是說德國的課程滿容易被取消的，老師生病、老師出去玩了、老師不見了，各種理由都可以。上課時間也是相當短，因為有些天是半天就結束了，好像比台灣更加自由啊，沒有課的時候可以到市中心玩。

　　班上有另一個交換學生叫做 Ana，從哪裡來我不知道——應該說我知道但我一直記不起來，她國家的文字不是羅馬字母，是一種感覺像蚯蚓的奇異扭曲文字，但一串下來也頗賞心悅目。她身材好到不像是十五歲的女生，我們國家十五歲女生的身材大概和他們十歲的女生相當吧。在他們學校哩，一堆成熟得不像高中生的男女從我面前走過時，心裡總是感覺怪怪的。是因為對於歐洲人面孔的不熟悉吧，但希望一年後可以熟悉啊。

Ana 來自喬治亞

　　這一天是星期四，第一、二堂的英文課被取消作為導師時間，另外有法語課，用德文來學法語後老師是幫我排掉了，變成在學校上初級德文，並在第二堂有個自由時間要我做什麼都可以的意思。第一天上學有點不習慣，是因為他們的下課時間是五分鐘、十五分鐘交替，而十五分鐘的下課是不允許待在教室的，要到

下面交誼廳才行——防竊？一堂課四十五分鐘，早上六堂，所以午餐時間是從一點開始的。不過，感覺他們都不吃午餐，都是把早餐當午餐，在早上的課堂間就吃掉了。第一天上學我非常認真，一直在聽講，雖然就某種意義來說就只是坐在那兒然後左耳進右耳出罷了。沒辦法，捕捉不到啊。可能到了三個月後就可以隱約聽懂了吧，希望。

今天只認識兩個人，Lukas und Direnç，最後面那個 ç 非羅馬字母打不出來，唸出來會有「吃」的音。聽說 Lukas 英文很好，所以一開始有和他多聊。在第一堂課下課的時間也是他帶我逛了校園，順便還帶我到了第二校區，也就是低年級所在的區域，我以後的初級德文就是在這裡上了。用德文問了些簡單的問題：「Spielst du Computer Spiele（你玩電腦遊戲嗎）？」「Nein（沒有）。」好堅決的回答啊。感覺這一年可以和他們一起好好學習了。

第一天到了中午就回家了，因為下午的課是我不用上的。到現在還是沒搞清楚那一堂是什麼課，應該是希臘文啥的。自己拿著票踩著時間回到家，除了門是轟姊開的不是我自己用鑰匙開的以外，都跟早上心裡預定的是一樣的。

我回家了。

體育課

明天是假日，感覺好頹廢的生活啊

　　今天有體育課，因為我被告知要自帶體育用的服裝包和另外一雙專門用在體育課的鞋子，所以我有點小興奮。第一、二堂的德文、英文很快就過去了，三、四堂的「政治」課雖然名字怪怪的但應該是「公民」沒錯。然而，我還是只能看看課本上的圖。另外，我記得在第一堂課好像是在說出生率、成長率、死亡率吧，還畫成圖。其實，我一個字都看不懂，卻還能用老師畫的圖推出這是什麼東西，我好像還沒忘記太多東西啊。

　　感覺今天的重點就是在第一堂的體育課啊。我們下了課後到了更衣室，男生、女生理所當然分開，直接開始脫褲子和衣服直接換上。我看沒有個人更衣室這種東西也就跟著脫了，秀肌肉～。順帶一提（這個詞好常用到啊，對國文課的益處又有了個新理解），除了我的衣服，我的褲子和鞋子都是用轟弟的，就是他用剩的沒帶去美國的就給我用了，說我不用再多買、多花錢，直接用現成的就可以了，真是感激不盡。但我到現在還是有點不知道，如果我到了第二轟家會不會這些東西要收回去之類的。這樣的話，我需要再買一套。雖然是理所當然他們沒這義務，但我還是想要帶著這些東西到我的「交換」結束的時候啊。感覺德國人的性格就是收回去不會閉一隻眼的，先在這邊做一個心理建設吧 o.o！反正沒了就買就是了，但還是想要爭取一下。切回正題，換完衣服後到了體育館裡面，因為有 Ana 翻譯我才知道老師在說什麼。啊，這裡又要先跳開一下了。Ana 因為在她自己的國家裡面已經先學過很多德語了，所以她可以輕易地聽懂德語，聽說是五年多了？然後她只會待在這裡一個月。我也很慶幸她這會兒在這裡呢。一個懂德語又懂英文的交換生同學，身材又這麼好（X），對我來說真是萬幸，能給我一個月的緩衝期。然而，這

同時又不免讓我擔心我的德語會不會因此進度落下來？算了，船到橋頭自然直，不要想太多無謂的事，還是再度切入正題吧。

　　老師說不要帶甜的飲料進去體育館，這才發現我沒帶水下來。老師說……巴拉巴拉巴拉，突然變快到連 Ana 都有點聽不懂了。好像是等會兒要先做暖身再跑步來著，就這樣進去了。先圍了個圈，問下我們上一堂課是什麼啊，然後就開始說應該是這一年要做啥的報告。我一句都聽不懂，但感覺在一開始就是要說這些，跟在國內的體育老師做的應該是一樣的。後來，就大家一起到牆邊靠著，報數 eins, zwei……這樣下去，分成兩組。第一組先做動作，等到第一組走出去大約五公尺，第二組跟上。動作會一直變，就是各式各樣的跑步就對了。抬腳跑、抬膝跑、側跑，還有那個很像在跳舞的跑法，再加上倒退跑，最後面來一個隨機跟老師喊的動作跑。這些我一句都聽不懂，有點失落，因為我以為會是像美術課和體育課這種應該不用做太多指令和教學的課程，應該會輕鬆些，結果還是要模仿 Lukas 的動作才能跟上。但換個想法，感謝平常有鍛鍊，所以我可以眼睛不看前面，只要專心盯著 Lukas 模仿，然後還能跟上他的速度，這樣想就好些了。

　　前一段各種切出話題、順帶一提、切回正題啊，好長好長。

　　之後，我們靠在另一面牆，根據老師做的動作，應該是在教我們肌肉的發力動作，鉛球？這刺激了，從小到大好像是第一次玩鉛球，做了幾個大致的暖身操後就準備要開始了。在做暖身操的時候，旁邊一位厚嘴唇的 Ruben 很貼心地用德文外加比手畫腳教我做出正確的姿勢，感激。搬出了幾個怪怪的球，很大，皮製，感覺頗重，因為有個男生好像試圖一次搬兩個卻失敗了。真心不知道這是啥球，有點扁扁的，又有點橢圓的感覺，不是正圓形，軟軟硬硬的──「這倒底是幹啥的？」正在這樣想的時候，對面的人就呼拉一下丟過來了。我擦身一躲，趕緊閃避。結果，搞到最後是要拋接啊。但最哭腰的就是我沒有搭檔，這時就感覺有點被排擠了 o.o。但設身處地想想，因為一個學生請假導致人數多出一人，會有人要拋棄十年來的同學去和一個不知道性格的外國人接觸嗎？這樣想就好很多了。

　　於是，就淡定地去跟老師說 ich habe kein partner. 德英混雜啊這個，哈哈！老師竟然聽得懂。於是，我就又和 Lukas 一隊了，變成三人一組，三角式拋接。好像很有趣的東西，但意外地重。我旁邊的女生組，就因為太重，再加上力量不

足，所以必須要把距離縮短。就算這樣，我還是一直看到她們漏接的畫面，萌萌的（？）。和我一組的是 Lukas 和 Johanas（不知道怎麼拼寫，所以暫譯），一個壯壯的而另一個小小瘦瘦的。我感覺 Johanas 不大接得住球啊，可是因為空間限制，所以我們不是 A 給 B、B 給 C、C 給 A 這樣子，而是 A 給 B，B 給 C，C 給 B，B 給 A，所以中間人會特別累，因為要一直頻繁地接這大球，而且是要用雙手來接的重量。所以，我們輪流來當中間人。我這邊用了一點點太極還是啥的，就是不要硬接，接到的瞬間就可以屈膝或是手做出一些卸力。這樣說感覺好中二（比喻青春期的少年過於自以為是等特別言行的俗語）啊，但真的是有嘗試這樣做，不然手真的會斷掉的。接下來，搬了鉛球出來。如我所料，從一開始最輕的 3kg 就是女生的專利，男生最輕只能拿 4kg，我傻傻地拿了個 5kg，但或許我姿勢正確吧，可以投得跟有些人的 3kg 一樣遠，這樣我就滿足了。

最後，我記得剩一些時間，所以老師就給我們打躲避球。我一開始腦袋一時反應不過來，等到第一顆球砸過來，我才發現這不是排球，被砸了三四次都回來了。他們用的是輕輕的像海灘排球一樣的東西，所以我一開始用不慣，後來管他三七二十一砸下去就對了，就沒問題了。順帶一提，Ana 因為忘記帶運動服，又因為今天穿的是裙子加高跟鞋，所以只能坐在休息椅上無聊地划手機，有點可憐。

體育課是第五、六節課，上完就回家了，但從早上開始牙齒就怪怪的，有點腫，就是智齒剛拔的那一邊，真的不舒服啊，全身痠痠熱熱的……頭腦有點轉不過來。轟姊帶我去買了藥，有點像漱口水，但很苦，非常非常苦，再加上一些口服的藥就OK 了，有好些。聽說這邊學生有醫保，所以看醫生不用錢。我應該是沒有醫保這種東西的，所以就直接上藥局抓藥了。總之，是有效的了，這樣就好了 :)。

和轟爸出去參加慶典

看到這個日期就會想到皇帝（九五至尊也）

　　今天真的沒什麼事。說真的，因為我太久沒碼字了，都有點忘了，到底在今天發生了什麼事。是說今天要先慶祝下久違的更新吧，因為我今天有時間。

　　到這邊也待了一個禮拜了，從第一天開始的「你學得好快」熱情也開始在爸媽身上消退了，因為習慣了吧。我要在這基礎上做更多才能回應爸媽的期待，這樣無疑是對我有了更深一層的壓力啊，畢竟時間擺在那兒要我做更加努力的事情還是有點難；但換個角度思考，老子可以站更高更遠，我要成為德文學霸。

　　上午應該就是因為睏睡了下，一覺到中午，吃了中餐就到下午了。下午四點和轟爸去祭典，叫做馬丁啥的，坐火車去的，差點忘記帶月票，哈哈！在此刻的記憶中有點混亂。我記得有一天是轟媽因為我還沒有月票所以就先載我，然後給我一張月票作為回程時使用；然後，有一天是轟姊帶我上下學（這應該是開學第一天吧？）……等等，這樣應該是禮拜五我還沒拿到月票吧？會有已經拿到的感覺應該是因為我有自己坐車回家的緣故。這樣的話，車票應該是爸爸給了我一張吧？

　　算了，不是重點。到了車站，突然發現應該要給它拍個一張。

▌ 背景有點小但還是可以稍微看到車站

在這邊「被」轟爸領悟一件事情：別讓別人用相機拍自己。因為沒有自拍功能，那要交給別人拍呢？然後就會遇見一個問題：如果他的審美觀和技巧跟你不一樣怎辦 XD ？就這樣，相機裡面的照片就先作廢了，就用這張自拍照吧 :)。

我們搭到我通常要下車的那一站的再下一站下，離學校很近。這樣走過去一段距離後，嘈雜又不失典雅的音樂聲開始進入我的耳朵，食物的香氣也跟著撲鼻而來。平常冷清的大街小巷被攤販給占據，但跟台灣的不一樣，不是見縫插針，而是井然有序。

最後一件事要講了，我和轟爸二人在那邊其實都不知道要做什麼，因為這時下起了毛毛雨，所以我帶的相機目前派不上用場。走在人群中，聽著旁邊演唱會的重金屬，再加上身上濕濕的，真的有點煩躁啊。於是，就在最後忍不住了，跟轟爸買了個熱狗坐在路邊的椅子上開始吃起來了。聽說是巨無霸 size 啊，這樣看起來好像沒啥，不過我記得在那當下我是連一口吃一段都無法，只能慢慢地從側面一點一點地吃。真的很大！在明天都變成笑柄了，因為好像大家都知道那個很麻煩吃，但我卻點了……哈哈！對了，裡面放了像是台灣泡麵的那種味道的醬汁。今天大概就是這樣了，今後因為要練習德文，文章啥的不會再用中文了，除了已經寫好的存稿外。掰掰（希望啦……）。

新生活

兩年八個月的奶瓶尿布生活，在孩子們都開學的這一天，終於瀟灑的跟它說再見。

妹妹上學的第一天，高興的以為她和兩個哥哥一樣，會大器的跟我說拜拜後就找小朋友玩去。
兩個哥哥上學的第一天，就是這麼開心、迫不及待的跑進教室去。
開學前的妹妹，也是這麼一副開心期待上學的模樣，
於是我以為，她也會如兩個哥哥般，絕不會出現哭天搶地的畫面。沒想到，老媽錯了⋯⋯

第一天，牽她進教室，老師隨即接手牽著她到她的置物櫃擺放她的書包、睡袋和水壺。
期待自由許久的我，當然懂得快閃是最明智之舉。
快閃後，找家幽靜的咖啡廳，給自己一份最安靜的一個人早餐。
忍不住在心裡超感性的跟自己說聲：「Ruby，真是辛苦妳了！」
隔了那麼多年再帶個娃，老實說⋯⋯

這兩年八個月，對早已稱不上年輕的我來說，生理心理都累壞了。

妹妹上學的第一天，開車回汐止找媽媽聊天。

天南地北的聊，聊獻、聊妹妹、聊治恩……

老爸一回家，不見妹妹，劈頭就問：「妹妹呢？」

囁囁的答：「去上學了。」

老爸劈頭就一句：比某茫（台語意思搞不出新把戲之類的吧）

摸摸鼻子，不解釋的快閃回家。

FB 上也有朋友問：「這麼小就送學校好嗎？」

對於這樣的問題，略過不解釋是我的唯一回答。

未曾全職在家帶過小孩的人，不理解當個全職媽有什麼好唉聲嘆氣說累的人，

覺得小孩這麼小送學校要學什麼的人，解釋只會讓自己更挫折。

因為，會這麼說的老爸和朋友，觀念上和我就是兩條無法相交的平行線。

偏偏我，從來就不是個為了孩子會委屈自己、犧牲自己、讓自己陷在不開心情緒的媽媽。

從孩子出生餵母奶這件事開始，我就厭惡極了所有闡揚為了孩子健康，就該堅持餵母奶的文章和道德勸說。

從來就受不了餵母奶等於好媽媽這種荒謬的高論。

當我每一次都餵的痛苦不堪、都餵的精神緊繃，

我會選擇停止。

當我的耐心和情緒已達我的忍耐極限，我也受不了不是二十四小時在帶她的老公對我說：

「她只不過想幹嘛，有耐心一點，沒必要生氣。」

這個方面我很自我，也很霸道的就是要說：

「沒有當過全職媽媽的人，不理解每天在家何累之有的人請閉嘴。

就算當過全職媽媽但願為孩子做牛做馬放棄自我的人，也請閉嘴，因為你是你，而我是我。」

至於妹妹的幼稚園，考慮的方向截然不同於兩個哥哥時。

有著寬廣活動空間的公立托兒所是我的唯一選擇。

第三個孩子，學校教不教注音？教不教英文？上不上什麼才藝都不重要。

只要活動空間夠，能讓她盡情的跑跳，是個安全的環境，有小朋友一起玩，這樣就夠了。

只不過，除了第一天快速閃人，沒機會聽到她的淒慘哭聲外，

再來的每一天早上，她就是一臉楚楚可憐的說著：「我不要上學，我不要上學……」

當然，這對老爸很有用，老爸的心在滴血，而堅定的媽顯得冷血的像後媽。

現在的她，完全標準的貓狗看了都想逃的年紀。

不順手的事就放聲尖叫，要不到東西、不順她的意就全身放軟的嚎啕大哭，

完全不受控的個性，我相信一部分是因為處於大家都理解的 Terrible Two，

但有不少的一部分，爸爸哥哥們真的寵壞了她。

尤其那個以前總用很嚴苛標準在要求兩個兒子的老爸，對女兒的包容力實在已經高到讓標準依舊高的我看不下去的地步。

老爹爹對兒子女兒的差別待遇，大到已經是完全不理智卻打死不願承認。

高齡得女的我們，該慶幸還有個極度理性的媽，

總得有個大黑臉來治這個集三個男人寵愛于一身的公主。

長得美不美、討不討喜不重要，重要的是，
理性的我，絕不讓妳因為寵愛變得嬌縱。

總之，覺悟吧妹妹，有老媽在，妳當不了刁
蠻公主的。

至於猷，到了德國後，稍回了幾張照片。

這孩子，除了應爸媽要求，傳了少少幾張照
片報平安，

他謹守著扶輪社幾次講習的建議：不要太常
和家裡聯絡，讓自己充分融入當地家庭。

嘮叨的媽媽 line 給他十個問題：

第一段飛機順利嗎？有沒有睡？

護唇膏想到就塗，德國冷又乾燥，要照顧好自己。

你是用紐西蘭護照入境德國沒錯吧？

送轟爸媽的禮物拿了嗎？記得茶包也拿一盒。

西裝襯衫要記得掛起來。

保持房間整齊是對轟家的基本尊重，記得哦。

做問題集了嗎？

今天要去參加扶輪社講習，要問轟媽穿什麼合適？名片要記得帶。

下禮拜溫度就降，帶的衣服一定不夠，該買的衣服就買，照顧好自己。

有地區活動，外套、國旗、大小社旗、禮物還有交換徽章要記得帶。

．．．．．．．．．．．．．．．．．．．．

．．．．．．．．．．．．．．．．．．．．

因為時差，因為他實在不怎麼常盯著他的 line，

左等右盼，終於等到手機上顯示「已讀」，

再等再盼，又終於等到他的回覆。

所謂的回覆，一如他一貫的作風，簡短而明瞭，就是：「嗯。」

心裡想，老媽問了十幾個問題，這個「嗯」到底是回答了哪一題？

不死心的再把問題重新來一遍，

左等右盼，終於又等到手機上顯示「已讀」，

再等再盼，又終於等到他的回覆。

這回，進步了，兩個字：「嗯嗯。」

OMG，這嗯嗯又是哪門子的回答？

不死心的媽忍不住又寫了：「猷，媽媽問那麼多，你就回答嗯，嗯嗯喔？」

老媽抱怨了，謹守扶輪社叔叔伯伯阿姨建議，盡量不和家裡聯絡的他這回的回覆是：

「呵呵」

我承認，我很嘮叨，我很無聊，這些都交代了 N 遍的問題還在問，
可我就是個媽，給老媽一點時間適應你已經長大的事實吧！

這幾天，更常半夜三四點起床上廁所，無法控制的拿起手機看有沒有他的訊息。
一發現他剛好上線，又是一連串好奇寶寶問題問不停。
連續兩天，問了 N 個問題，他就寫：
「媽。」
「你現在幾點？」
現在？你加六小時不就對了，四點啊！
「妳快去睡！」
「我起來尿尿啦。」
「妳快睡，我很累，我要睡了」
就這樣，再寫，也不會再出現已讀。
這小子就真的睡覺去了，任憑老媽怎麼叮叮叮叮的發 line，他就是睡覺去了。

和淑慶聊著聊著，她發了一封很有意思的文章，看了忍不住哈哈大笑：
同樣的字 ~ 字數不同 意思「絕對不一樣」：

    呵 ←冷漠

    呵呵 ←陰險

    呵呵呵 ←無言

    呵呵呵呵呵呵呵呵 ←耍笨中

    哈 ←愉悅

    哈哈 ←開心

    哈哈哈 ←爽快

    哈哈哈哈哈哈哈哈 ←神經病

啊 ←嬌羞

啊啊 ←驚呼

啊啊啊 ←驚恐

啊啊啊啊啊啊啊啊 ←高潮了

喔 ←敷衍

喔喔 ←默認

喔喔喔 ←懷疑

喔喔喔喔喔喔喔喔 ←失智中

嗯 ←好吧

嗯嗯 ←賣萌

嗯嗯嗯 ←胸悶

嗯嗯嗯嗯嗯嗯嗯嗯 ←便秘了

嘿 ←招呼

嘿嘿 ←奸笑

嘿嘿嘿 ←得逞

嘿嘿嘿嘿嘿嘿嘿嘿 ←色伯伯

嗚 ←撒嬌

嗚嗚 ←難過

嗚嗚嗚 ←哭天

嗚嗚嗚嗚嗚嗚嗚嗚 ←有阿

於是，再偶爾看到他的回覆，不管嗯、嗯嗯還是呵呵，

對照一下淑慶的轉貼，調侃一下自己的囉嗦，

罷了罷了，我該放心了，其實猷，根本不需要我瞎操心。

他能吃苦，很主動、很懂事、很貼心，偶爾雖然不是很機靈，雖然老覺得他會忘東忘西，

但這一單飛，逼著他長大，也逼著我放手。

尤其，在想他想到天荒地老，想到許久前說他弄了個部落格，

那個期待的看了 N 遍，卻永遠一篇文章都沒的部落格。

意外的發現，這個很不積極的小孩，到了德國，原來真的開始煞有其事的寫起日記來了。

然後發現他原來和老媽一樣，永遠寫完就豪氣的發，從來不管句子順不順，也不管字寫錯了沒。

落落長的日記詼諧有趣，老媽看得不但上癮更自嘆不如。

更發現，老媽很多的叮嚀，雖然他老是回以放空的眼神，但其實他都記在心上。

記得，一次講習中，有個前輩分享著一個外國學生學中文的方法。

這個孩子，隨身帶著紙和筆，聽不懂的，馬上拿出紙筆請人家寫下，馬上記下來。

於是，很快的把中文學得非常棒。

一聽，跟猷說，這確實是學好語言的超級好方法。

提醒了他 N 遍，一直不認為他會認真記起來。

一直到看到他的發回一張轟媽帶他進城的照片：

進城去的他，手上就這麼拿著紙和筆！

確實，這就是憨厚的他，有時說他傻裡傻氣，但就是憨傻的這麼可愛。

看了他的部落格日記，對照了淑慶超爆笑的轉貼文，
對離家十二天不過的猷，我已有一百分的信心！
我相信在遙遠國度的他，一定是一個讓轟家疼愛、謹守本分的好孩子，
一定會用他的方法和努力，讓這一年的遠行成為大豐收的一年。

兒子，媽媽乖乖的等你的部落格日記，我發誓，再也不發一些超級笨蛋問題吵你咧～

█ 猷的 Home 爸爸媽媽和姐姐。

█ 第一天上學。

█ 第一次吃德國的
超大香腸漢堡。

神奇的緣分，他和德國爸爸的笑容連正牌老爸看了都驚呼：「怎麼這麼像！」

孩子，很開心在相片中開到你燦爛的笑容，
用力的、盡情的體驗德國的所有吧！
Dear Yoyo, enjoy it！

Erste Tag von Rotary Wochende

Ich versuchen zu Blog schreiben auf Deutsch. Das ist erste Mal schreiben auf Deutsch ich Blog so vielleicht schreibe ich nur einfach Artikel mit einfack Grammatik.

Dieses Wochenende ist ein Totary Wochenende (ich bin nicht sicher dass ob ist das order ist Rotex Wochenende....egal.), alle Austausch Schüler gehen zusammen nach Walsrode für Prüfung und ein bisschen Spielen.

Nach Sport Kurs in Schule, ich komme nach zuhause und sortiere meine tasche aus. Um zwei Uhr fahre ich nach Braunsweig zum Bahnhof zu treffen andere Austausch Schüler, Iago, Tatiana, Woodoor,? (ich vergessen ihr Name XD). Sie sind sehr freundich. Nach dem wir treffen zusammen wir gehen nach Hannover mit dem Zug. Tatiana hat ein Gruppen Ticket gekauft, so wir sollen nicht auch kaufen. Nach zwei Stunden Ankunft an unserem ziel.

Wir nehmenteil erste ein Abendessen und wir gehen danach unsere neue Familie (wir haben neu Familie für diese zwei Tage.) Wir sprechen viel und sind sehr glücklich...weil hier sind viele freundich Leute und wir treffen so viele und sprechen viel weil wir sprechen nur Englisch und Deutsch ohne unsere LandsSprache so wir fühlen nicht so gut sind. Es ist nicht gut in für unsere Kehle...... wir mögen wenig Chinesisch sprechen.

Nach Abendessen haben wir viele Aktivitäten. Zum beispeil, wir Tanzen mit Musik und Nationalhymnesingen. Alle Austausch Schüler haben Ihre Nationalhymne deswegen das ist sehr interessant.

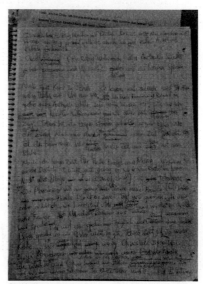
手稿

Nach viele Aktivatät gehen wir nach zuhause. Ich ,Woodoor und(?) (ich vergessen wiider, tut mir leid XD) wer kommst aus Italien sind im gleich zuhaus. Ich und Woodoor wohnen zusammen in einenm Zimmer und(?) wohnst in einem andere Zimmer.

Wir wohnen auf dem Dachboden. Das Haus ist sehr groß. Unser Vater ist freundich und ein bisschen dick. Er mag Wein trinken und Tauchen. Ich mag das nicht aber er mag sprechen mit uns. Es ist okay weil wir bleiben hier nur für zwei Tage.

Danach dem wir im Haus angekommen ist es elf Uhr +.o, zu spät für mich weil der Vater spricht viel mit uns bis zwülf Uhr deshall bin ich sehr müde......egal, SCHLAFT GUT.

Danke Mutters Hilfe o.o.

| 事後註記 |

這一篇文章是非常有紀念價值的第一篇用德文寫出來的日記，主題大致上是在描述第一次扶輪社週末的聚會，所以有交換生聚在一起聽聽注意事項，並在第二天玩一整天，同時也交了朋友。我把文章重讀了一遍，有個地方真的是太好笑了，我在這邊要寫出來：Rotary 我寫成 Totary。順帶一提，tot 在德國是翹辮子的意思。我當然沒有惡意，會打錯也只是因為 R 跟 T 的位置有點相近。這種好笑的錯誤就先留下來吧 :D ！

BTW，好懷念啊，第一次大家見面的時候。

Zweite Tag von Rotary Wochende

So viele Dinge in dieses Tag.

Gestern Abend ist es so dunkel gewesen, so dass ich nichts sehe konnte. Am Morgen kann ich alles sehen. Das haus ist nicht so aufgeräumt, ich liebe mehr meine jetzte Familie, bei der ich jetzt bin.

Vielleicht das war ein Bauernhaus? Wir gehe in ein Zelt und sitzen auf dem Stuhl.

Nach sehr langer Zeit mit Rede, Predigt und Prüfung, wissen wir unser Deutsch ist nicht gut genug so wir sollen mehr RosettaStone lernen.

Nach allen Dingen, es ist schon zweil Uhr. Wir haben unser Früstück: Toast mit Marmelade und Butter und Orangersaft und Milch zu trinken. übrigens, ich weiß nicht warum Deutsche Leute mögen immer jeden Tag Toast essen. "JEDEN TAG" Für mich ist das okay weil ich es auch mag aber "JEDEN TAG" !? Weiß du was ich meine?

Manchmal sagt meine Mutter, heute haben wir......eine andere Sorte von Marmelade.XD Egal. Ich mage das und das ist okaz. So, nach Toast essen von Mittagessen (Frühstück auch), wir starten mit den Spielen. Zum Beispiel, Frisbee und Volleyball Spielen, singen, tanzen, Plaudern bis am Abend um zehn Uhr. Allees okay wir sogar haben ein sehr gutes BBQ als Abendessen aber wir haben ein Problem mit der Musik. Weil zu viele Austausch Schüler aus Brasilien und Mexiko kommen, so sprechen so viele Leute Spanisch. Die Musiks ist immer auf Spanisch so versuche ich zu das ändern. Aber wir haben Streiten.

Glücklicherweise finden wir eine Lösung. Alles gut wir gehen wieder nach zuhause.

| 事後註記 |

　　在這篇文章中，除了一開始的對昨天寄宿地點的稍稍描述，我對於德國人天天吃麵包這一點有點意見。他們的特別的早餐，就是捧出來一罐巧克力或是特殊的果醬。現在想起來真的超好玩的，自己竟然能天天都吃麵包！早餐吃，午餐吃，晚餐吃。是說，地區總監有要求我們去購買一個網站上面的帳戶，叫做 RosettaStone，是一個德文學習軟體。我在一開始花了很多時間在那上面，但到後面，大概幾個月後吧，我就完全不動它了。一開始它真的幫了我很多，但到後來就比較沒用了。

Dritte Tag von Rotary Wochende

Die Ende von diese Wochende.

Danach stehen wir am diese Morgen auf. Wir essen unsere Früstück mit Gast Vater.

Tatsächlich, Ich habe viele Dinge schon vergessen. Weil wenn ich diese Beitrag schreiben, es ist schon fünfte Dezember. o.o Ich vergessen diese Beitrag schreiben. Egal.

Wir machen nicht viele Dinge heute weil Heute ist nur die Ende von diese Aktivität. So wir essen zusammen in ein Großes Hause.

Danach das, kein andere Dinge. Das ist alles.....vielleicht das ist der Grund dass ich vergessen diese schreiben. Nicht so viele Dinge kann ich heute schreiben=.=.

| 事後註記 |

　　這一篇有點偷懶的嫌疑。我在寫這一篇文章的時候已經十二月五日了，所以忘記也算是正常的（？），但基本上來說，扶輪社週末的最後一天都是這樣，收收東西、整理垃圾這樣，不會有太多事的。

接待日記：《8/21 ～ 9/18》
蜜月期＋磨合期

Yoyo 六月剛從麗山畢業，治恩很幸運的也被安排到離家很近的麗山高中就學。

說來真慚愧，猷剛進麗山那年，挺著七個月大肚子的我實在鼓不起勇氣參加他的學校日，

接著妹妹出生，抱著一個小 baby 更是不方便。

一直到他畢業，他的學校活動，印象中媽媽只去過兩次。

對於麗山的校園，老媽依舊陌生的一走進去就陷入迷路狀態。

Yoyo 未出國前，盡責的帶治恩走了趟校園、介紹了他待了三年的學校。

開學前，又拜託冠宇幫忙，找來可能和他編在同個班級的同學先讓他熟悉認識。

進入台灣的高中，跟著一般學生坐在課堂上足足七到八個小時，

對於來自完全不同教育體系的交換學生，可以想像、更可以理解這會是最困難、最容易讓他覺得挫折的一個環節。

對於他這一年的學校生活，我們能想到做到的，也只有事先讓他熟悉學校環境，開學前幫他安排同學認識。

再來上學後生活的適應、未來一年面對挫折的自我調整等等，也只能靠他自己的努力了。

開學前幾天，帶他到學校買制服。

對於制服這件事，他像個孩子般的開心期待，覺得有制服穿是一件酷斃的事。

開學後沒幾天，一天回家就說：「媽媽，我想要買麗山的外套，我看到有同學穿，我覺得好漂亮。」

看著他，一個字一個字的慢慢告訴他：「你有麗山的外套！就在你的抽屜裡。」

翻出外套的他，雀躍不已。

晚上散步，外頭悶熱的天，他跟小孩子在夏天看到漂亮的冬衣一樣，硬是要穿上他

172

覺得超級漂亮的麗山外套外出。

狐疑的看著他說：「你確定要穿這個外套？外面很熱哦！」

他堅定的答：「不會，我不熱，我有點冷。」

這個小孩，比猷還要少根筋，要嘛找不到衣服，要嘛悠遊卡不見了，要不上華語
課結果把課本、聯絡簿通通留在桌上沒帶走，要不幫他填了張假單，塞在書包裡 N
天了，每天就是忘了要交給老師，要嘛上完游泳課泳褲就忘在學校沒帶回家……

他，從很多的地方來看，其實就是個孩子，一個很需要被照顧的孩子……

其實，他也只不過比 NU 大了一歲而已……

平常，只要出門，都是猷在負責抱妹妹。

Yoyo 一年不在，現在治恩是大哥哥了，

很好的機會，讓他開始學習當一個哥哥。

妹妹，很愛跑進他的房間和他嘰哩咕嚕的說不停，

常常，妹妹一邊說，他就一邊喊著：「媽～妹妹在說什麼？」

還不是太能溝通的兄妹倆，有時，比手畫腳的，妹妹也能把治恩哥哥拐到零食櫃，

幫她拿到媽媽放得高高不給吃的零食。

只能說，身體語言果然是走到哪都通用的國際語言。

開始帶著他體驗台北，騎騎車、爬爬山、到處走走⋯⋯

扶輪社的行事曆攤開，他這一年的生活其實相當的忙碌。

除了地區的活動、接待社安排的爬山、每個月必須參加的例會、和扶輪二代的聚餐，

還有學校的活動、我們的家庭活動⋯⋯

剩下的時間，才是他的時間。

對這個青春期年紀的孩子而言，尤其對這個來自西方教育體制、高度要求自由的孩子而言，

再加上參加了幾次講習，早有心理準備要面對重複又重複提醒的文化差異，

真正住到一塊兒，開始相處，開始有了一點想法不同，開始有了一些小不愉快⋯⋯

和他之間，從蜜月期很快就跳入了磨合期。

但，這就是客人和家人之間的不同，

客人，坐坐聊聊就走；家人，生活在一塊兒，

摩擦，就在生活之間，摩擦，更來自把他當自己孩子為保護他、希望他好的出發點，

偶爾，雖非摩擦，卻被他面對挫折的情緒感染，也跟著不成熟的覺得萬念俱灰。

偶一兩次，想著怎麼讓他懂得我們的想法，想著怎麼鼓舞他，

就這麼帶著挂念入睡，於是大半夜就這麼硬生生的醒來。

心一團亂時，想到他的年紀，其實，他就真的真的只是一個孩子。

哪個孩子不是這麼走過和青春衝撞的歷程？

想著想著，又爬起來擬著一長串好言好語又軟硬兼施的溝通文。

很不一樣的經驗，深吸一口氣，這一年才不過開始了一個月就已這般的精彩。

後面還有兩個孩子，來自不同國家，又會有什麼不一樣的磨合？

只不過，多虧了他，我的日子變得很不無聊，

多虧了他，讓我沒有太多太多心思，挂念遠在千里外的猷。

畢竟長了治恩兩歲，猷住到德國接待家庭裡，

他的生活自理能力，他的主動和溫和的個性，我很有自信，他一定是個不需轟爸媽操心的孩子。

▌一筆一畫認真的簽著自己
　中文名字的治恩。
▌妹妹拿了自己兩頂小帽子,追著治恩
　哥哥一起帶,很開心的自拍二人組!

愈發覺得扶輪社的交換真是太完美的計劃。

因為自己的孩子也寄人籬下,更能有同理心面對來自不同國度的孩子,

畢竟不是從小帶大的孩子,觀念想法衝突難免,我想,「愛」是唯一的潤滑劑。

如同秋香所言:想到兒子刻在他國努力,一年後將全新而返,這是多大的遠景!

所以~加油吧,治恩!加油吧,Yoyo!當然,也為自己說聲加油!

Yoyo、治恩還有我,大家一起努力,

期望這一年我們的交換生活,各自收穫滿滿,

期待這一年,在我們的生命中,都成為午夜夢迴時,想到都會微笑的一年!

Ein bisschen Chinesisch ;D Die erste Tag von Rotary Wochende

sehr gut.

Erste schreibe ich ein Beitrag auf Deutsch. Ich habe diese Beitrag geschrieben vorher schreiben andere Beitrag auf Deutsch www. Egal, das ist für mein Familie, um mehr einfach zu verstehen.

說起來有點感傷,我一直忘記介紹 Ana 了。

她跟我一樣是個交換學生,但只有短期。這點我倒是沒在第一時間問她,因為反射性地以為她跟我就是一樣都是待一年。一直到這一週,我才終於知道她在這一個禮拜五就要回去了。有點小感傷啊,送機什麼的我也做不出來。一方面也不是說非常熟,另一方面就是想送也送不了啊,今天下午要搭車子到 Neue Stadt 參加扶輪社聚會。

其實是想去送機的,但真的抓不出時間。雖然剛剛說做不到,但我有時間基本上我還是會去的。因為待在德國這一個月,我基本上已經知道一件事:與其待在家裡當肥宅,還不如多多參加活動,不管喜不喜歡的都參加,因為大部分都會是新的經驗,不要浪費在德國的生命!

Ana 已經先學過五年的德文,所以可以非常自然地融入德國人的對話之中。在一開始,除了 Alice 會幫我翻譯之外,Ana 也會幫忙,但個性有點冷冷的??她真的非常奇妙,在大家閒聊的時候,如果沒人跟她說話,她基本上就只是待在旁邊看看手機;但一跟她講話,她又會非常地熱情(?),會笑得非常誇張。總之,就是冷熱集合體。上面那張照片是在前天的德語課等待時間裡她突然拿出自拍棒跟

我拍的，一瞬間以為她是看到我是台灣來的才這樣特地買了一根自拍棒。

　　扳回正題吧，就在今天，Ana 的飛機飛走的同時，我就坐在火車上跟著之前那幾位住在附近城市的人一起搭車前往目的地，在車上只遇見了那個中國血統加拿大籍的女生 Nancy（原來是用中文寫的，中途改變想法了想用德文寫）。

Es ist ein besonder Tag auch weil Ana gehst heute los.

Und habe ich ein Rotarz Wochende von heute. Alles ist normal in meine Schule Tag, kein besonder Dinge aber nach Schuler Tag, in Nachmittag, ich fahre nach andere Stadt mit Zug für Wochende und Ana ist in Flugzeug. Wir haben in Schule zusammen sind für ein Monaten. Ich werde vermissen ihn.

Das Foto war am Donnerstag Machen:

Diese sind andere:

Ich fahre mit lago, Tati, woodroow...mit Zug weiter. Ein gruppe Ticket für alles sind mehr preiwert manchmal. Wir fahre nach Hannover erste. und treffen andere Leute wenn umsteigen wir. Jennz ist nicht da. Vielleicht hat sie schon da sein und wartet mich.

　　Nach ein lange Zug, komen wir nach da wo bleiben wir für drei Tag. Ein klein Stadt. Ich bin angenehm überrascht dass so viele Rotex war in Taiwan! :) Sie können sehr gut Chinesisch sprechen.

　　Wir muss auf Boden mit Schlafsacken schlafen. Aber denke ich das nicht genug ist deshalb suche ich danach geben wir Geld, Essen Datei zum Rotex ein Mat. Das

ist wärmer für us.

Es ist unsere erste Mal dass schlafen nicht in Gast Familie so versuchen wir noch
einmal und weiter zu finden was ist am Besten. Yian kommt nicht weil sie hat andere
Aktivität in ihn Stadt. Ich, Jenny, Nancy schlafen zusammen endlich. Es regst mich
dass Leute naben mich sprechen nur Spanischen ohne English. Sie singen viele und
spielen auch bis spät Zeit deshalb nicht so gut für unsere Schlafen. So ändern ich
mein schlafen Platz mit Jenny auch.

Kein Idee was ich mache soll nach firtig alles Dinge weil wir mussen warten
andere Austausch Schüler. Ich spiele Chinese YOYO mit späß und für üben auch.
Aber Leute machen Fotos und Jubeln Applaudieren. Alles haben späß.

Und möchte ein Austausch Schüler das lernt so ich bin glüchlich. Wir mussen
viele besonder Essen nehmen für unsere heutes Abendessen. Mein Schwerster
macht ein Torte für mich. Viele dank für ihn! So essen wir so viele besonder Essen von
verschieden Länder ;) So lecker. Nach das, haben wir ein Kärze Zeit. Wir spreche in
ein Gruppe was Problem order was passiert haben wir.

180

Weil war wir in Deutschland für zwei Monaten deshalb sprechen wir English jetzt. Wir mussen draußen gehen weil haben wir kein Platze für sitzen. wir sitzen unter ein Baum und beginnt spreche endlich. Finde ich das viele Leute nicht so gut in Schule sind. Sie gefällen schlecht. Weil haben kein Freunde und verstehen nicht in Unterriecht. Ah..für mich, alles okay. Gute Nerven habe ich vielleicht T.T Nach das, Rotex sagt zu uns etwas was wichtig, 4D, und wann können wir rauchen(???). In Taiwan und in USA können wir nicht rauchen aber in Deutschland, mmmmmm......... Ich mag nicht rauchen.

So machen Musik an und mache Licht aus. Es ist ein Part. Laut Musik wahnsinn Tanzen. Ich versuche das auch aber nach Stunde finde ich dass sie spielen nur Spanien Musik ´.´ Weil sind hier zu viele Leute Spanisch sprechen. Damit in die Ende sind hier nur Spanien Leute. Sie können alles in Liede verstehen aber wir können nicht.

Nach einfach Duschen. Wir schlafen. (Nur dusche ich, viele Leute duschen nicht weil die Badezimmer ist nicht so gut und sauber. Egal, wenn dusche ich nicht, mein Kopf wird Juckreiz sein.. sSo ist das wichtig für mich eln Duschen habe. Egal ist das sauber. 0.0

| 事後註記 |

跟上次的聚會比較不一樣，這一次是住在一個體育館裡面，睡在地板上。
交換學生之間還沒有太熟悉彼此，大家都還是用英文交談。

在這些之後，還有稍微說到各國交流文化的結果，還辦了一個派對，最後對於「雖然廁所不乾淨但竟然只有我一個人願意洗澡」這件事感到驚奇。

Die zweite Tag von Ratary Wochende

weiter spielen o.o.

Am Morgen wache ich um sieben Uhr auf. Ich putzte mein Zähne und andere Dinge machen, zum beispiel, ändern mein Keidung. Nach alles Bereiten, schlafe ich wieder weil finde ich mussen wir nur um acht Uhr auf und um neun Uhr Früstück haben. So schlafe ich wieder.

Danach essen wir unsere Früstück, wir habe ein Aktivität, Wir mussen alle Stadt laufen, um Hinweis zu suchen. Zum beispeil, ein Löwe Statue. Aber, manchmal ist es sehr lustig. Weil wir finde vier order mehr Löwe, so welche??? XD

Wir mussen alle sieben besonder Platze order Dinge finde. Und zwei Sunden später wir komme nach wo schlafen wir zurück. Dast ist nicht so interessant weil laufen wir zu viele so müde. Wir haben ein Sandwich Buffet als unsere Mittagessen. Ah, voger das Aktivität was zu finden etwas wir haben andere Aktivität.

Das Aktivität ist über viele und viele Sport und Spielen zusammen. Zum beispiel, Leute versuchen Ihnen Besten, um auf die Zeitung zu bleiben. Mehr Leute und mehr Zeit, damit mehr Fraktion;). Aber, wir sind nicht die Besten, und wir sind das Schlimmste T.T Wir versuchen unsere Besten schon. Egal. Wir haben viele Spaß.

Am Nachmittag, wir spielen selbst. Weil ist unser Mittagessen spät. So ist es nicht so viele Zeit am Nachmittag. Vielleicht drei Stunden order weiniger nur. Wir spielen ein besonder Spielzeug, hier ist das Bild:

(ich kann nicht das suchen in GoogleBild so male ich selbst ;P)

Ich probiere das mit andere drei Austauschschüler zusammen. OMG, Ich gefälle dass Ich fliege um das Moment.

Mir gefälle nicht so gut so deshalb ein Pause ich habe. Wenn schlafe ich, viele Leute mich ein Foto machen ´.´ Spaß, Egal.

Unsere Abendessen ist BBQ, sehr gut dass danach schlafe ich für lange Zeit weche ich selbst auf und ein gut Abendessen haben. Wir sitzen in ein Runde zusammen und plaudern haben. Wir sprechen über die Party was später wird, Wir haben ein "BAD TASTED" Party. Das heißt Leute tragen etwas komish oreder lustig Kleidung in ein Party. Für mich, es ist ein neue Erfahrung auch. Hier sind die Fotos:

Wir haben viele spaß! Nach das, ein bisschen Tanzen versuchen auch aber die Liede auf Spanien noch, deshalb habe ich keine Ahnung. Wir schlafen um 1 Uhr. Andere Austauschschüler schlafen vielleicht um 4 Uhr.

| 事後註記 |

　　今天參加了 Rotex 辦的一些小遊戲，過後還玩了那個我不知道叫什麼但我有畫出來的設施，因為太累暈倒下還被偷拍……

　　昨天的那個派對其實更像是交換生自己搞出來的，今天的就不一樣了。沒記錯的話，Rotex 給我們的主題是：「Bad Taste」。說白了就是你要穿一套平常走在路上絕對不會穿的東西，品味越爛越好這樣。

　　很有趣的派對。

九月生活隨筆

09/26

招指一算，妹妹已經上學四個星期了。

除了上學的第一天，在她搞不清楚狀況，老媽就快閃沒聽到她的嚎啕大哭聲外。

整整一個月，每天七早八早就哭喊著：「我不要上學，我要找爸爸～～我要去公司找爸爸抱抱～爸爸～～嗚哇～～」

只能慶幸那個老爹爹不在現場，要不，他肯定抱著這哭到柔腸寸斷的小娃兒，兩人就在校門口演起生離死別的煽情劇。

好多次，剛回到家就看到他的 line 問：「妹妹今天還好嗎？」

一聽妹妹還是哭，一下要問老師的 line，一下指示要去關心一下妹妹在學校是不是被欺負，還是妹妹不喜歡這個老師？？

五十歲的老爹爹，碰到三歲不到的小女兒，上學哭已經讓他直想找老師好好聊聊了。

我不禁想著，等到妹妹七歲上小一，那時，五十四歲的老爹爹，會不會就是那種每天把小孩送到教室，就直接站在教室外不肯走，準備站到女兒下課的恐龍老爸了？!

阿嬤三天兩頭打電話問：「妹妹上學還哭嗎？」

沒好氣的答：「哭啊，每天哭說要找爸爸，不要上學啦……」

阿嬤一聽：「你千萬不要跟安在說，不然他會心疼死，早上送妹妹，也千萬不要讓他送，不然妹妹一哭，他一定就直接抱回家了……」

放學回家，開始會天南地北的說著她荳荳班的事情，

說荳荳一號是誰，二號三號四號五號叫什麼，

看哥哥回家洗手，眼睛盯的緊緊的，看 NU 隨便的沖水甩手，開始雞婆的說：

「不是這樣啦，哥哥，要手交叉洗啦，還有手背，還要沖，還要擦乾啦……」

一天突然說：「今天荳荳班的阿姨躺在我旁邊陪我睡覺。」

媽媽問：「為甚麼要躺妳旁邊？」

「因為只剩下我在哭了。阿姨躺我旁邊陪我，叫我不要哭。」

「妹妹，妳不要再哭了嘛，全部小朋友只剩下妳在哭了，有點丟臉耶……」

她，臉不紅氣不喘的答：「不會啦，不會丟臉啦～」

隔天，再問她：「妹妹，今天中午阿姨還有陪妳睡覺嗎？」
她神氣的答：「今天阿姨沒有陪我睡！今天換老師抱我。」
「為什麼要抱？」
「因為還是只有我一直哭一直哭啊！」

唉～～妹妹啊妹妹，妳已經哭了整整一個月了，老媽真想知道，這每天哭喊我要找爸爸的劇情還要上演多久啊？

09/27

一天，放學回家的治恩，和平常相較，話顯得特別的多，

這個孩子，心裡的喜怒哀樂全寫在臉上。心情一好，就媽媽長媽媽短，嘰哩咕嚕的說不停。

這天，跟我聊起他喜歡吃的烤鮭魚和煎牛排了。

google 了許多食譜告訴我他最愛的烤鮭魚，

口沫橫飛的說著需要的材料，說著第一第二第三……的步驟，再形容著如何鮮嫩又多汁的口感，

說到平常不怎麼吃肉的我，腦海裡已經都有那 juicy juicy 的畫面了。

最後問：「媽媽，我們家可以用 BBQ 嗎？我可以做給你吃。」
「BBQ？沒有。我們家 N 年不吃烤肉了。」
「為什麼不？」他不禁驚呼。
「因為爸爸說烤肉不健康。」
「NO ～～～妳應該要試試的。」

衝著他要做給我吃，吆喝他的二 home 媽和三 home 媽一起中秋烤肉，
平常買菜只會固定買那幾樣菜的我，光一個新鮮蒔蘿哪兒買就考倒我了。
還有什麼檸檬胡椒，還要一個松木板，除了鮭魚，其他調味材料該上哪買，讓我頭

大的到處跟朋友們請教。

難得的中秋，雖不知為何現在的中秋就是要烤肉，

雖然天公不作美，大雨嘩啦嘩啦下的賞不到月，

但起碼帶他到三轟媽家，讓他體驗台灣的中秋團圓味兒。

盯著他看，想認真學學他口中鮮嫩又多汁的加拿大有名的烤鮭魚。

檸檬胡椒灑一灑，乾燥蒔蘿灑一灑，然後放上一排檸檬片。

狐疑的看著他：「就這樣？？這麼簡單？？」

他呢，鋁鉑紙包好鮭魚，放到烤架上，就滑著手機，顧著聊天，什麼都不管了。

反倒是大家一個接一個不放心的問：「啊鮭魚烤好了沒？？」

他，果然是用嘴巴做菜的一員無誤。

一大片熱騰騰的鮭魚上桌，

烤了 N 年烤肉，但就是沒吃過烤鮭魚的大夥兒，很好奇這個加拿大小孩，到底會
烤出什麼獨門祕方的鮭魚？

所有的人，你一塊我一塊的爭相嘗鮮。

一入口，真的驚訝極了，口感確實不賴耶！！

只放了檸檬片，只撒了些檸檬胡椒和乾燥蒔蘿，就這樣！真的好吃耶！！

超級不擅烹飪的我，今年中秋，真開心跟我的
加拿大兒子學了一道簡單又特別的烤鮭魚。

第一個沒有 Yoyo 的中秋，
月圓人團圓的日子，特別的想念遠在德國的猷。
一整個禮拜沒有他的日記，只有短短的一行
line 告訴我們週末參加兩天一夜的扶輪社活動
去了。
今年的中秋，全家福裡少了 Yoyo，多了治恩，
一家五口，心裡放著思念，臉上帶著笑容，留
影紀念這特別的一年。

Die dritte Tag von Rotary Wochende

Die Ende

Es ist die Ende von diese Wochende. Wir haben nicht so viele Aktivität heute. Sauber machen, Gepack verpacken, alle Dinge zurück nehmen. Wir mussen diese Dinge machen weil wir möchte hier nächste Mal Leihen noch. Deshalb muss hier sauber sein.

Danach firtig wir, wir tanzen, um Erfolg zu feiern :). Alles gut.

Ich höre andere Austauschüler haben ein Aktivität in Hannover nach diese Rotarz Wochende. Erste möchte ich das teilnehmen.

Abver ich gehe nicht da. Ich vin rightig weil in What's app Grupe gucken ich sie trinken viele Wine o.o. Betrunken auch. Etwas Filme sind seltsam, sie schaden offensichtlich vierD. Küssen, betrunke. Ist das okay? Egal, in die Ende, komme ich noch Hause und viele schlafen haben.

Weil zu müde ich vin. Diese Wochende ist sehr gut für mich.

| 事後註記 |

跟上次一樣，第三天基本上都是打掃跟打包行李，沒有其他的。

美術課拍影片

今天早上霧好大啊

　　說是有回溫，但也不過是到七度左右，還是他叉（X）的要人命，而且今天濕度好像上升了，所以其實在太陽沒出來前真的比昨天還冷，有種衝動想回到台灣一年四季都要穿短袖短褲、藍白脫的念頭——這樣大學四年生活的服裝已經被莫名其妙地決定了啊，哈哈。

　　早上又是匆匆忙忙，鬧鐘是有聽到，但是我把它往後調了五分鐘，不要小看這五分鐘（指）！這可能就是有沒有搭上一班車的區別！但今天看過時間後還是很淡定地慢慢騎到了車站，優哉游哉地猶豫要不要把手套拿下來滑滑手機等火車。還是拿下來了，超冷，但總比沒事乾在冷風裡被吹得好。因為原本想說找一下⋯⋯她叫啥來著，Ilisa？就是昨天經過 Ruben 介紹跟我聊天的那個，最後在回家前用德文聊下天感覺也不錯啊。她說我德文進步很多，這讓我很高興啦。但是，我今天想找她聊天找不到啊 =.=，不知為什麼她每天都會比我晚到火車上，是因為搭下一班也趕得上吧？總之，就是在十分鐘前都看不到她就對了。

　　美術課的拍片作業倒是已經到一個進度了，草稿用的漫畫畫得差不多了，開始拍片了。在這裡不得不提的就是 Iphone 的鏡頭真是強大，感覺比我的相機解析度還高啊。就算不是，在手機螢幕上的顯示真是品質一流，這算是我在蘋果產品上第一個除了外觀發現的優點。聽說還有剪接功能，真是太讚了，乾脆買一台當作相機也不錯？說笑的。偏題了，趕緊拉回來。

　　話說那一天，太陽溫暖，草地翠綠，微風拂面好舒服⋯⋯騙你的！基本上全部往反面想就對了。太陽小小的，草地是翠綠沒錯，不過是濕的，微風是冷的，整個冷颼颼刻到骨頭裡去了，哭哭喔！這種天氣要我把手露出來拿手機拍片是怎樣啊?!

抱怨完了，繼續。走出了學校正門，接著往市中心方向走，然後到一個公園的一個紀念碑下面，開始拍戲。我走到這邊的時候真的非常不舒服，因為冷風會一直灌進我的領口，再加上一想到等等要把手伸出來就有點難以忍受啊。最重要的還是由於腳已經因為草地的關係濕了，大意了，應該要繞路，這樣腳會是乾的；但都已經濕了，這樣講也是遲了。

出乎意料，很順利地拍完了戲。剪接的部分是我負責，大家都有各自的分工。我負責拍攝和剪接，Direnc 和 Lukas 演壞人，齊中儀演被欺負的外國人，Bana 演正義的路人和負責導演，剩下一位……不知道，副導演吧。就這個樣子，我們的影片零零散散地先拍完了很多，最後就只剩剪接了。我在等會兒就要開始查這些相關工作，然後嘗試自己先做做看，畢竟能在團隊中有參與，這是一件讓我很開心的事。

濕答答地回到了學校，用粗淺的德文和 Johannes 在課後聊了下天。手機一震，忍不住就拿了出來，跟 Johannes 說了再見後，結果是 Melody 傳訊息給我，說等等她沒課，問我在哪兒。這樣子，大概又是要花兩節課時間跟她一起聊天了吧，哈哈！畢竟在這邊我是唯一一個台灣人，又因為我不用上法文課的兩節閒課就這樣定下行程來了──和台灣妹子聊天，好現充（指離開了網路一樣過得很充實、很開心）啊。結果，聊得很沉重，說到網友和現實的差距，和家中長輩過世時的場景、縫針以及拔智齒的痛苦，沒一件好事啊。哈哈，這樣算相談甚歡嗎！

第二節課齊中儀看病回來了，這樣又多了一個聊天對象。她先把手機給我，因為聽說可以用蘋果來直接編輯影片。這太神了！我由衷佩服手機可以自己配有這功能，很順利地就先做先行一步的剪輯動作，還沒把個段落給黏上，就因為時間不夠就先停了。聽說下一節數學有考試啊？臨時抱佛腳啦，就這樣隨便看了看寫滿德文的筆記，在完全一片霧煞煞的狀態下上了戰場。考完後，感覺就是繼上次的英文考試又一科完蛋了。這根本是在考德文啊，而且是在經過老師同意用手機翻譯的情況下啊，Google 翻譯給力點啊 !?!? 但其實我知道的，如果平常認真抄筆記，再加上回家用心用手機翻譯，這樣的程度我是應該看得懂的。如何進步我知道，但我真的沒時間啊。人生第一次覺得好多事情想要做卻因為時間不夠做不出來。

就這樣，下午的物理課回家後打開了電腦，看著昨天電腦搞好後設的蟲蟲畫面感到欣慰，開始打這篇日記。

今天吃辣的義大利麵，好吃。

── │事後註記│ ───────────────────

註 1：齊中儀是在班上的一位中國女生，移民到德國三年了，又叫 Alice。

註 2：蟲蟲畫面是什麼我也挺好奇的，太久遠了都忘了。

大霧

這是十月的第一天啊（？當初起的小標題連我自己都看不懂）

　　感覺是要繳交月報告的時候了，這樣有點小壓力啊，但聽說連假要來了，開心開心。

　　今天早上起大霧啊，比昨天還誇張的是幾乎看不到街口了，也就是五十公尺的可視距離啊，這樣真的感覺好危險啊，昨天還是可以看得到的。起來晚了些，因為今天想賴床，吃東西也剛好慢了些，最後到七點整才出門。這樣的情況下，又遇到人生中第一次在德國忘記帶鑰匙的情況，哭喔。趕緊趕回家用飆車的速度再衝回車站，緊急到手上有一手是沒手套，冷得要命。還是在十分準時到達，結果火車延遲五分鐘……。這樣的結果也不錯啦，至少沒有在鑰匙之後接續「人生中第一次在德國錯失火車」。這樣，講著講著，感覺會有各種「人生中在德國第一次……（略）」的可能性啊，像迷路之類的。算了，這樣講不吉利（在碼字的同時被朋友放鴿子了，這樣超不舒服，而且是連續兩次。算了算了，心平氣和）。

　　到了學校，又來個「人生中在德國第一次」了，哭喔。因為早上飆太衝了，所以體力透支。再加上課很無聊，所以就倒了，而且倒了一節半課啊。呃呃呃呃，第一次在上課的時候睡著啊，明天要跟老師說對不起。在之後的音樂課，又因為查字典的關係被老師注意到，所以被說了一下，說「上課不要用手機」之類的。雖然後面有人說我是交換學生，所以就沒關係了，但我還是心裡有個疙瘩。是我的錯，我不應該沒在事前跟老師說我要用手機查字典，這樣會引起誤會的。無法避免的，因為被說了一頓，有點顏面盡失的感覺，所以對老師的好感度直跌ㄚㄚㄚ。我知道是我的錯，但就是無法避免。然而，我在這邊注意到了一點，我只在她的課堂上出現兩次，而且都是打醬油的狀態（事不關己、不用心、無所事事），卻會被直接叫名字啊，這讓我在事後想起時嚇了一跳。因為在我的記憶之中，台灣的老師都不大會叫名字，

或許是因為在這邊要一直叫名字，學生太踴躍發言的原因吧，老師比較會記住名字。

因為早上三節的不舒服經歷（除了第三節去上德文課），我在歷史課特別地認真，感覺就是不能再浪費時間了。於是，就把第三節課發的文章拿出來苦讀，不會就查字典拚啊。然而，在之後我在問齊中儀問題時，她說這張文章太難了不適合我，但我說我可以看得懂一些。她說因為這張裡面一堆過去式、完成式，所以難度對新手來說很高。感覺我好像 OK 啊，哈哈，被她點醒這些東西是過去完成式後我就豁然開朗，所以今天有很多的新字新進度，感謝她。

中午的 Minecraft AG 照例和 Johannes 去參加了，也沒做什麼事，就是在嘗試兩個人做一部電梯（難啊）的過程中溝通困難，超好笑，但最後還是算正常溝通了吧，哈哈。

其實，接下來就是回家了。忘記有數學課真的有點小好笑（差點直接回家）。

然而，在今晚老師寄信來說我不應該在上課時只專注於自己學習德文上，英文老師的強烈意見傳達到了班導師那邊，就這樣寄信過來了。說真的，在當下因為又犯錯了所以很怕，說我都沒有參與課程，或許我應該要用英文在英文課上好好和同學說一下台灣的種種。另外說，因為我，所以他們知道很多台灣的事情，所以我更應該要把握機會去把台灣宣傳開來。爸媽給我的壓力有點大啊……。再加上他們連前一個從巴西來的超強學生都搬出來了，說他在來的前幾天已經準備一個用德文來說的自我介紹，再加上介紹巴西，這樣真的壓力好大啊 =.= ！算了，這樣也可以算是更上層樓，更進一步吧。其他人還在因為上課用手機或是睡覺時被罵，而我卻因為上課太認真用德文被罵，這個……有點小自豪啊，哈哈。

之後真的要認真上課程了。但我覺得，如果我真的嘗試認真上課我應該會睡著，因為一個字都聽不懂。一個字都聽不懂，如果知道少部分的字我還能猜下意思，但就是一個字都聽不懂，所以完全連不起來 =.= ！在這樣的情況下，我只能 hold 住我的小卡片，繼續背我的德文。這樣說起來好寫實啊，寧願拿著小卡片拚死拚活背德文也不要聽課，哈哈。然而，我之後還是要認真上課了。不想再被罵了。

明天要和 Michael 顧問見面，呵呵，之前見面的不是顧問，我搞錯了，那是……到底是什麼呢（無辜眼向上）？

最後一句話，明天 LoL 世界賽也。

ROTARY YOUTH EXCHANGE COMMTTEE
DISTRICT 3480, TAIWAN
國際扶輪 3480 地區青年交換委員會

MONTHLY REPORT FOR INBOUND STUDENT
扶輪青少年交換學生月報告書

Month：2015 年 9 月
Student's Name：張治猷　　Country：德國　　District：1800
Sponsor Club：景福扶輪社　Host Club：Braunschweig
RC
Present Address：Im sparegefeld 14
　　　　　　　　38162 Cremlingen(Weddel)

ACTIVITIES DURING THIS MONTH：（以下每項回答至少須有 200 字）

1、Public speaking for Rotary meeting etc. attend or listening visits if any:

　　在前兩個禮拜，我其實一直誤將 Stefan 也就是……聽說是負責德國全部區域的人認作我的個人顧問，所以，每當有問題的時候，我的第一反應就是將問題寄給 Stefan，而不是我的顧問。這樣，也導致我和顧問的初次會面是在很久之後的事了，大概是在來德國一個月後左右的事了。原本預計要和地區 YEO 和顧問一起見面的，但是 YEO 工作太忙了，所以就分兩個禮拜見面。

　　說來慚愧，雖然不全是我的問題但我還是感到抱歉，因為我在第一次見面時遲到了三十分鐘。我迷路了，問路問了半天，再加上手機 Google map 因為網路問題用不了，事先拍下的照片也因為太模糊所以給人看都沒人看得懂，但最後還是磕磕碰碰地到了餐廳。不過，我來時忘記抄下他的電話了，所以沒辦法得知他在哪裡。那間餐廳和飯店連在一起，所以我在第一次去的時候根本不知道要怎樣走。我連 GF 都掏出來了，但那上面只有他的家裡電話 =.= ！那個時候好緊張啊，還好最後終於聯繫上了，後來也談得很開心。他很驚訝我的學習速度，那時我已經可以用簡單的德語和他聊天了。然而，我覺得仍有很大的進步空間，因為我知道至少在我

同地區裡已經有很多朋友可以比我做到更好。所以，我沒有覺得我很好，在我看來我大概只有普通的水平吧。而在之後的下一個禮拜，再次與顧問會面時，情況差不多，這次沒遲到，談話一樣很融洽，也再一次對我的德文稱讚不已，但我已經麻木了哈哈。在我眼中，只有到能融洽地和同學進行談話這樣才可以，而我遠遠沒達到這樣的標準，所以我就只是接受了他的讚美但絕不自滿。

　　我沒參加過例會，但 YEO 說他的兒子喜歡打羽毛球，之後會邀請我去一起打球。另外，又說例會一個禮拜一場，但考慮到在我的德文能理解一切東西之前大概我去了也是浪費時間在發呆，所以就不強求我去了，但該去的時候還是會發信息邀請我 :)。聽說每次都有演講，跟在台灣一樣。

　　2015/10/11 補，因為心中想寫的東西太多了，寫不出在德國感受到的全部，感到遺憾，但又覺得刪掉之前的東西不大對，所以就先把前面這幾大段不知所云的東西給留著了，好歹有擦到邊。聽說要放照片？我在這邊也補幾張。

　　很遺憾，當天沒帶相機，所以和兩位扶輪社的阿伯都沒拍到照片。排除這點遺憾，氣氛方面倒還是不錯的。我一直努力用德語交談，所以猜想他們對我的感覺應該也不錯，但這樣一來對我的期許也相對地提高了吧，哈哈。沒關係，這也是我追求的，哈！因為有更高的標準，就會有更多的常識和努力。

2、Describe your daily activities at present (School, Private Invitations etc.)

　　我是在八月二十九日到德國的（二十八日出發），應該是最晚到達德國的交換生，理所當然就會覺得自己的劣勢很大。雖然我在台灣時一直在學習沒有中斷，但環境畢竟有差啊，這樣我的德文感覺就是會是最菜的一個せ，感覺真不舒服。所以，就以德文 C2 為最終目標了……。其實，我有寫一個部落格，字非常多，因為我在第一個禮拜，也就是最閒的時候，因為不知道要做什麼，直到第二個禮拜才比較有目標。目前應該是到德國日記 008 總共八篇，圖文並茂，並已經不幸被媽媽發現時常公布於 FB 上，ORZ（天啊，你為何這樣對我），原本想隱瞞的。然而，最近停「更新」了一段時間，因為有段時間特別忙，再加上轟媽點醒我說「來這邊是要學德文而不是中文，所以用德文來寫日記會比較好」云云，我就答應了。醞釀中……這邊放上網址：

http://changchiyou.blogspot.de/

其實，存稿還滿多的，但就是中間插幾篇沒有碼出來，還停留在紙本的狀態，再加上決心要用德語來寫，所以這邊只有八篇，但篇幅保證，基本上第一週的心路歷程都寫在這裡面了。

打到一半的時候發現用德語補比較好，再加上自己偷懶的緣故，德語是有顧好，部落格卻是荒廢了。在此之前，轟媽跟我說不要花太多時間在部落格上也是其中一個原因，我希望可以做到一天一篇的狀態，但真的在德國時間不知道為什麼不多啊，每時每刻都有事情要做，忙得要命。有寫日記真的會對自己幫助很大，因為不知不覺地就會去觀察一天中的各種獨特的事情，會在心中不自覺地開始對某一獨特事物用文字再在腦海中走過一次，所以等於我會將一件好玩的事情體驗兩次。應該是寫部落格給了我這個習慣，我真的要謝謝媽媽提醒我要寫部落格。就在之前不久，轟媽媽跟我說我在部落格上面花太多時間了，我在這邊要學的不是華語而是德語，所以我的更新時間幾乎是零，希望下個禮拜可以重出江湖吧，哈哈。因為自我已經定下一個只能用德文寫的目標，所以真的有點難啊。

學校方面我過得普普，我可以很自然地插入人群，在其中當一個什麼都聽不懂的聽眾，卻沒辦法加入討論，這是我最大的障礙。但我想，如果都不嘗試，那等到三個月一到，那個傳說中的「三個月自然溝通」在你沒有做一堆嘗試的前提下怎麼會到來？所以，我還在慢慢嘗試要加入人群。也因為這樣，我認識的人不局限在班上，是整個學校。臉上時常保持微笑和看到認識的人要 HI，大概是我在最近有點鬆懈的地方要注意以外都應該是沒問題的。

早上騎腳踏車去搭火車，轉搭公車，再走一段路，這樣子終於是成功地到了學校。聽起來很駁雜的交通工具，前後卻只要三十分鐘不到我就可以到達學校了。我很滿意這個第一轟家的位置，衷心感謝我有這個運氣和扶輪社能將我排到這個轟家。每個人都說我和轟爸爸長得超像的，這邊就放張照片吧。扶輪社真是會安排，哈哈。

3、Total Impression of this month:

　　聽說我的學習態度很好，但我知道我還有進步空間。這裡不得不提的是，只要一直心理自我催眠真的會非常有效啊。我現在聽到英語不會高興反而會覺得煩，聽到德語就是反射性笑臉聆聽，並非常上進地問問題學習德語，哈哈，感覺真的不錯，已經變成本能啦。

　　在學習過程中或許有挫折，或許轟家的德國式玩笑惹我不快，但其實我在事後不久（基本上是事情發生後幾秒內）就可以換一個心態：「這裡不是台灣而是德國，我要學習接受新事物」，這樣的心態去接受，所以我自認我的適應狀況還不錯，Alle Dinge sind neue in meine Augen.

　　先在這邊說一下我的學習概況吧，也剛好是一個審視我自己的機會，因為我不會在文字上反射性地為自己辯白也不會說謊：第一個禮拜，我很熱情地東問西問，爸媽說我學得很快，但我知道這是在吃我在台灣三個月的所學老本，於是就更加努力，但因為局限於沒有好的學習方向，進步不多；前兩個禮拜到第四個禮拜，開始意識到台灣和德國之間的價值觀差異，文化衝擊再加上部落格的壓力和扶輪社RosettaStone 的學習壓力下，我的學習動力被打到最低點，在學校的學習狀況不佳，課堂上常常就是用中文寫日記或是手機常常拿出來之類的，因為課程一點都聽不懂；這兩個禮拜，突飛猛進式的成長，這樣說也不為過，我可以用德文寫文章了，現在沒事就是用德文寫寫東西，老師的話在耳中也不是那麼地刺耳了，已經有種在德國住很久的感覺了，一切都開始美好了起來，說起來這應該是算在十月的事？隨便啦，哈哈。

　　這邊放些用德文寫文章的圖，有圖有真相，哈哈。

當我學得更多，我就知道更多我所欠缺的地方，因為我站得高，所以我看得遠，看得清晰。

想寫的東西實在太多太多，Rotex 活動和大家經過的一切還有各種事情都讓我忘懷，但真的沒時間去回味已經過去的一切，只能矚目於現在。最後，這邊放一張慶祝國慶的圖，是昨天吧，但還是要慶祝一下。

4、Suggestion / Question:

我記得有件事情我想講……但我忘記了，應該是有關於德文的。建議扶輪社家庭可以盡早用全當地語言進行對話，因為這樣成效更大，再加上可以適時進行鼓勵作用。沒事用當地語言寫寫日記也可以促進時間的利用，而避免上課偷用手機浪費時間的情況，雖然這不是我主要想講的建議，但這邊以上我講的希望今年的龍年交換學生可以多多用這些方式促進語言的學習～。

如果這邊的建議是要給扶輪社的話，我真的沒什麼其他好說的。因為每個人有每個人的學習方式，我的學習經驗說真的也不過是一個參考罷了。總之，我只能在這邊感謝你為我們所做的一切！

No. 1 of times met counselor: 10 11 2015 Signature:

（上面那欄是說和顧問的第一次見面時間嗎？還是這份報告的繳交時間？）

This reports should be sent to:D3480 Youth Exchange Committee Office (before the 15th of next month);Fax number:886 2 2370 7776 ; E-mail:r3480yep@ms78.hinet.net

女生之間的聊天好嚴肅

2015/10/01 今天是個好天氣,因為早上起來看得到太陽

　　今天只有半天,我其實應該要放鬆地等到回家後才是一天的開始（我的女朋友 RosettaStone,呵呵）。其實,要做很多事情啊時間不等人,部落格也是不知道囤了多少了 =.=,真的要爆肝啊。

　　是說第一、二節都是英文課,再加上昨天就是英文老師反應最大,這給了我一些心理壓力,所以沒有像上面那一段說的那樣我好像很放鬆。我其實很緊張,但英文課就在歐巴馬夫婦的演講錄像中過了,平平淡淡地過了。然而,因為我有點睏啊,所以精神不是太好,渾渾噩噩地連歐巴馬在說啥都沒聽見。初級德文課比較特別,就是這老師真的不把新手當新手啊,直接要我們寫德文講稿來說一分鐘的德文演說題目限定。真的跟齊中儀說的一樣,這老師有點不討喜。但大體來說我不討厭他,因為他在之後是有問我和另一個台灣女生可不可以跟得上,甚至好像有先做一些調查,聽說台灣學生不擅長說,所以有對我們在事後再三確認我們是否可以跟上。所以,alles gut。後來一堂課因為原本是法語,所以空了。

　　就這樣回去,是說前三節課就是一段,卻要在這一個聊天時間寫一整段……。嗯,因為有兩個女生在,所以就算我只是在旁邊轉我的《龍族拚圖》（手遊）看看小說話題,還是會莫名地亂偏。就這樣,偏著偏著,就偏到台灣和中國主權問題了。剛好這邊各有一個台灣、中國女生在,再加上年齡相近,劈哩啪啦就說起來了（說起來有點不好意思,因為一開始齊中儀是在用她的德文講義,但我一開始附和下另外那個台灣女生的話題後她就被拉進來了,這是打擾人家用功學習回報黨國吧?）。很幸運,因為這樣我可以聽到很多關於大陸人對於台灣的看法。這邊說了很多,但大致上我可以做幾個小總結:

　　1. 大陸人因為黨國教育再加上父母影響,覺得台灣就是大陸的一部分:「我

們不就是同胞嗎？」

2. 因上，所以對我們沒有歧視和怨恨，相對對台灣非常友好，對日本卻是恨加上怒，因為他們把台灣的主權宣言歸咎於日本對台灣簽署的一個百年條約：「是日本讓我們分開的！」

3. 除此之外，美國也是討伐對象：「你說人家在弄家事，為什麼這傢伙要橫插一腳啊？」

4. 「咱們來台灣玩就是送錢啊，你們那邊物價貴，我們政府還鼓勵大家到台灣玩啊。」

5. 大陸人原本對台灣同胞的態度已經有點小變化，因為太陽花學運：「不識好歹，好心沒好報，那個時候全國都對台灣很感冒，大概都是這樣的意見。」

6. 互相理解了各自的黑暗面：台灣：屁孩＋大學生跟風文化；大陸：遊客軍宣稱人權（「我有人權丟垃圾」）。

感覺各自都有理解啦（？）。因為我天天聽各種中二同學喊反攻大陸，卻都不讀書求上進，無法用經濟打爆大陸，所以已經各種意義上的麻木了。總之，今天對於中國的認知又再加深一步了，是好的那一方面。

下午和顧問的第一次正式見面其實跟上一次和 YEO 的見面大同小異，因為在同一間餐廳，又不認識，是第一次見面，所以對話內容也不會差到哪裡去。吃一吃就這樣到三點了，就是他付了很多錢在飯錢上，所以我有點不好意思。自己要坐車回來有點難，但因為有他幫我，所以沒什麼大問題。就是我因為聽信路人言，所以搭錯了車，就這樣去了三十分鐘來回，有點扯，以外一切都 OK。

今天就這樣完結吧。

Aufgabe von Deutsch Kurz (danke Mutters Hilfe)

Dienstag

Diese Artikel ist für mein Deutsch Kurs und ein Tagebuch auch.

Um viertel nach sechs Uhr bin ich aufgestanden aber ich schlafe wieder weil bin ich krank. Deswegen bin ich gestern nicht die Schule geganen.

Um halb zwölf Uhr bin ich aufgestanden und ich habe mich besser gefühlt. Bevor her ich etwas essen für mein Mittagessen gesucht habe, habe ich ein Paket angenommen. Das ist gekommen aus Taiwan. Es waren Instant Nudeln in dem Paket. Deswegen habe ich ein sehr gutes Mittagessen gegessen mit viele Heimatstadt-Geschmack.

Nach dem Mittagessen war es zwei Uhr. Ich habe von zwei bis vier am Computer gearbeitet für den Berieht von Rotarzs Europa Tour. Danach habe ich ein bisschen Computer gespielt, mein Vater kommt um fünf Uhr nach hause Aber er ist mit meiner Mutter nach Braunsweig gefahren um für meinen Vater eine Jacke einkaufen. So ich bin allein geblieben für drei Stunden in dem haus. Weil ich Deutsch Lernen mag habe ich von fünf bis sieben Uhr RosettaStone gelernt.

RULES: PERFEKT SCHREIBEN (aber vergessen ich manchmal wie kann ich das schreiben XDD)

Danke für Mutters Hilfe....o.o

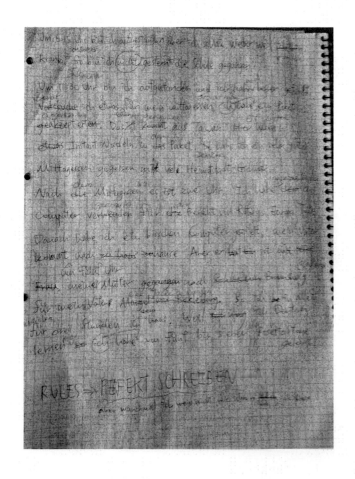

事後註記

這一篇文章是在德語課的作業,主要是用自己的德語去寫出自己在禮拜二做了什麼。因為有限定要使用大量的時間用詞,所以可能會顯得有些不一樣(和以往的日記相比)。

Artikel für Europa Tour

Hallo, ich bin Chris. Ich bin ein Austausch Schüler und komme aus Taiwan. Bevor ich komme nach Deutschland, ich habe viel von Deutschland gehört so ich möchte zu nehmen die Reise teil. Zusätzlich mag ich mehr Deutsch lernen. Das ist eine Gelegenheit für mich zum Deutsch lernen. Weil alle Dinge neu in meine Augen, will ich nichts verpassen.

Ich habe von Schloß Neuschwanstein gehört aber das ist schwierig für mich zu gehen dort weil das ist zu weit von meinem Haus. Mein Mutter sagt dort ist sehr schön so ich möchte das schön Schloss sehen.

Ich weiß dass Taiwan ist schön aber Deutschland ist anders. Ich glaube andere Länder auch. Vielleicht kann ich mehr verschiedene Arts von schöne sehen :). Das ist erste Mal ich gehe mit viele Schüler wir kommen aus verschiedenen Länder. Ich finde dass das wird interessant.

Das Reisen ist für zwei Wochen so ich glaube dass das ist wichtig zu habe eine gute Freundschaft mit allen. Alle kommen aus verschiedenen Ländern so ich muss akzeptieren verschiedene Kulturen.

Warum möchte ich Europa Tour teilnehmen? Alle dinge in meine Augen sind sehr schön.

Das ist mein Glück zu nehmen diese Reisen teil. Wir kömmen in drei Wochen über acht Länder gehen. Ich glaube das ist mein einzigartig Gelegenheit zu nehmen dasteil. In Taiwans Geographie Kurs und Geschichte Kurs habe wir viele verschieden Informationen von Europa gelernt. Deswegen mag ich in viele Kapitals von Länder gehen. Zum beispiel, ich mag sehr schön Paris besuchen, weil Eiffelturm ist super berühmt und andere alt Gebäude auch. Wenn ich habe eine Gelegenheit zu besuchen das, warum nicht mein Bestes zu nehmen teil versuchen? Ich glaube, wenn nehmen teil ich in nächste Jahr das Aktivität, die wäre mein beste Zeit in diese

Austausch Jahr weil ich kann reisen mit meinen Freunden von Rotary. Ich möchte an der Europa Tour teilnehmen.

┌─ | 事後註記 | ─────────────────────────────┐

　　在同一天寫了兩篇作業啊，不同於上一篇，這一篇文章是為了環歐旅行所寫的一份德文申請書。

　　我記得我跟別人不一樣的地方是：其他人會把文章交給轟爸媽寫，我是少數幾個會自己先寫完再給爸媽看、改正的。其實，他們也沒有改太多，就只是把會造成人們「完全看不懂」的文法錯誤改正，小錯誤就放在那兒，正好可以證明是自己寫的。

　　而這篇的大意呢……我覺得沒有必要翻譯，是非常官方的說詞，想去認識更多國家～想去圓夢，大致上來說是這樣的。

└──┘

16歲，我在台灣！

這個小孩，相處了一段時間，經過了一整個月的磨合期，終於大概知道了彼此的個性脾氣。

最近的他，回到家常常跟前跟後，媽媽長媽媽短的叫，
最近的他，多次和我並肩坐在餐桌，一邊聊天，一邊一起完成華語功課。
即使他講英文，我講中文，
依舊可以溝通無礙的你一句我一句、天南地北的聊到十一、二點，
每每得用趕的才能把講的口沫橫飛的他趕上床睡覺。

跟這小孩能聊什麼呢？聊他看到的世界大新聞，舉凡火星發現流動的水，美國校園發生槍擊案又死傷多少人，上至宇宙，下至各國社會新聞，逼得我，白天沒事就看看今天國際上又發生了什麼大新聞。
聊他喜歡的女生類型，說著日本的女生哪裡可愛，還小聲說著巴西女孩怎樣瘋狂。
聊他在學校都在幹嘛，也聊他愛吃的食物……
他的不專心程度絕對在 NU 之上，功課寫沒兩個字，話題可以扯到東再扯到西。
一會兒，我得把他從天上的星球拉回來，一會兒我得讓他脫離地上的槍擊血腥畫面。
兩三個星期前，還在為他的華語功課和學習態度傷透腦筋的我，
最近，似乎撥雲見日，找到了和他的相處方法，超級感動的漸漸看到曙光。

Yoyo 去了德國，遞補 Yoyo 空缺的他，迷糊和丟三落四的程度是猷的完全進化版。
一天，沐浴後包著浴巾回房，翻箱倒櫃找不到睡褲。
開門問：「媽，我的 pajama 找不到。」
找不到？？每天脫下來就兩個洞模樣的癱在地上，就每天幫你折好放衣櫥裡，哪可能不見？？
幫他在衣櫥裡翻啊翻的找不著……
怪了，我有拿去洗了嗎？印象中沒有咧？怎會不見？？

看著他，房間目光掃了一遍，想了一會兒，知道在哪了！

我說：「你再找一次，就在你房間裡。」

他歪著頭看了一遍自己房間，幾乎肯定的回：「NO。」

跟帶小孩一樣的，拉著他到床邊，叫他再看仔細。這敷衍的小孩依舊跟我說：「沒有。」

這下，帶小孩的模式不奏效，得用帶 baby 的方法帶他才行了。

牽著他，指著書桌和床中間的夾縫，帶他彎下腰看，

然後，這小孩傻笑了……

用力拍了他一下，笑岔氣的說：「我真是服了你了，我都知道衣服塞在這，還說沒有！」

再有幾次，一早找不到學校制服和運動服穿了。

我這個媽，烹飪料理的功力沒有，但每天家裡打理的乾淨整齊，

洗衣收衣是每天基本必做，怎可能會讓他沒衣服穿？？

前面幾次，跟著他一個抽屜一個抽屜翻，再到後陽台看……

沒啦，洗衣籃裡空無一物，換洗下來的衣服明明全洗好收到各自抽屜了，怎可能？

於是，帶小小孩的模式又出來了，老媽開始努力喚醒他的記憶。

問他：「制服星期幾穿的？」「那天在學校有換裝嗎？」「換下來記得放哪裡嗎？」

從穿的那天問到當天早上……

經過幾次，面對他這個不見，那個找不著的的神舉，

我已經經驗豐富到一聽他的求救，就可以神準告訴他衣服在哪。

說神準，其實根本稱不上神準，因為，很沒新意的，他的東西永遠要嘛留在學校裡，

要嘛棉被裡，要不塞到床和書桌的夾縫裡，最多的時候，就是塞在他的書包的。

他就跟獸一樣，把自己當隻蝸牛，所有的家當往背包裡猛塞。

反正找不到東西，八九不離十，叫他翻書包就對了。

常常跟他說，你要謝謝扶輪社伯伯阿姨們的安排。

多虧他們幫你安排的學校是哥哥剛畢業的麗山，

多虧哥哥夏天和冬天的制服都還完整保存著。

要不，媽媽常常這樣一大早，要去哪裏變出乾淨的制服給你穿啊？

這張照片，截至目前為止，是老爹爹幫治恩拍的照片裡，我最愛的一張。

常聽他形容台灣女孩看到他，摀著嘴興奮竊笑甚至尖叫的畫面，

老覺得很多的台灣女生崇洋媚外的離譜，看到外國男生，怎會什麼矜持都沒了？!

但老爸這張照片一出來，看的每天看他，對他的金髮碧眼已看的習慣的我都不禁得說，

這玉樹臨風的飄揚，這迷人的笑容，有哪個女孩能克制住不多看他一眼？

不笑的時候，他的眉宇之間總帶點桀驁不馴、帶點淡淡嚴肅、帶點淡淡的心事，

常告訴他：「笑咪咪，笑咪咪，開心一點，笑咪咪才帥啊！！」

瞧照片裡的他，多有模特兒走在伸展台的架勢！！！

女孩兒們，我們家治恩帥呆了對吧？？？

但別來別來，我早備好捉蝴蝶的網兒，來一隻我抓一隻，

這小孩，只不過剛剛滿 16 歲，離他遠點，拜託拜託～～～

聽說，冰上曲棍球是加拿大的國球。

因為淑鶯的牽線，讓治恩在台灣也能一解許久未上場打球的乾癮。

記得曾經聽過這種說法，說在球場上，看一個人打球隱約可以看出一個人的個性……

這是我們第一次看冰球比賽，技術什麼叫好、什麼叫差我們看不懂。

只是相較其他球員衝撞搶球的狠勁，治恩在球場上的樣子，一如平常看到的他，既內斂又斯文。

這全副武裝的裝備，只在淑鶯的照片中欣賞過，

第一次看他穿起這一身裝備，什麼技術什麼狠勁都不重要，

淑鶯說的對，到時候全場妳只會看到他，全場怎麼看就他最帥！

沒錯沒錯，真的帥呆了！女孩兒們，又受不了想尖叫了吧？？？哈哈！

這是陣容最堅強的接待家庭組～治恩這一年的三個家庭。

我們說我們是滴水不漏的鐵三角組合，三個小孩的芝麻大小事，三個家庭所有成員都完全參與。

我們戲稱是這三個孩子的大媽、二媽和三媽，

治恩打球、彥柏治恩游泳比賽、治恩生日……還有這一年裡三個孩子會參與的大大小小活動，

三個家庭有太多的機會聚到一塊兒！

Yoyo 參與這一年的交換計劃，不止我們的三個小孩已分別在德國、丹麥、法國，

學習體驗各自落腳國家的文化、語言和生活形態，不止他們視野開了，生活經驗豐富了，

在台灣的我們，因為這個交換計劃，因為輪流接待來自加拿大、丹麥和捷克三個孩子，

我們也很有感的體驗著文化差異的親子互動，

這一年，我們的三個孩子在德國、丹麥、法國學習著、成長著，

在台灣的爸爸媽媽們，也努力的接受著加拿大、丹麥和捷克的文化衝擊。

這一年，對孩子、對我們，都只能以「酷斃了」來形容這超級無比酷的生活體驗！

十月七日，治恩的 16 歲生日。

三個家庭齊聚慶生，三對爸媽各自費盡心思的準備他的生日禮物。

學校班上的同學更是給了他大大的驚喜！

卡片、海報、塗鴉、蛋糕和最有精神的生日快樂歌，

抱著大小海報回家的他，開心雀躍全寫在臉上。

謝謝麗山高中 205 的老師孩子們！

治恩的 16 歲生日在台灣～

我想，往後每一年的這一天，他一定會想起在台灣的我們，

一定會懷念台灣的熱情！！！

這一年的三個孩子：8～12 月加拿大的治恩，4～7 月捷克的彥柏，1～3 月丹麥的玠宏，

三個孩子和台灣老爸的合影留念！

Obsternte

Samstag

Vielleicht weil mein Mutter sagt mich dass ich kann habe mehr Zeit für Schlafen, ich schlafe bis halb von zwölf Uhr. Nicht so gut für mich....ich abfall heute viele Zeit. Das ist ein schlecht anfang.

Danach ich fertig mein Frühstück, Vater kommst nach zuhause, er gehen jogen am Morgen ohne mich, ich weiß nicht aber vielleicht das ist besser für mein beine...weil ich habe jogen gegangen mit Vater aber zu schwer für mich seine Schritte folgen. Vater sagt dass das Is okay mich lange Schlafen. Mutter hat heute Arbeite auch damit ich muss nicht so früh aufwackt. Das ist okay.

Später Vater gehen oben in mein Zimmer zu sagt mich Hilfe von Obst nehmen. Tatsächlich ich weiß nicht was das Obst ist. Das ist sehr hart dass wenn das fällt von hoch Ort und ohne schaden. Egal. Ich versuchen mein beste zu nehme die Obsts aber etwas sind zu hoch damit ich kann nicht das nehmen. Später Vater kommst unter von andere Ort und gehen nach hier und hilft mich zu nehmen das. Er kann aufstieg die Baume ohne das Ladder! Super! XD

Weil wir haben keine hunger damit wir haben Obst von unser Abendessen. Sehr schön dass Deutsch Leute verwendung das Werkzueg zu nehme awaz etwas von Äpfel XDD.

In die Ende, ich finde heute ist Nationalfeiertag damit ich habe ein Foto machen für das.

--- | 事後註記 | ---

　　幫家人採水果，採的是一種唸做 quitten（榅桲，又叫木梨）的水果。一整個早上就這樣爬上爬下地摘採，但也在當天立刻就看到了他們製作果醬的過程。

　　今天大家都不餓，所以就吃了水果餐。

　　國慶日很難得，所以就拍了張國旗照，睡衣……whatever。

216

Eine Radreisen von Braunschweig und Weddel

Ich habe das in die Schule geschreibt. YA.

Danach ich aufstehen um halb neun, wir haben ein reich Früstück mit Brots. Weil ich weiß nicht was kann Ich mache später damit lerne ich RosettaStone für Stunden. Aber wenn ich spiele ein Computer spielen für Pause, Vater gehen oben In mein Zimmer zu sagt mich dass er war wütend für mein vergessen von nicht reinigen das Kommode danach ich gehen die Toilette. Tut mir leid...Das ist mein Preblem.Nächtse mal ich bemühen werde.

Nach unser Mittagessen fahren wir nach Braunsweig mit Fahrerad für ein klein Reisen. Wir haben viele Fotos und gehen wir nach viele besonder Ort. Zum belspiel, heute ist elfte Oktober, jeden Jahr heute hat ein groß Aktivität "Drachen" (Das Wort meint "Dragon" In der Regel aber manchmal meint "Kite" auch) Viele Eltern und Kinder versuchen Drachen spielen. Das ist sehr Interessant. Sogar ist hier etwas sehr groß Drachen! (aber das fliegst nicht XDD, vielleicht zu schwer)

Nach das Aktibität fahre wir nach nächtse platz--"?" (ich vergessen die Name von diese Platz Egal! Das ist ein sehr teuer Platz weil ist in ein sehr gut Lage , viele alt und Klassik Hause und sehr Ruhig. Mutter sagt dass sie magst ein Haus hier haben. Ich glaube, ein Minion Euro ist zu mehr und teuer für ihr aber vielleicht Sie haben noch Gelegenheit. Viele Worts auf die Wand von das Haus. Mutter sagt mich die

meinen "Diese Haus Kommst aus Gott. Weil andere Leute haben ein Schicksal zu das Haus haben, Ich glück zu übertragen das Haus."

Später gehen wir nach ein sehr groß Kirshe. Ich kann nicht photografie in das damit nur von droßen ohne drinnen. Ich möchte zu weiß wie kann Leute in alt Ära machen viele sehr groß und schön Gebäude. Bei Hände nur?

Wir fahren um vier Uhr nach zuhause. Haben ein Lecker Tee Zeit. Weil ich bin zu mäde. Ich schlafe für ein stunde. Nach die Pause, ich gehe unter und TosettaStone Lernen.

In die Ende von diese Tag...Ich finde dass ich vergessen bereit etwas für mein Europa Tour... damit ich muss mache die mehr schnell. ;(

── | 事後註記 | ──────────

　　一整天都坐在腳踏車上跟著爸媽跑。先是參與了風箏節，有看到很多龍型風箏，滿開心的。在之後一開始還以為就要這樣結束一天的活動，回到家休息，結果不是。我們繼續往郊區騎，連續看了古老的房子、雄偉的教堂，還看了在野外保護區裡面的小鹿～。

　　這一整天真的挺好玩的，感謝轟爸媽可以在這休假日帶我出去玩。

浪跡德國－十月

猷的部落格，從 8/28 他坐上飛機，開始這為期一年的德國交換旅程時，
就在飛行中，他已經開始默默的寫著他的漏漏長日記。

第一次偶然發現他的部落格出現了第一篇記錄，老爸和老媽欣喜若狂的捧著 iPAD
一字一句的仔細拜讀。
第一次知道，原來猷是這麼的「碎念」。光一個在飛機上喬出最佳入睡姿勢，都能
佔掉一大篇幅的把過程描述的生動詳細又有趣。

我的部落格日記有一搭沒一搭的寫了五年，我一向隨性，想到什麼就寫什麼。
不管文辭優不優美，不管能表達多少分心情故事，更大剌剌的寫好從不再讀一次、
也從不檢查有沒有錯別字。
我的日記，只為老公孩子做生活記錄而寫。所以我寫的隨意、寫的自在。
不管用詞美不美，不管念來順不順，所以，我的日記更常常寫的快速、寫的毫無
章法。
第一次看到猷的日記，覺得新鮮、開心又激動。
這才發現，他寫部落格的樣子，跟老媽共同點真不少。
他的大剌剌是老媽的翻版，選字錯誤的比例是老媽的 N 倍，一樣寫完就發從不檢查。
然後，很跳 tone，永遠可以講 A 沒幾句，就跳到 B 一大篇幅的還跳不回來，
比我更厲害的，他可以很碎念的什麼都描述的巨細靡遺卻非常有趣的讓人期待下
一篇。

他到德國後，捎回來的信息實在太少，
即便網路這麼便利，line 隨時暢通。
偏偏，他身上實在很沒有時下年輕孩子的 3C 魂。一整天也難得看上一次 line。
老爸設了一個「我們是一家人」的群組，交代和猷的 line 聯絡全寫在這，這樣全
家都看得到。

只不過，老媽就是老媽，心裡挂念第一次出大遠門、第一次離家這麼久的兒子，
想問的、想知道的太多，心裡一大串落落長的問題，還沒打，自己都知道打了大概
老公會第一個跳出來說我囉嗦。

所以 Yoyo 到德國兩個月了，心裏依舊存在一個老媽媽魂的我，還是每天很想念他
的偷偷單獨 line 他一堆囉嗦問題……

但，如老爸所說，猷簡直像個來無影去無蹤的忍者，突然的會跳上線極簡短的發聲
一下下，

突然的，又無聲的消失了。

有時畫面想想真好笑～突然看到他上線回答，老爸老媽就趕緊互相通報，兩人趕緊
拿起手機，把握他上線的極短時間，兩人就各自埋頭打字打不停。

不消一分鐘，兩個人抬頭互望一眼說：「人咧？他是不是又不見了？？」

於是老爸老媽默默放下手機，然後默默等待下一回忍者上線的時刻……

就是因為這樣，看到猷的部落格日記出現，老爸老媽簡直開心感動的想轉圈圈了！

他的每一篇日記都讓想念他的老爸和老媽看了又看。

於是，我們像中毒似的，每天就進他的部落格，等待著他的新消息……

只不過，他的碎碎念日記持續沒有多少篇就嘎然而止。

Yo 的德國媽媽覺得他花太多時間在寫他的日記，她希望他把時間放在學習德文上，

於是，聽話的他不再花時間寫中文，

取而代之的，是德文日記。

他很幸運的，有個嚴謹認真的德國媽媽，會幫忙批改他的日記。

算算時間，出發前上了三個月的德文，有限的詞彙要寫出一次兩頁的日記，

其實真的非常值得鼓勵了。

只不過，即使有 google 翻譯，看著毫無邏輯的翻譯瞧了又瞧，還是猜不出他的日
記在寫什麼了。

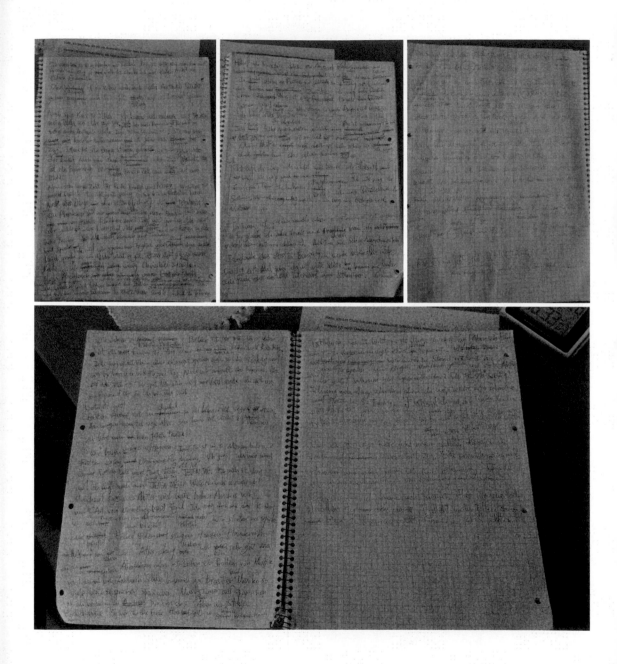

之前，看他的日記，什麼 RosettaStone 是他的女朋友，

每天回家得和他的女朋友耗上許多時間。

笨笨的媽，納悶的猜著這 Rose 什麼的是誰啊？？

最後，終於弄懂，原來這是個德文學習的線上系統。

德國，果然名副其實的是個嚴謹的國家，

德國扶輪地區規定，年底必需通過線上學習系統四級才行。

曾經，他發回一張圖片問：「猜猜這個女生在幹嘛？」

圖片中，一個女生微舉著手，像是在說 Hi～

我說：「她在打招呼。」

猷幽幽的回：答案是「她在學德文」，哈哈，原來他猜錯了～

每回線上做測驗，錯的題數多，就得再重來一次一個半小時的測驗。

難怪每天都得耗很多時間給 RosettaStone 了。

媽媽問，「猷，萬一年底達不到四級，考試過不了怎麼辦？」

他答：「那明年環歐旅行就去不了了。」

驚訝的問他：「啊 ???! 環歐是有條件才能參加的哦？？」

他幽幽的答：「考試排後面的不行，遊覽車座位有限啊……」

突然再想到問他：「猷，那你跟爸媽現在生活對話，用全德文你能懂幾成？」

「六成吧！」

再問他：「那你現在 RosettaStone 幾級？」

「一級。」

「OMG……去德國不過一個半月，能寫兩頁日記，能說、能聽六成的日常對話，

結果只有一級？？」

心裡不禁 os，德國人的嚴謹和高標準，果然名不虛傳……

還好，很能吃苦耐勞，不怕承受壓力，逆來順受是猷的最大優點。

我知道，在德國的你，一直很認真的學習著、很努力的融入著，

十二月的德文測驗，老媽對你信心滿滿！

兒子，加油喔！

這是猷的第二個轟家，我想，應該和治恩一樣，一月初就要搬到這個家。

治恩曾說，來台灣一年，台灣將會是他的第二個 hometown。

而三個接待家庭，讓他這輩子在台灣多了一個 big family。

Yoyo 也一樣，這一年，在德國和三個家庭生活在一起，

除了上學，更深層的一起參與著他們的生活。

經過這一年，他在德國也會很酷的多了好大一家子的家人！

衝突

今天的事情很重要所以用中文

　　一整天無所事事，跟前幾天的步調一樣，就是躺在沙發上學德文，用 RosettaStone 這樣而已，頂多打打部落格，所以我也不知道今天會產生在德國第一場不和平的談話，是因為價值觀再加上種種因素導致的，沒有對和錯。

　　現在想想，我因為秋假整天待在家裡，父母一定是羨慕的，這大概也是一個小小的因素。晚上六點多，爸爸回到家，開始張羅家裡的晚餐，其實就是把昨天吃剩的拿出來重熱一遍這樣子，一切到這邊都沒什麼問題。爸爸跟我說昨天剩下的米飯和鮭魚醬汁大概是一人的份量多一點，所以我自己吃這個，媽媽的他會再弄，於是我就成了我的份量。因為我有點餓，所以我就多拿了些。但這個時候，在我拿完後，爸爸把剩下的放在了一個盤子裡說要給媽媽。這個時候我的腦袋就矇了，明明剛剛你說要另外弄，怎變成要把我拿剩的給媽媽？這樣我拿多不是害媽媽吃少嗎？這樣我不安心。所以，就跟爸爸說：「這樣媽媽不夠，我要把我的份撥一些給媽媽。」但他說：「你要吃多少你就應該盛多少，這是你需要知道的。」感覺有點溝通障礙啊。我那時心裡想著，感覺爸爸沒有察覺我因為媽媽吃少而感到愧疚，所以我就跟他再說了一次，只是重點在說我對不起媽媽。他說：「這樣夠，你不用擔心，再說我要生氣了。」事後回想起來，我這個時候沒察覺到爸爸的情緒真是不應該，但在我的價值觀中這是無法忍受的，所以我又白目了一次，又說了一遍，然後爸爸撂下一句：「你讓我生氣！」就摔門從廚房走出去了。

　　到這個時候我才大夢初醒，這其實是價值觀的衝突。因為第一次在家裡發生這種情況，所以我慌了，第一時間不是去追爸爸而是掏出手機聯絡媽媽。不過，在剛解鎖畫面的時候，爸爸去而復返，跟我說：「對不起，我不應該跟你大吼。」然後

又把剛剛的話說了一遍。我這個時候心裡已經完全亂成一團了，因為在台灣爸爸也偶爾跟我會發生剛剛無厘頭的情況，但絕對不會有爸爸來道歉的一幕，所以我腦袋短路了。然而，在呆滯了一瞬間後倒是稍稍反應了過來，說：「我懂，我知道，是我的錯。可能是因為不同價值觀的關係讓我無法理解你的做法，能給我時間去理解和改變嗎？」媽媽回來了，我說了在吃晚餐前的最後一句話：「等等能談談嗎？」

當天的氣氛到最後是很和諧的。因為我講的最後那句話，所以雖然在吃飯的時候氣氛有點尷尬，卻還是很順利地跟媽媽解釋了事情的始末。媽媽也給我看了爸爸給她的飯裡加的一堆明顯比我多的醬料，因為裡面的鮭魚份量很大，所以媽媽是絕對不會餓的，這樣我也安心了。在飯後我們一如既往地坐在桌子上不動，享受吃完飯後的寧靜時光，也順勢就開始講解了台灣和歐洲的價值觀不同點。大概就是：歐洲直來直往，亞洲要繞很多彎；歐洲個人主義，亞洲團體主義；諸如此類。他們接受了這樣的觀點我也很高興，我也同時再跟爸爸說了一次：「我可以接受也可以理解你們的想法，但我需要時間。」到這邊大概是皆大歡喜了，後面媽媽跟我說的一些話更是讓我對今天發生的一切釋然了。

她說在這邊，父母看到孩子吃很多東西是他們的快樂，不用顧慮爸媽。在台灣，我就算問過了，還是不能夾最後一口菜，這個文化……我不知道，我到現在也只是知道要遵守，我自己也還是沒理解。總之，總算是搞懂了在這邊我應該要做什麼。一切雖然還是要顧慮到別人，但該注意不要因為別人犧牲掉自己的需求。

因為最近天氣變化更大了，爸爸的公司在秋假的那個禮拜原本就已經因為公司人員一個個地生病而人手不足了，在這個禮拜更是變本加厲地嚴重，所以爸爸身為一個沒有生病的健康員工，主動扛下了大量的工作，身心俱疲的情況下，能在爆發後察覺自己的失言來跟我說對不起，真是讓我受寵若驚。後來，聽媽媽說這個家庭的溝通一直是很順利的，所以看到我願意面對問題，嘗試用溝通解決，他們也很開心。

晚上依舊是和諧地看電視的時間。聽說轟姊今天要參加遊行，要支持難民進入德國尋找幫助。我對這個議題不好擅自下評論，因為會涉及太多東西，所以我只是默默地看著今天在新聞上的 Dresden，一個漂亮的城市，今天晚上其城市閃耀的

燈光卻被另外一群燈光蓋過去，建築的古典美被兩群不同陣營的人影奪去矚目焦點，嘈雜的口號呼喊聲清晰地從電視機傳出，帶著一絲瘋狂。一想到我的轟姊在這群人中，我們一家都有點擔心。好在直到最後還是沒有事情發生。

就在這個禮拜天，我們就要去看轟姊了。

P.S. 我對爸爸突然有一點懼怕心理了，是陰影嗎 o.o ？

Eine keine Reisen von meine Mutters erste wohnen Platze.

Heute ist ein besonderer Tag. Weil fahrst mein Mutter mit mich nach ihre Heimatstadt. Tut mir leid dass ich vergessen die Name von dort. Und ich kann nicht viele Fotos machen. Nur ein bisschen Fotos hier weil nicht vergessen ich Fotoapparat mit mich geben. Weil einige Platze sind nicht so gut zu ein Foto machen. Zum Beispiel, wir gehen erste nach Friedhof von ihre Mutter und Vater. Das Stelle ist sehr schön aber für mich das ist nicht to gut zu ein Foto machen. Das ist so unglücklicher dass ich kann nicht ein Foto machen.....dort ist so schön, verschieden von unsere Friedhof in Taiwan. Unsere Friedhof sind alt und nicht so sauber (von Natur aus?O. O), und Ihre Friedhof ist ähnlich ein Kunstwerke. Verschieden Stilen und Farben. Sogar samenkorn Leute viele Blumen dort. Das ist Heilige für mich. Das ist ein Grund für mich zu nicht ein Foto machen auch.

Nach Friedhof gehen wir nach ein Krankenhaus mit Auto. Ich weiß nicht dass wer besuchen wir weil ich glaube das ist nicht so gut gehen mit mein Mutter wenn sie besuchst einige Leute in Krankenhaus. Das ist schwer zu schreiben nur auf Deutsch. Das Geduldig kann nicht laufen und sprechen. Deshalb gehen ich nicht mit mein Mutter. Das ist nicht ein gut Ding. Ohne Foto hier auch.

Danach gehen wir Krankenhaus, wir gehen ein altes Haus von mein Mutters Großvater. Das Haus ist groß deshalb du kannst mein Mutter vor die Tür von diese Haus sehen. Klein. Mein Mutters Bruder und Schwester wohnen nicht hier, sie vermietung den Haus

für andere Leute für wohnen. Wir gehen in dieses Haus nur für Heizung, mein Mutter muss das öffnest vor Winter zu vermeiden in diese Haus etwas eis haben.

Manchmal mein Mutters Schweßter wohnst für einige Tage hier. Wir bleiben hier für lange Zeit weil mein Mutter weiß nicht wie kannst sie öffen das Heizung XD. Sie sagt ihr Bruder dass bitte kommst hier und hilfst mich.

Nach Heizung(?), wir haben eln gut Mlttagessen, Pizza und Cappuccino. Sie sprechen viele Dialekt deshalb kann ich nicht verstanden was sprechen sie. :(Mein Bruder ist freundlich. Er hörst von mein Mutter das sie weiß nicht wenn meine Schuhe genug für diese Winter ist. Später gehst er mit uns nach sein Firma, ein Schuh-Firma. Fragst mich er wenn ich ein neun Schuh kaufe in preiswert. Aber in die Ende kaufe ich nicht das well ich habe eine Schuhe in Braunsweig gekauft.

Wir gehen mehr Blumen kaufen weil mein Mutter findst die Blumen in Aute sind nicht genug deshelb wir gehen ein Blumengeschäft für etwas Blumen kaufen.Nach diese Ding, wir gehen ein Schäft zu etwas Karte kaufen. Weil Leute in mein Mutters Großvaters Haus hat zwei Baby in diese Jahr deshalb wir schreiben ein Karte ihn

Gratulieren.

Mein Mutter sagt mich dass der Wurst hier ist sehr lecker deshalb wir gehen andere Schäft und Wurst kaufen(ich versuchen das in Hause, sehr gut, das ist wirklich o.o).

In die Ende, wir gehen mein Mutters Freundins Haus, haben ein gut Tee Zeit. Das Kuchen ist von die Frau mit Äpfel, nicht von Schäft. Das ist Lecker und ich essen zweite das. Weil mein Mutters Freundins Beie sind krank deshalb das ist schwer für ihn zu laufen. Sie ist siebzig Jahre Alte. Aber ist sie lebendige auch und spreche viele Dinge. Das ist ein gut Zeit in diese Haus. Vor verlassen wir, die Frau gebst mich fünf Euro. Ich weiß nicht soll ich das nehmen..aber ich nehmen das auch in die Ende. Weil gesterns Streit, ich finde das ist besser erste zu akzuptierte alles verschieden Dinge. Egal, andere verschieden Kultur hier. Ich muss nehmen das und sagt Danke ihn. Ich muss nicht das nehmen nicht. Das ist nicht so gut für andere Leute.

Es ist ein schön Tag heute. Obwohl habe ich ein bisschen müde, das ist verdienen.

| 事後註記 |

今天是非常奇妙的一天。陪轟媽去掃墓，探望舅公、其他親戚。很常規的行程，卻給我很溫暖的感覺……。所以，我才寫了這麼多來表達我這些當下的感受。

Etwas neben mein Haus.

Weil ist es ein schön Tag. Deshalb danach weck ich auf, ich mache ein Plan von Fotos machen. Von essen ich Mittagessen gehe ich nach Bahnhof und gehen zurück nach zu Hause. Das ist alles.

Gestern gehen ich Haarschnitt. Ich mache ein Foto weil ich glaube das Foto mache ich gestern ist nicht so schön mit schlecht Licht so ich mache wieder.

Vergessen ich mein Augen öffen XD, wieder.

Das Foto ist vor die Tür von mein Hause machen.

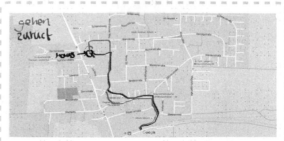

Das ist das Plan von mein Foto-Reisen. Weil ich möchte das Foto von die Kirche machen deshalb gehen verschiden Weg für Abfahrt(Blaue).

往下翻

Das Haus von unsere Nachbar, das ist ähnlich von unseres Haus. Weil das ist mehr einfach zu alles sehen so ich das Foto mache.

Vielleicht ist das Himmel zu licht deshalb das Foto ist ein bisschen dunkel.

Weil möchte ich Netto gehen und etwas kaufe, ich gehen dieses Weg nach Netto. Nur fünf Minuten.

Das Himmel ist sehr schön. Gestern ist es regen. Ein schön Tag ist heute.

Das Haus von ein klein krankenhaus. Das ist in der Nähe von unseres Hause.

Ein Kindergarten.

Ein interessant Rohr. Ist das für die Kinder?

Vielleicht für Winter aber Ronya sagt mich das ist für Dekorative manchmal.

Gehen Ich wieder.

Die Kirche ist sehr schön aber weil das Winkel deshelb ist schwer zu ein schöner Foto machen. Mein Mutter sagt mich dass mein Vater manchmal wurde gehen hier und ein Konzert machen. O.O

往下翻

Umweltschutz.

Das ist die Post und die Frisiersalons.

Wenn ist es regen, ich kann fehre mit das Bus nach Bahnhof. Das ist mehr einfach, ohne nass.

Es ist Fallen jetzt. Deshalb viele gelbe Blatten sind auf das Boden.

Ein Bergab. Ich liebe das weil wenn ich fahre mit Rad auf diese Bergab, ich kann fahre sehr schnell.

Jeden Tag bleibst mein Rad hier und wartst ich komme nach hier von mein Schule.

Am Morgen, es ist immer kalt und manchmal sorgar regen. Deshalb stehe ich immer in das Zelt.

Die Platze wo kannst du eine Fahrkarte kaufen.

Das ist alles so ich gehe zurück nach zu Hause.

往下翻

Wenn ist es regen, ich kann fahre mit das Bus nach Bahnhof. Das ist mehr einfach, ohne nass.

 Ich esse ofen essen von gestern Abendessen aber heute nicht. Ich versuche zu ein Mittagessen machen. Deshalb ist das. Milch, Brot, Gemüse, Wurst, Eie. Mein Kochen ist nicht so gut aber ich glaube dass ich kann besser wurde. Heute Nachmittag schreibe ich Blog nur. Nicht andere Dinge.

───| 事後註記 |───

　　長達十三頁都在敘述著我臨時起意在某一天進了自己所居的小鎮，同時用拍照的方式將之記錄下來。

　　最後還做了給自己的晚餐～美味喔。

Dresden- 初見 Dresden

昨天睡得飽飽的就是為了今天

　　媽媽說要偶爾用中文寫寫文章方便家人看，嗯，我也輕鬆，哈哈。三連發中文長篇日記開始啦！

　　今天因為換到冬至時刻了，所以我們今天多了一小時睡覺～！所以說，今天的早上九點其實是夏至時間的十點這個意思。剛剛好就在今天，我們就在新的時刻的一天出門，到 Dresden 去看望姊姊啦。

　　說的好像很輕鬆，其實有長達三個小時的車程啊。就算媽媽已經給我了一個枕頭用，我還是很不舒服。畢竟搭車的次數少，再加上德國的路雖平但動不動就會來個轉彎，所以經過深思熟慮，我將枕頭塞在了腰那裡，比起直接當一個枕頭塞在腦後，這樣反而比較好休息。剛上路就真的扛不住搖晃的車子了，在恍恍惚惚之下車停了下來，因為車頂上面的床墊在飛。乍聽到這個理由時，我的第一反應是以為轟媽講的是另一件事，是我搞錯了。結果是我沒聽錯，因為要帶給轟姊一個新的床墊，替代她現在不適應的那一個床墊，所以就把這個新的綁在了車上。先上個支架再綁，但好像繩子出了些問題，所以床墊前端開始有點不穩，飛了起來。不到半小時就先停了下來，在一個停車場開始嘗試弄得更牢固，但明顯不對，於是在重新上路後半小時又停了下來。雖他們說我不用下車，但我還是下了車，參與一下，不然我待在車中會不安，哪有人家修東西，一個人坐在裡面睡覺的事？

　　感覺上面一段好流水啊，沒有很多情感描寫。不過，我要在這邊澄清，其實就因為我在那三個小時裡真的沒做啥，所以才這樣的，哈哈。就是一直睡，一直吃。雖說不重要，卻因為太久沒寫中文日記，太興奮，一拖拉咕（拖拉機）全都爆出來了。算了，接下來注意就好。

在兩個小時接近三個小時的車程後，我們到了 Dresden，直接就開到了姊姊的家。說真的我很羨慕，這個地點真的是太好了，旁邊就是大學入口，連繞路都不用，直接出門一直線就可以到了。出門右轉麵包店，再左轉就是公車站牌，太便利了啊啊啊（順帶一提，麵包店在德國＝萬能＝麵包店＋咖啡廳）！希望到中央（大學）後的宿舍是「男八」，不要「男十三」啊，希望。沒拍到照，畢竟那是一個女生的房間啊，拍下去不大對 =.=，所以我就沒拿相機下去了。把床墊還有一些鍋碗瓢盆搬下去，就到了轟姊姊的房間裡聊天。因為有另外三位住在一起的學生，所以不能太大聲喧嘩。小小聲地這樣聊了些大學的東西，我嘗試著聽懂但不大順利。

轟姊換了衣服，因為今天是禮拜天所以轟姊沒有課。就這樣開始了我們的觀光旅途～

不要問我這是哪裡，我只聽得懂幾段爸媽跟我說的話，這是一座宮殿，主要目的是給貴族在中間的花園嬉戲的，很漂亮。不過，有另一座宮殿在另一邊，更大，我們沒去參觀。是說我覺得這已經夠大了……

直到這邊，我覺得今天大概就是沒有意外地走路 & 拍照了，但……

世界真的是太小，我只是在剛拍完照的時候轉了下頭，眼角餘光就看到了三個女生拿著台灣的國旗。如果只是這樣還不會上去說話，讓我上去的主要原因有兩點：一點是因為我看到了有另一個國家的國旗存在，一般來說會拿國旗拍照甚至披在身上的群體基本上都是觀光客，但如果是不同國家的集團在一起的話，我有信心說那是交換學生，至於是不是扶輪社學生我也在心裡打鼓；第二個原因就是轟姊跟我說：「你可以去看看，我們等你。」於是，我就一無反顧地上了（其實，我事後回想，我一開始只是因為膽小不敢上，四個女生的氣場好恐怖啊……）。上去講沒幾句，話題就被我帶到交換學生這件事上了。真的是扶輪社學生，這一點讓我感覺超震驚的！雖說沒有扶輪社「3480 地區」的，但有「3500 地區」的，所以剛好認識李培育（不知道怎麼寫，真是抱歉啊，但我確定是這個唸法），聽說也在這個旅遊團裡面，但很遺憾，那傢伙跑去吃麥當勞了。難得在無意中有可能見到一個 3480 的，就這樣因為漢堡……。不說啦，因為爸媽在旁邊，我也不好意思一直站在那邊聊，所以只是寒暄幾句就先走了，只知道她們是奧地利的學生，因為參加旅遊團所以來德國玩，希望能有機會在這兒的麥當勞遇見我那在奧地利的好朋友吧。

▌一段小朋友們在追逐街頭藝人泡泡的影片

　　看到這些漂亮的大泡泡就會想到妹妹啊，希望媽媽能把這段影片給妹妹看，說是哥哥拍給妹妹的。在場有好多小朋友在那邊追著泡泡跑，好溫馨啊。

▌綠衣服：李同學

　　轉角遇到愛……咳咳，真的是巧啊，走一走就遇到了剛剛在那邊說的李同學，綠衣服那位。看我們在用中文談話，他的同學很自然地就因為好奇跟了過來，於是又是一場秀德文大會。互相考對方德文，真的也挺好玩的，哈哈。說認真的，為什麼會這麼巧呢？機率上固然不是零，但要我們在沒有事先通知，再加上完全不同國家的情況下，在恰好同一天，在同一個城市以觀光的理由恰好遇見，這也太巧了！真是令人高興。遇見他們後我已經覺得這趟旅行值了，直接打包回府我也不會失望，何況這才是第一天呢。

　　聽說這面牆上面有三千多塊磁磚，畫滿了多位在德國歷史上舉足輕重的人物，下面還有名字和介紹。因為這作畫太精細了，所以我就把它拍了下來。

中午，其實我沒有太餓啦，因為在我的背包裡我帶了一兩包餅乾，剛剛在路上餓了就拿出來吃，所以突然轉進一家餐廳讓我有點驚訝。然而，隨即在店裡的幾個電視畫面上的足球賽立刻抓住了我的目光，就是精彩回播得分過程吧，雖說一直重複但我也是看不膩啊，因為剛剛好就有 Braunschweig，所以我很專心地在看，直到要點餐了才急匆匆地趕緊看菜單。等到上菜了才看到媽媽點的菜是一如既往地霸氣的不解釋，一把小中世紀寶劍直接貫穿羊腿肉，超特別的。我點的是很普通的漢堡。我發現我已經把用刀叉吃漢堡當作一個本能了，這讓我有點驚訝，我的被同化速度比我想像中還快啊！結果，因為太專心在思索這個問題，所以就有點分心了。用爸媽的話來說，就是我突然一直盯著漢堡裡面的一片蔬菜，持續了一分鐘不動，嚇到他們。中間又是去稍微逛了逛一些地方但沒拍照片。

因為決定晚餐要自己做，要在轟姊家裡面吃，所以就全家移往超市開始買菜。然而，因

為排隊的人太多了 ==，根本是要排隊一個小時的趨勢啊，畢竟是少數的在禮拜天晚上有開的店面，所以大爆滿不意外。想想太耗時間了，所以決定要換一家，雖說貴了點，但也不差這個一點點錢。我也不知道要買什麼，所以就跟著爸爸媽媽走，到處問問題，問問單字，問問句子。我們就這樣一路先走到了飯店，check in 後回到姊姊家裡。雖說是 check in，就是把掛在大門上的鑰匙拿下來閱讀下「須知」，就這樣，哈哈哈。這家飯店有點像是基本的民宿啊，但很乾淨，這一點我喜歡。

　　到了姊姊家裡後我和爸爸待了一下又出來了，因為爸爸等等想喝酒，所以他說他要先把車子開回去，順便把在車子上的大支架收好，行李也先搬好。車子是停在姊姊家旁邊的，所以也不用走大段距離才到車子。然而，等會兒就要走到姊姊家了，晚飯是不能 Pass 的。爸爸說工具只有一個，因此不需要我幫忙。我就待在飯店房間的床上，原本想說要睡一下，今天一整天都在走路，有點累了，設個鬧鐘就可以起來了。後來，因為在群組裡看到一些東西，所以就開始和大家討論下禮拜六的萬

聖節派對問題了。我有點糾結要不要去，因為在禮拜五我已經有約了，如果沒找到要住的地方那就要在兩天來回 Hannover 兩次，這樣多出來的一趟就是四十歐啊，完全不值得。再加上根據以往經驗和在群裡看到的東西……一定會變成酒會，所以要不要去呢？酒是不用跟著他們喝啦，但我真的不知道該怎麼辦，所以就跟著他們扯皮了一個多小時，在轟爸叫我後兩個人就走回到姊姊家。因為前幾天的衝突問題，我和爸爸之間氣氛還是有點小僵硬啊，所以我就嘗試自己打破這個尷尬的氛圍，問了很多文法的問題。先不論關係有沒有改善，至少我們打破了在彼此之間的寂靜，說話了，有好的開始是成功的一半。晚餐是南瓜湯，好喝。

　　吃完東西沒有立刻回到飯店，而是再聊了一陣子天，外加喝喝酒，直到十點左右才離開姊姊的家。看著姊姊把房間門關上後我們就自己開了大門出來，回身帶上門，就直接回飯店了。洗個澡各自就睡了。對了忘記說，我和爸媽的房間是分開的，他們訂了兩間，可能覺得如果一起睡我會困擾吧。說起來也是，才兩個月過去而已啊，畢竟不是真的血緣至親。

　　雖說沒拍到房間照片真是有點小遺憾啊，但沒關係，你們只要知道很乾淨、很舒服就好啦 :)。

2015/10/26
來去吹吹海風

上回去花東,是三年前,猷剛從國中畢業的那
個暑假。

背著爸爸的相機包,和愛大海的 NU,在台東的
海邊,靜靜的凝望著天際。
站在兄弟倆後邊的我,心裡好奇的遙想著:三
年過後,高中畢業的猷,會背起背包往哪個方
向走?

回首過往的日子，只覺時間飛逝，歲月匆匆。

如同治恩和我說的，一年前的他，從來沒有想過一年後的他，會來台灣長住一年；

從來沒有想過一年後的他，會有這樣的緣分來到台北和我們成了異國家人。

此刻遠在德國的猷，我在想，對這一年的生活，他的心裡一定和治恩有著相同的讚歎！

讚歎著上天冥冥中的安排，讚歎著這份機緣是這樣的微妙！

這一年相片裡的背影，盡是 NU 和異國哥哥們，對 NU 和妹妹而言，也是特別的無法言喻的一年。

治恩來兩個月了，

上個月底，帶他去了趟台中。

這回，再湊熱鬧的跟著連假的塞車潮，帶他到了花蓮。

很想讓這異國兒子看到台灣的美好，

但其實想想，加拿大大山大水的美隨處可見，

台灣的最美，在人情的美！

他的最直接感受，更是從我們把他當兒子看待的這份心意的美。

第一個月，處於生活習慣的磨合、學習中文態度的磨合階段。

把他當個大人一樣，覺得說好的生活常規，既然成為家裡的一分子，就必需學習配合。

把他當個完全懂得自律的大孩子一樣，覺得學習中文該是他帶著求知好奇心，主動學習。

更有很高的責任，感覺得該盡好監督責任，不讓他觸犯了扶輪社的四不行為。

每每在出現摩擦後，就寫了一長篇的柔性、感性的對話給他。

慢慢發現，這個孩子在成熟帥氣的外表下，心裡其實還住個像是只有十歲孩子的心靈。

於是開始，像照顧妹妹一般的照顧他的生活大小事，像陪伴妹妹玩玩具一樣的陪他聊天說話。

有一天，當他說到台北另一區的扶輪社交換學生的問題時，他說：

「我覺得，他們很多的問題，很大一方面在於他們的接待爸媽只把他們當個義務，因為自己的孩子出去交換，就必需擔當接待義務，對那些小孩，就提供吃跟住的義務，如此而已。他們想幹嘛，不管做對還是不對，他們的接待爸媽都不管的，反正又不是自己的小孩。

但我知道我不一樣，妳把我當你的兒子，不只是給我吃、給我住。我做不對的事，妳會生氣，我知道那是因為你們把我當你的小孩，妳很關心我，很在意我。」

長長的一大串告白，語畢，我實在詞窮的無法表達心底的感動。

看著他，摸摸他的頭，故做輕鬆的對他說：

「你當然是我們的兒子沒錯啊，「治」是 Yoyo、Nunu 還有妹妹的輩分用字，沒把你當兒子，怎麼會幫你取個「張治恩」這個名字？」

那一刻，他其實也給我頓悟了一個深奧的哲理，一個為人父母的盲點：
我和老公，都來自一個權威管教的家庭，我們的父親都是威嚴、不苟言笑的傳統
父親。
儘管從小就不喜歡這樣的互動模式，卻總不自覺的用著同樣的模式在當父母。
盛怒之下，都曾對孩子說出很威嚴卻很不成熟的話，像是：你吃我的住我的，就是
聽我的，不高興你就走之類的話語……
其實這樣的模式，他屈服了、他沈默了，但他心裡服了嗎？很肯定的答案是：沒有。
與其高壓的、權威的給一堆規範，遠遠不如當他真正理解了父母出自于愛和關心的
那份心後，所回饋的反應。

而這，正是跟治恩短短生活兩個月多月來，這一個月他送給我最大的回饋。

打從那一晚和他一起努力的做著他的華語作業，他又很不專心的邊寫邊發表他的高
論後。
我轉了個心態，再也不把他當大孩子，覺得他應該怎樣又怎樣。
而是，很純粹的把他當個小小孩一樣的照顧著、陪伴著。

現在的他，就像小小孩依賴著媽媽一樣的依賴著我，
帶他到花蓮三天，走在路上就愛跟在身邊，不知哪來那麼多的話的一直說不停。
說到爸爸在一旁一直想說話又插不上話的頻頻問：「可以換我說了嗎？」……

帶他騎協力車，老闆娘說協力車還分同步和不同步兩種，不同步就是不需兩個一起
踩，可以一個腳不動，就靠另一個騎。
很邪惡的選了不同步的協力車，準備自己好好休息，欣賞美景，
更準備好好消耗他的體力，讓他上車可以乖乖睡覺休息。
沒想到，這小孩，踩沒幾步就頻頻回頭看，一直問：「媽，妳在幹嘛？」「媽，妳
沒有踩……」
嘿～這時候中文倒說的用詞發音完全正確了！

頻頻被他抓包的只好認命的跟他一起同心協力努力的爬坡用力踩。

只不過，這小孩踩得輕鬆了，話就又多起來了。

沿路海天一色的美景不知他看進去了沒，只知道，他又開始嘰哩咕嚕、一串又一串說不停、問不停的話……

他的中文能力突飛猛進，華語班的測驗高分讓他的信心倍增。

在他的華語班裡，他學習中文的時間最短，

其他同學動輒學習兩三年以上的程度，

一開始飛快的進度著實讓才接觸中文不過一兩個月的他跟的非常辛苦。

九月份，老師給了他「最佳學習精神獎」的獎狀，

這獎狀，確確實實起了極大的鼓舞作用，

現在的他，每天記了好多他在外面沒聽懂的話，回家求知慾旺盛的問不停。

現在的他，在媽媽眼裏，每天都是最佳學習精神獎的代表！

最近兩次華語班的測驗拿了滿分，一進家門，鞋都等不及脫掉，就急著從書包翻出考卷，拿在手上揮啊揮的叫媽媽，急著要和媽媽分享。

華語測驗的成就感，讓他開心的像第一次拿到 100 分考卷的小學生一樣。

這兩個多月學習中文的心情轉折，我想，會是我和他之間，在這一年裡最難忘的一段心路歷程。

NU 國三了，會考的計分方式變來變去，但不變的是每天考不完大大小小考試的生活。

他不再是那個樂觀的 NU，不再開心的笑的露出兩顆大門牙，

現在的他，很酷，非常的酷。

他聰明靈活，但他卻不是傳統那種願意把聰明和精力用在考試得高分、努力爭取進入名校的孩子。

我清楚知道，台灣這個需要反覆練習做題目來拿高分的教育環境，確確實實不適合

他這類孩子。

他從小那小腦袋瓜裡源源不絕的無限創意，他與生俱來的巧手，其實一點一滴被這教育體制抹殺著。

從他小小的時候，我說：他是體制外的天才。

到了現在，看他用一疊白紙，應班上同學請求，做出了一個適合她身高，角色扮演用的三叉戟，我依舊讚嘆他的創意和巧手。

但再多的創意，會考考不出他的天份，

對考試不考的領域再多的熱情，學校測驗的分數也在一點一滴的澆熄他的溫度。

笑容從小就掛在臉上的 NU，從小就樂觀開朗、自信像天一樣高的 NU，

坦白說，現在每天看他，覺得心疼又無奈……

一向愛海的他，靜靜的遙望著遠方，不知此刻的他，心裡在想些什麼?!

吹吹海風，和治恩一起吹著海風騎協力車，和他這段異國母子情誼，風吹啊吹的，越吹越緊密。

吹吹海風，看著 NU 的身影，風吹啊吹，請你帶走他的沈悶，還給我一個愛笑的NU……

Dresden- 登山之旅

今天就是爬山 & 遊行

今天早上我忘記拍照了，可惜啊，因為爸媽買了飯店的早餐，總共二十歐的豪華早餐。不過，我在這邊還是要吐槽一下，為什麼豪華套餐豪華得還是麵包啊，為什麼主餐還是麵包啊？為什麼?! 看看那精美編排的各種口味火腿起司，全都是為了麵包的配料啊。一想到這個，我在那時當下心裡裝滿了吐槽之魂，也因此完全忘記相機就在旁邊的沙發上，就忘記拍了。從爸媽的房間出來時已是吃完了各種麵包，回到房間整理整理後就揹著個大背包準備開始爬山了。

其實，我發現我的照片太多了反倒是妨礙到我的文章，因為文字一散開來就不大好看啊，一直跳段看著就不舒服。想說的在照片中都搞出來了，都顯示出來了，這樣還要我說啥啊，沒啥動力。麻煩，我再想想解決辦法吧。

一張一張解決真是太麻煩了，為什麼不要一次多張地講啊，我真是笨。隨便啦，哈哈，這不就是解決辦法嗎？

我們在半小時左右就到了一座小鎮，對岸也是一座小鎮，感覺是個觀光小鎮啊，全都是觀光客，尤其是在剛下碼頭這一帶，美得不像真的。不過，因為今天主要目的要是來爬山而不是來觀光，所以就先 Pass 了。畢竟，這種東西在台灣已經見識得夠多了，哼哼，自然美才是今天的重點。

因為走錯了些路，所以有幸看到小鎮後面，所以才知道剛剛說的前面是特別漂亮到不像話。往回走拐了個彎，轉進一條小上坡，開始我們的登山之旅。果然，我必較容易在大自然中身心放鬆啊，這樣的美景我比較喜歡。這條河其實不只是水質清澈這一點漂亮，在水中有像是小石礁一樣的東西，上面有水生植物，不會飄盪而只是靜靜地浮在那兒，這種寧靜的氛圍我真的好喜歡啊。另外，這幾天因為剛剛好

是秋天中的幾天落葉天，所以我們有幸看到樹上的黃葉紛紛落下的畫面，而不是我在碼字的同時窗外那片光禿禿的枝幹而已，真的很幸運。此外，掉到水中的葉子，可能因為是水質再加上氣候不同的關係，乾乾淨淨地漂在水面上，沒有整片沉下去，或是濕答答黏黏地浮在水上，放眼望去成片成片的，超漂亮的。

　　要不是爸爸的提醒其實我已經有點沒力拿出相機拍照了，應該是說專注於周遭的植物環境，再加上體能的控制，我壓根兒完全忘了這件事，感謝爸爸在當下拿出手機幫我拍照。我非常好奇為什麼嚴肅的爸爸這麼喜歡拍照，就在事後問了一下媽媽，結果跟我說是因為他喜歡 Apple 手機的關係才會這樣給我拍，哈哈哈，超幸運的。聽說媽媽在前幾十年因為爸爸死都不拿相機，所以家庭照幾乎一張都沒有媽媽，直到爸爸拿到手機後才突然出現在其中。啊，這也太慘啦。是說和家裡老爸的唯一不同之處就這樣沒了，他現在超喜歡拍照的。

　　偏題了，哈哈，來說說山中的美景吧。德國的山中不會有步道這種東西，最基本的就是鑿出來的石頭鋪一鋪而已，而且是要在如果硬要走過去會比較危險的地方才給你設置，基本上是以大自然的維護為第一要求。所以，甚至在之後有一個在兩塊大石頭之間的向上縫隙裡，它的階梯雖說是鋼製的，但也讓我見識到了維護自然的極致──整整十公尺多的樓梯一次只能一人過，真的是完全不會去考慮破壞環境。走道都是走出來的，就是在樹林中一條勉強可以看到的小道路。除了我們外，也有非常多人在走，甚至溜著他們的大狗。德國人在假日幾乎都會傾巢而出，最基本的是在家附近的森林散散步，高階一些的就是全家出遊去不知道哪個地方捕捉當地的好陽光了。德國人超愛太陽的。

　　登頂，應該吧。這座山其實嚴格上來說沒有頂端這回事，因為有點像一個台地的感覺，我們只花了一個小時的時間就登上這裡了。因為有個看台，所以我可以清楚地看到在另一側的山頂也有一座瞭望台，說明接下來有一段逐漸彎曲的路會是在同一個水平高度上的，至少是沒有上下坡路了。登頂後爸爸因為以為媽媽在前一個小休息點已經休息過了所以就想繼續走，但媽媽卻說要停下，所以有個小爭吵——基本上也不算是爭吵啦，爸爸被一唸也就聽話了，還掏出背包裡的巧克力給我們補充能量。此外，就是在我們登上山頂的同時，有對看起來好像是大學生的男女拿著專業的滑動式攝影機在那邊拍攝，學長教學妹的畫面有點讓人感興趣，但僅僅觀看那個男大學生在那邊滑動了五分鐘我就膩了。

　　越過了剛剛說的另一個瞭望台，我們到了另一端頂點比較遼闊的瞭望台，拍了
些照。因為在很高的地方了，再加上視野好，可以直接看到剛剛來的小鎮，跟玩具
一樣啊，媽媽這樣跟我說，於是就拍了很多張照片。

　　這邊還看見有人在爬山，是真的那種兩人為一組邊插零件邊攀上去的那種啊
（攀岩），超恐怖專業興趣啊。

　　另外，就是付了一人三歐左右的價錢進到一個以前的**軍事要塞**。說是軍事要塞，破破 der，很久以前的建築了，所以不得已只能用欄杆了，算是德國人勉強在環境保護上面做出的妥協吧（笑）。是說在此之前看到的欄杆都是用實心原木做的喔，超自然，跟臺灣的塑膠木板不是同個層級的啊。

　　這個算是一個小導覽吧，可以在不同的角度看到不同的石頭。

在剛剛付錢進入的地方後，就是一直下坡、下坡，然後回到小鎮上，這期間就沒什麼特別的東西了，再加上大家都累了，所以沒拍什麼照片，直接到碼頭這邊等下一班船了。剛剛忘記提的一件事，這邊的船也是超環保啊，極其所能地省下了大筆油錢，是用纜繩拖行的，在遙遠的岸邊繫著一根纜繩，用浮標一路漂過來，連接到船頭上一個橫向的滑動裝置上，只要那個滑動裝置左右移動，那纜繩連拉都不用拉就可以到對岸了，雖說慢了些，但看著堪堪跟我們速度持平的鴨子在我們旁邊漫遊也是有種愜意的休閒氣氛。此外，我們在三點多才回到小鎮上，我有點忘記我到底有沒有吃午餐了啊，只能確定在小鎮上我們沒有停留就直接回到對岸，然後開車回旅館，應該是沒有吃吧？就是有在我的要求下，在路邊的一個超商停下來買個餅乾，預防回旅館後晚上會肚子餓這樣子。

想起來一件事，讓我完全無法忍受的失誤：媽媽在今天幫我買了下個月要用的網路卡，當然是我自己掏錢付的，結果在回去後的隔天晚上，媽媽就給我一張單子說已經把錢用光了。呃啊，「不經一事，不長一智」，這句話說得真貼切。媽媽早先跟我說在買下方案前先不要用網路，因為會很貴，但我哪知道這麼貴啊……！真的是讓我驚到了。因為正常的方案是五歐三百 MB 一個月這樣子，雖說有分快速、慢速，但也不少啊。結果，我只是在晚上時用 What's app 跟另外的交換學生討論了下禮拜六的萬聖節 PA 總共就花了三十 MB 左右，十八歐就這樣不見啦！！這也太坑 =.= ！

然而，我在這個時候還是不知道的，就只是有一點點的小擔心而已，基本上心情還是很愉悅的。所以，在姊姊帶我們出去的時候我很快地就收拾收拾就跟著出去了。

　　在聽說我們要參加遊行的當下，我是壓根兒沒有想到會是那種場景的。因為在我心中，遊行大概就是舉著牌子喊喊口號而已。結果，實際情況更加地刺激啊，有很多人自發性地拿起樂器在那邊演奏。因為我們支持的是接受難民的這一立場，所以比較偏向於多國的聯合體，而不是反對方的德國人偏重的情況，再加上很多小道具，所以現場聲光效果十足。最前面還有領頭車在做引導動作，好像是在不同地點集合成小團小團這樣子，然後再分梯次帶過去兩個不同陣營的路線相交點。不過，我們只參加一半就先走了。

　　因為我們出門的時候已經六點多了，然後走路再加上在集合地點現場等待的時間算下去已經七點多了，走一走後經過了第一個相交地點就八點了，這個時候我們的晚餐還沒吃啊，所以就再次慢慢走回去了，走了一天好累啊 =.=。

　　今天這樣也算是完美的完結了。每次在我心中對接下來會發生的事先做猜測時，在事情真正發生的時候就會發現我想得太簡單了。例如這一次，我根本猜不到是要來墨西哥餐廳吃飯，我還在想是不是又要吃漢堡，結果面前的是捲餅之類的東西端上來的時候我超高興的 XD。在用餐末了還拿到一個免費的明信片，雖說寄到台灣要錢，我還是決定要把它寄出去，將來要寄更重要的東西時才不用提心吊膽說沒寄到或是出錯，先做個測試順便報報平安吧。

　　直接在回去的路上和轟姊在火車站分頭走——我今天真的走了好多路啊，哈哈哈，腳超痠的 =.= ！今天一直在走，是因為在市中心很多地方都因為人太多所以車開不進來，這也是無奈 :(。EGAL，eine schön Tag.

Dresden- 回家

也沒那麼快就回家啦其實

　　今天早上沒有訂早餐，感覺是因為昨天的有點不值，雖說是不錯但還沒到那個價位吧。於是，我們就開車到市中心，停下了車，步行了一段距離到一家麵包店裡坐下，各自點了麵包和咖啡什麼的。

聊著聊著，我覺得應該是時候了，醞釀了兩天的感謝話語總算是抓到了時間說了出來，就說說：「viele dank für ihr dass bringen mich reisen zusammen.」先不說語法問題啥的，因為在我說完這段話後爸媽做出鬆了一口氣的誇張動作，因為我這兩天表情好像不是太好，也不怎麼說話，不會有表達出非常喜歡的意思，簡單來說就是一臉不爽樣。

這一點我倒是完全不知道 o.o。我就跟他們解釋我真的非常喜歡，就是可能因為我太喜歡這趟旅程，所以我把心思全部放在旅程上了；就跟我在吃飯時一樣，太專心了就常常板著臉吃飯。還好到最後這一點是有解釋開來，不然就糗了，人家帶你出來玩還這樣不爽……講極端點就是一頭白眼狼啊。

一切解釋開了後我就把注意力放在了我的早餐上面。

左邊那個是新嘗試。我發現我真的會有衝動啥都試一下，也不論到底是好壞。還好，這次還不錯就是了 XD。吃完麵包，喝完卡布奇諾，繼續往下走。

我們到了當地聽說很有名的小巷，裡面有很多衣服的店。轟媽在那邊逛得很開心，我跟爸爸就在附近晃蕩。在小巷裡的各種精美布置倒是讓我有點興奮，因為不知道今天能不能有機會拍到更多的照片，所以就先在這邊拍了些照片。

在這之後還去了 quitte 的專賣店，就是針對一款水果所開發出各種產品的店，還滿特別的，

有賣很多像是肥皂、香水之類的東西。此外，媽媽還買了一本大食譜，說是可以拿來參考做甜點或是正餐都可以，手上也拎著個小袋子裡面裝著兩小罐特別的果醬。在我眼中看起來就是肉醬，卻是用 quitte 做成的果醬，這一點倒是滿神奇的就是了。

除此之外，還有去聽說是世界上最好的起司專賣店。感覺好像很強但其實店面不大，走進去到有股濃郁的奶腥味，一開始很不習慣，一直想往外面跑，但到後來漸漸習慣就沒差了。因為沒什麼吃起司的經驗，所以比較沒什麼感覺。在我眼中，起司就只是起司，雖說好像有很多品類，但在我的口中真的差不多。就算有差，我大概也記不得，跟外國人看我們的米飯是一樣的吧，泰國米、日本米、中國米、台灣米，大概在他們眼中就只是米。咳咳，扯偏了。大概是看出來我有點無聊的樣子，所以爸爸就過來帶我看看這家店裡提供的起司歷史……，說真的，還是沒感覺 :P。

最後去了一家旅行店，說是要確認爸媽在明年的一個旅行活動。我就坐在旁邊等，也順便看看店裡的種種旅行和登山用品。

姊姊在中午的時候和我們會合，因為她今天的課只到中午，所以可以跟我們吃一頓飯。這家店……土耳其的？？？不確定啊。我看到菜單中有米和雞肉這兩個字合在一起的菜名我就點了，擺上來的東西果然不辜負

我的期望,真的超奇怪的,也說不出個什麼所以然來。整體上來說不會噁心,但就是有點奇怪,因為用優格伴著吃的米,在自己嘴中卻沒有半點引發反胃的跡象,真的是充滿著違和感啊!應該要不舒服的啊我的胃,好堅強啊,我已經可以什麼東西都說很好吃了?

好睏啊 =.= !寫出來的東西回頭看都不知道在寫啥⋯⋯。今天上午的行程到這邊告一個段落,應該說基本上已到要回家的時間了。

但在回家之前我們還是到了大商場裡,當然先走了一大段路才到達,好像是這樣說的:

媽:「這邊的衣服跟在 Braunschweig 有很多不一樣的地方,所以來這邊不去買衣服有點浪費。」

爸:「嗯,好啊(沒有不一樣啊,我看不出來哪邊有特別的)!」

哈哈哈,超好笑的,但到最後還是大家一起去了。先幫我買了毛帽,之後就另外去了一家好像滿高級的大店裡面,採購了一兩個小時吧。我就乖乖地站在附近拿著手機翻譯德文,閒閒沒事做,想找有意義的事情來做的感覺。

到最後就回家了。

今天的重點是做菜

如果要說我的日記有點短，那就是因為我要把剩下的時間拿來讀德文

　　昨天轟爸就已經幫我把我要去實習公司的搭車路線給搞定了，不知道從哪邊掏出了一本 Braunschweig 城市路線圖，外加公車和城市內小鐵路等等詳細解說，然後就直接告訴我我只能搭 M1 車。這下輕鬆了，十分鐘一班，再加上這就是我在上學時最常搭的車子，所以熟悉啊。

　　但是，當然要先到 Braunschweig 才能搭小鐵路啊，於是我就在十點準時出門，十點十五分到達車站。雖說我騎腳踏車，但我的速度沒有太快，畢竟平常上學基本上都是有種嘴巴咬著吐司的拚命感，哈哈。不過，今天我要搭的車是十八分跟三十六分各一班，所以不急啊，慢慢來。我在我的背包裡還像出去郊遊似的帶了盒餅乾、一罐水，一切的一切都很順利，我在站旁的腳踏車亭鎖好車子後慢慢地走上了階梯到了月台。

　　十一點三十六分我終於搭上了車子，心浮氣躁到有點坐不住了，好不容易車子才來。誰說德國準時的 o.o？前面兩班不知道是出了什麼事了都沒來。然而，我在 APP 裡面和月台電子版上看到的又是另外一回事啊。明明說只是遲五分鐘，為什麼會變成一班都沒停啊？我站在那邊一個多小時，手中啃著餅乾，看著眼前好幾輛列車呼嘯而過的感覺你們懂嗎？……為什麼啊？有點不信任德國的火車系統了。之前在上學時也遇到過火車遲到二十分鐘的事情，在旁邊的朋友倒是習以為常，還說冬天會變本加厲，哭喔。誰說德國準時的，我打他。就這樣，經過一個小時二十六分鐘的等待，我搭上了一班遲到「五分鐘」往 Braunschweig 的火車。

　　還好之後的一切就真的是順利了，直接到了正確的站，直接走到了我之後要工作三個禮拜的地方。說真的，我在走進這條街的時候心中也在打鼓，因為這太像住

宅街了，感覺就是走錯街了，但 Google 地圖上定位顯示沒錯，所以我就繼續走下去了。對了，這邊說一下我工作的地方叫 Iwb Ingenieurgesellschaft mbH，自己搜一下吧。感覺是一間建築公司，那就是要我畫畫圖紙、搞搞模型吧，沒有太容易的感覺。雖說不是我感興趣的地方，但技多不壓身啊，多學一件就是一件。另外，因為可以多學到在工作場所會用到的德文，我也是可以多長長見識，沒什麼不好的。因為禮拜一才是我要報到的時候，所以我今天就沒有進去了，今天只是來探探路的。

回家要履行跟爸媽的約定，今天晚餐要我來做。一方面感覺在 Dresden 看到的一個簡單菜色不複雜，容易處理，一方面感覺身為交換學生不做點什麼菜就是輸了，聽說麻婆豆腐拌豬肝這種東西都被搞出來了。雖說我沒學過做菜，但沒看過豬走路也看過豬肉，那些菜色基本上我可以推測它是怎麼做出來的，但還是要實驗下，所以今天中午的午餐就是這個啦，夏威夷吐司。

其實，在實驗過後的下午，我在五點就有點按捺不住跑出去買食材了。因為覺得冰箱裡的東西不夠，顏色太單調，所以我就跑到超市買了些自己要吃的餅乾，再加上一大顆花椰菜。比較搞笑的就是因為店員是新來的外國人吧，她因為花椰菜上面的條碼不見了，再加上不知道這蔬菜叫啥，所以沒辦法查價錢，就問我一句：「Wie heiß das（這是什麼）？」回答：「Ich weiß nicht（我不知道）。」哈哈哈，真的太爆笑了，兩個德文新手在那邊因為一顆花椰菜大眼瞪小眼，最後重新換了顆花椰菜，一顆花椰菜 1.97 歐倒是記得了 XD。

回到家，因為不知道爸媽啥時回家，所以就先自己搞了搞可以先處理好放著不動的東西，例如最基本的蔬菜，因為我要用生菜沙拉這樣子的方式，所以洗洗切切再放著就可以了。花椰菜倒是要先燙下，我給它燙到水滾了就拿出來，灑點鹽。現在想起來，水滾了就拿出來怎麼感覺不大對啊，笑死了，應該再放一下。先前做的應該沒熟吧 ?!

完成圖：蔬菜方面的處理方式是花椰菜用水先燙過，灑點鹽。然後，黃椒先中間白白的挖掉，再把兩頭彎曲的砍掉，剩下一條一條的不大好看，所以我就把它四等份切塊，就是這樣子了。一邊處理剩下的番茄，一邊把切下來不會用到的黃椒給吃了，別浪費，哈哈。番茄因為我刀工不好所以預想中的薄片沒出現，倒是到最後心一狠直接全部剁碎，再加上爸爸提供的一些香料就搞定了（做到一半爸爸先回來

了，時間在七點多左右）。主菜方面就是以吐司、芥末醬、火腿、鳳梨、起司 *2 這樣的順序從下往上疊，最後再放進去烤爐裡等個八到十分鐘就好了，為了美觀加了一些果醬上去配色用，大概就這樣了。

爸媽很喜歡，這讓我很開心，做菜這方面還挺好玩的啊。順便我們在餐桌上又交流了下湯麵的製作，他們對此應該是非常不解的，在他們心中想的湯大概都是濃湯吧。我在那時跟他們說要和麵放在一起用筷子吃，他們應該想像不可能做到，畢竟他們的湯也只是放在深一點的盤子裡用湯匙喝而已。我的大碗公說法他們覺得非常獨特，下次搞個泡麵大餐吧，大家一起吃，感覺他們拿筷子應該會很好笑。

在吃完飯後的休息時間，我總算是知道了媽媽對這次萬聖節派對的態度轉變原因。在此之前轟家就不大想要我去參加這個派對，但我不知道原因是什麼。因為 Stefan 已經表示對此要多加注意，就是交換學生的集體喝酒活動。雖說沒有更進一步阻止的實際行動，但我覺得大概這次活動終究要泡湯了。反正我原本就沒有很想參加，就只是怕會由於沒參與到而影響到我的心情罷了。媽媽確認了我只會參加明天的另一個活動後，就在半夜開車帶我到了車站的一個售票口，自動的，所以就是一直戳戳戳，然後再付出 23.8 歐，明天的無限制次數車票就到手了。便宜啊，爽。雖說只能搭慢車，但原本如果我要白癡地去買兩張單程票，是四十歐啊……！差超多的。還好媽媽有幫我，拯救了我的錢包。原本在掙扎糾結要不要參加萬聖節趴就是因為車票問題退卻了，沒有找到住的地方就要多付四十歐，我承擔不起。總之，今天我過得還是很開心～還有很多獨特的第一次經驗，願明天的小旅行會順利地結束。:)

在 Hannover 的小聚會

一大早就爬起來了

Jenny 有事，今天只跟 Yian 和 Nancy 聚會。

八點三十六分的車，所以在八點就出門了。早餐倒是帶在身上，打算吃一吃就好。背包裡因為要出去玩，所以就裝了錢包、車票、照相機跟水而已。比較特別的就是我今天身上嘗試著穿了發熱衣，畢竟感覺外面應該滿冷的，也當是試穿。結果太熱了，中途脫掉外套又有點冷……尷尬啊！在這個溫度感覺真的不適合，但在冬天就可以暖暖的了，還是要感謝老媽幫我把這些衣服寄過來。

因為昨天嘗試去搭車的時候火車的延誤讓我印象非常深刻，所以我今天早早出門。結果我真的猜對了，要在這邊罵個髒話了──「他 X 的，火車早來啦，哈哈哈哈（已瘋），誰說德國一切都很準時的？火車你這樣提早，要那些超準時的人情何以堪啊！怪不得我昨天時間剛剛好結果沒火車，提早來是怎樣啦！」咳咳，冷靜。

結果他 X 的火車顯示的 Nächste Halte，又搞錯啦，哈哈哈哈（崩潰）！明明是 Hannover 先過才會到 Bielefeld，結果它跟我說下一站是 Bielefeld，哈哈哈哈！其實，我最後沒出什麼事，沒過站，沒恐慌，沒被拐走，就是跟旁邊的阿伯聊了下天，問了下為什麼下一站不是 Hannover。他就說「應該是錯誤，別在意」這樣子。真的在當下沒什麼感覺，有種習慣的悲劇感，但事後回想起來就是狗血無比的劇情啊。

因為我在列車上就已經因為剛剛的顯示問題把訊息用 What's app 發出去給另外兩位女生了，感覺她們已經到了，如果我真的超過就糟了，所以要趕快說一下。結果一切順利，我直接到了集合地點──火車站前的騎士雕像，就看到她們兩個在低頭看著手機上面的什麼東西。原本想嚇一唬下的，但還是算了，畢竟我是最慢來

的⋯⋯。一問之下才在那時候確認了 Bielefeld 是在下一站，她們還在考慮要不要用訊息通知我說「你坐過站」我就來了，到最後無意要嚇她們但突然出現還是有點讓她們驚到。

出發，因為手中有 Yian 媽媽買的旅遊指示書，再加上 Nancy 跟 Yian 已經有來過 Hannover 一起玩過了，所以幾乎沒我的事，我不用想什麼東西，一直跟她們走就對了。其實，因為 Nancy 就住在這兒，再加上 Yian 已經來過了，所以她們對景點不大感興趣，有點聊天才是重點的感覺。就這樣，我們一路邊走邊講話，從景點 36 號到景點 1 號逆著走了過去。因為是逆著走，所以有時地上的線斷掉也是讓我們一陣好找，這也是有趣的地方。再加上有時線上有工程，這就讓我們的旅途基本上就是漫無目的地隨處亂走。

聊著聊著，我就更加深刻地覺得我應該要更加注意和其他交換學生的交流，也不要把群組通知關掉了，耐心看一看吧，因為我聽到了很多大事是我在今天以前不知道的。例如奧古斯丁，另一位交換學生，我也不知道他怎麼了，因為他在之前的扶輪聚會對扯鈴表現出高度興趣，甚至可以連續練運鈴兩個小時。從這點我以為他是個求知欲非常高的男生，卻在她們的談話中得知，他因為在德國過得不如意，所以想要 Early Return⋯⋯。說真的，我無法理解。Yian 說，最近好像稍微冷靜了點，因為他媽媽會在兩個月過後來跟他碰面。Stefan（這個職位我還是不知道要怎樣解釋，全地區都歸他管就對了）對這個提案其實挺反對的，所以到最後會怎樣也不確定。我心裡悶悶的，真的挺喜歡那個男生的（弟弟的感覺）。沒有持續接觸大家或許不是壞事，卻也因為這樣我錯失了很多東西。那種事情在進行我卻沒有得知過程，只知道結果的感覺不大好啊。

除此之外，大概就是明天的派對被通知不准參加了，好像是因為前幾次他們喝酒太白目還上傳，恰巧被 Stefan 看到，所以就發了通知信給各個顧問說不准參加。Nancy 開始這個話題是因為我們到了一個公園，很漂亮，Nancy 卻跟我們說他們上次在這邊喝酒差一點集體跳湖夜游。因為她就住在這個城市，所以很方便就可以參加他們的聚會，並因為一次好朋友的邀請所以就參加了。她沒喝酒所以可以看清楚全程，兩個字：「瘋狂」！雖說有沒喝酒的群體，而且就算有人勸酒也會被群體力量阻止；但因為喝酒的是大多數，所以還是有點控制不住。所幸有那群不喝酒的

存在，所以可以阻止喝酒的幹出蠢事，還幫他們買車票回家，貼心的好人群 :)。我因為只能聽說不能參加，有點失望，這種感覺說不清楚啊，但就是想參加到事情裡面，注意自己安全的前提下。

怎麼變成批鬥大會了？咳咳。總之，糾結許久的「參加今天活動還是參加明天活動」的掙扎總算是舒心了，明天的萬聖節大會被取消了（料北亞在哪邊都有啊，Stefan 怎會看到學生群組裡的訊息呢）。

走著走著，其實已經逛過去幾個好景點了，教堂幾個、公園幾個，景點數字也常常一次連跳五號才發現，一切都很隨興。當然，也是因為教堂都有活動、活動路線好幾段都在施工這樣子。

中餐吃的是路邊一家小店，感覺算是速食店。買東西時秀了把德文，我的德文口說好像還是最好的。又是在那邊聊了很久，話題根本天馬行空，從《英雄聯盟》到下禮拜的三人聚會，無所不談。對了，下禮拜 Yian 要教我們做菜，我在昨天做出來的那道夏威夷吐司真是不值一提啊……。看那兩個女子力爆發在那邊秀她們在這邊做的菜色，我就感到無地自容，火鍋都弄出來啦，這也太強了……

最後，這趟旅程結束在一家在火車站裡面的麵包店。之前也提到過，麵包店在德國＝萬能。所以，我們點了咖啡熱巧克力跟麵包，就坐在那邊邊看免費的報紙邊閒聊。我們因為在外面走了也有三個多小時，所以身體有點冷，冰淇淋就 Pass 了，直接回到了火車站點個熱的東西喝取暖。時間在兩點整，我們就座後就先在座位上拍了超多張照片，這讓我終於見識到女生的自拍功力是多麼地可怕，自拍螢幕中的人影讓我有點不相信這是坐在我旁邊的人，哈哈。換個正向的說法，就是她們可以很本能地找到自己最漂亮的角度，這樣也不賴啊。回家，火車沒誤點真是太好了。

（P.S. 被唸說這樣講不禮貌，我換個講法：原本就很漂亮了，用了一點技巧變得更漂亮了呢！）

Harry Potter Sehen

2015/10/31

Das is mein erste Tag von Harry Potter in Deutschland sehen. Sicher ist ich das auf Deutsch XD. Weil ich habe in Taiwan schon das gesehen. Deshalb kann ich alles in diese Film verstanden. Ah, ich war vierte sehen. Das ist über ein Rennen zwischen vier verschieden Schule aber Harrz bin die fünfte Spieler. Das ist sehr gut für mich weil es ist mein erte Film was kann ich verstanden alles (In Deutschland). Hier habe ich heute andere sehr super Ding. Das ist neute die Ende vor LoLs Rennen. Zu schlecht das Taiwan nehmen nicht Erste in Diese Jahr, nicht gleich als in S2. Ich spiele viele LoL in mein Freizeit erste auch so das ist ein super Ding für mich.

Weil habe ich heute viele Zeit für etwas schreibenl. Lassen Sie mich einige Ding von Fernsehen. Das ist verschieden als unser Fernsehen in Taiwan. Das kann zurück sehen und aufzeichen! So wenn gehen ich für zwei Tag nach mein Freundeins Hause. Meine Eltern hilfe mich das fünfte Harry Potter aufzeichen. So ich kann das morgen sehen. Das ist so super. Vorbei sehe ich auch viele Film mit meine Eltern zusammen auch. Nicht sind nur auf Deutsch. Engilsch, Chinesisch, Arabish, Latin...viele Sprachen von andere Lands. Zum biespiel, ich habe schon ein Film auf Chnesisch gesehen. Das ist über ein Mans Reisen nach Tibet mit nur ein Fahrrad. Sehr interrsant. Sehr gut Fernsehe XD.

| 事後註記 |

短短地稍稍說了我在德國第一次看《哈利波特》的經歷，LoL 世界大賽台灣沒得名……，還有講一點德國的電視結構跟台灣不一樣很奇怪這件事。

ROTARY YOUTH EXCHANGE COMMTTEE
DISTRICT 3480, TAIWAN
國際扶輪 3480 地區青年交換委員會

MONTHLY REPORT FOR INBOUND STUDENT
扶輪青少年交換學生月報告書

Month：2015 年 10 月

Student's Name：張治猷　　　Country：德國　　District：1800

Sponsor Club：景福扶輪社　　Host Club：Braunschweig RC

Present Address：Im sparegefeld 14

38162 Cremlingen(Weddel)

ACTIVITIES DURING THIS MONTH：（以下每項回答至少須有 200 字）

1、Publio speaking for Rotary meeting eto. attend or listening visits if any:

　　尷尬，我寫不出什麼東西，因為地區的特殊性，所以我這邊的活動少得可憐。跟媽媽和是 Rotex 的姊姊問過後，她們說這是正常的，然後說不參加沒有關係，因為上一個在 Braunschweig 這邊的一個墨西哥小孩也是一樣都沒有很多活動。我只聽說我在秋假結束後會有個用英文介紹台灣的預定，在這之前是沒有任何活動的，所以應該會在十一月月底會有一次在扶輪社的活動。

2、Describe your daily activities at present (School, Private Invitations etc.)

　　http://changchiyou.blogspot.de/2015_10_01_archive.html

　　咳咳，這邊是十月份的十三篇日記，圖文並茂並部分文章是用德語寫的，品質保證，不看可惜喔。

　　開玩笑的。老實說，我覺得如果我要在這一篇專欄寫東西的話，大概就是把我在這個月的日記裡面發生的事情給縮短了寫，但這樣會讓我很難受啊。畢竟寫都寫了，哪有藏不給人看的道理？所以，再加上我要重寫也是有點浪費時間啊，還不如

一個 Ctrl+v，所以容我把我的日記連結放上來。

　　但基本的大概還是要說說的。十月初因為大考的關係，在學校大家都很緊張。老師說我不用參加考試，但我還是參加了，盡量翻譯考卷到能讓我看得懂，但基本上都是還沒翻完就考試結束了，所以都沒分數。在考試結束後就是秋假了，長達兩個禮拜的空閒時間，在這段時間我是不用去上課的，一開始我真的閒得發慌，所以一天六小時 RosettaStone 不是沒做過，但在那麼特殊的幾天我有跟爸媽一起出去玩，也有和同樣可以溝通的交換學生一起到大城市玩，逛逛街，吃吃東西。而這些都有寫在日記裡，非常的詳細 :) 圖文並茂喔。順便說一下，十一月剛開始我就在一間叫做 IWB 的建築公司開始我長達三個禮拜的實習，不用去學校，專心在公司學習東西就好，我會在下一個月詳細說明我的經歷（用日記）。

3、Total Impression of this month:

　　這個月是比較特別的，有一半的時間不在學校而是在家裡或是在另外的城市觀光，我的德文學習倒是沒有因此落下，因為在學校的學習跟德文程度息息相關，所以我認為就算我這個月都有在學校，學習速度也不會比我在家裡的這兩個月快，因為我有更多的時間學德文並且更多的時間和精力去和爸媽聊天，這樣反而促進我的溝通能力。而且，我發現我的德語又更上一階了，我在實習時在公司裡的溝通全是德語，我連適應期都沒有就直接熟悉了，這讓我感到很高興。另外，就是我的英文變爛了，哈哈，轟媽跟我說這是我德語變好的一個象徵。最後，就是我發現如果我在遊戲中遇到德國人在說德語，我已經可以跟他們用德語暢談了。我知道在報告中寫到遊戲不大好，但我還是要重點提出並放在最後面，是因為我記得這種感覺，就是我在高一時玩的一款 Tibia 裡面，我的英文程度在那時就跟我現在的德語差不多，這樣一對比就讓我感到很驚訝，學了九年多的英文竟然被只學兩個多月的德語給超車了，這是我始料未及的。所以，真的很感謝扶輪社給我這個機會到國外做交換計畫 :) 是肉眼可見的學習速度啊。

4、Suggestion / Question:

　　我沒有任何問題和建議。真要說有的話……根據我的經驗，你沒主動去和家人

或是朋友接觸，那就不會有事發生，因為他們沒義務來討好你，而你主動地、熱情地去接觸他們，那就會有意想不到的收穫。這個經驗說大家都知道但我還是想講的關係是因為我深深體會到這是很重要的，很多很多次我都很慶幸我有打開我房間的門下去跟他們一起坐在沙發上閒聊或是看看電視，因為如果我只是待在自己的房間裡學德文，那就只是德文而已，隨著我和他們的接觸多了起來，事情就多了起來，豐富了我的經驗和日記。因此，我之所以能寫出這麼多的日記，都是因為我嘗試去增加我的記憶。最後就是日記真的很重要，最好是當地語言這樣子，可以多多練習也可以在爸媽幫你改日記的時候多多學習文法並增加和爸媽交流的時間。

No. 1 of times met counselor: 11 5 2015 Signature:

This reports should be sent to:D3480 Youth Exchange Committee Office(before the 15th of next month);Fax number:886 2 2370 7776 ; E-mail:r3480yep@ms78.hinet.net

腳踏車之旅

今天天氣不錯，真的不應該只待在家裡喔，騎車去～

　　早上都在自己的房間裡忙著用 RosettaStone，很累但是很充實。下午爸爸跟我說要出去運動下對身體比較好，所以出發了。

　　說起來好笑，我在自我介紹書上對自己的描述感覺就是一個對體育項目非常癡迷的人，400m 破紀錄、爬玉山、騎車環島等等等。然而，等到我到德國之後，因為德文的學習壓力，再加上天氣的多變，出去慢跑就讓我大病一場，躺在床上一天起不來，真的有點慘，哈哈哈。所以，今天爸爸帶我出來做一點輕鬆一些的騎車運動。

　　一個小時的車程，不長不短的。有點被小看的感覺。

　　一路上的照片都是我盡力在一隻手騎車的情況下拍下來的，可能因為天天騎車的關係，所以在技術上面有所進步。路面也不會凹凸不平，所以真的沒有太大的關係。路線也因為不會一直穿過城市，所以都是一直線下去。當然，還是經過了一兩個小鎮，在馬路上時我就不敢把手機拿出來玩自拍了。

　　最後這兩張照片是在我們回程返家的時候轟爸幫我拍下來的，用蘋果手機拍的，畫質應該是會更高一些。

　　不止一次跟爸媽出去騎車了，這一次因為只是單純地為了騎車而騎車，所以顯得特殊一些。

娃娃日記：《兩歲十個月》緊箍咒：
「我不要上學，我要回家……」

兩歲十個月的妹妹，已經上學兩個月了。

上學的第一個月，明明手冊寫著四點下課，
盡責的媽，嚴守和她的約定，每天一定準時到學校，一定讓她第一個讓她聽到回家廣播。
開始的一個星期，每天看她走出來，就是扁著一張嘴，表情就是隨時準備放聲大哭的委屈樣。
老師說：「因為很多小朋友都回家了，她看到小朋友一個一個都被接走了，她就開始焦躁不安了。」
狐疑的看看時間，沒錯呀，我多準時啊，剛好四點咧?! 怪了？
於是，開始把出門時間往前挪一點，早到站著乾等浪費生命，
提早五分鐘總不比別人晚了吧？
於是，三點五十五分，帶著微笑走進學校……
嘿～怪了，這小妞還是一張苦瓜臉走出來，
其他小朋友一樣通通回家了啦！

這下，老媽的鬥志被激發了，好吧！跟你們拼了，決定三點四十五分站門口等了。
我要看看到底人家都是幾分接走小孩的。

隔日，四十五分整在校門口聽妥車，
哈，傻眼的看到門口一群阿公阿媽已經排了長長的隊伍了。
心裡不禁 os，這些阿公阿嬤到底是怎樣了？幾個小時不見孫子孫女，有這麼想喔?!
真的無聊沒事到七早八早就要站在大門口排隊嗎？
好吧，真要讓妹妹笑咪咪的比其他小朋友都早聽到：「荳荳四號張治甯」
四十分到門口總行了吧?!

於是，開學後沒幾天，準時三十五分出門，四十分整，就在校門口擠在那群阿公阿嬤的隊伍中……

但，即便每天早早接她，看她笑咪咪的走出學校，

從在車上，她就開始週而復始的問著流水帳的問題：

「媽媽，等一下回家要幹嘛？」「吃水果、吃優格」

「吃完水果要幹嘛？」「我陪妳玩玩具，玩積木還是辦家家酒呢？」

「那玩好玩具要幹嘛？」「那就……吃晚餐好了。」

「吃完晚餐要做什麼呢？」「我講故事書給妳聽好不好？」

「那講完故事要做什麼咧？」「就準備洗澡了。」

「洗完澡要做什麼咧？」「就喝奶奶準備睡覺了。」

「那睡覺起來要幹嘛？」「一起床就先喝奶奶啊。」

「喝完奶奶要幹嘛？」「刷牙洗臉換衣服。」

「那換完衣服要做什麼咧？」「就拿書包準備上學啊！」

對話完畢，毫無例外的，嚎啕大哭：「哇嗚～我不要上學～～我不要上學～～～」

這週而復始、毫無新意的對話，通常，在車上時，就從「等一下回家要幹嘛」開始，
還沒到家，她已經哭完了第一輪。

回到家，準備吃點心時，第二輪開始，從「吃完水果要幹嘛」開始往下接龍。

費了很大的耐心安撫後，玩具玩了一會兒，她會自動的跳到「玩好玩具要幹嘛」開始對話。

沒有太大例外的狀況，掐指一算，在睡覺前，這些對話會頑固的進行八九回。

一開始，一直努力的把隔天最後的上學拖延出口。

因為，想到躲不掉的尖叫哭聲，實在想到就頭皮發麻的不想面對。

失算的是，這樣的對話越拉越長，拖延再長，嚎啕大哭依舊是的必然結局。

隔天一早醒來，更曾經從六點半不到大哭到八點進校門。

持續了好一陣子流水帳對話，想到對話最後的狂哭覺得心煩意亂，

想到隔天一早老是哭的呼天搶地，也開始出現罪惡感的想：還是算了，再過一年再
上學算了？

第二個月開始，豁出去了，反正伸頭縮頭都是一刀，決定把對話精簡，省得廢話一堆，浪費口水。

她只問一句：「媽媽，等一下回家要幹嘛？」
老媽深吸一口氣，劈裡啪啦就是一串：「吃點心、玩玩具、吃晚餐、念故事書，等爸爸回家就洗澡、喝奶奶，然後睡覺！」
聽完，她依舊不死心的要完成對話：「睡覺起來要幹嘛咧？」
「吃早餐，刷牙洗臉換衣服，然後上學！！」
語畢，意料中的～扁嘴，放聲大哭：「我不要上學，我要回家～～～」
無奈的看著她，心想，明天八點才要上學的事，前一天就開始哭要回家，很累耶！
再聽這個朋友說小孩哭一學期，那個朋友說小孩哭三年的。
Oh，Nooooooo……不會吧?! 這也太可怕了吧?!

日子，就在每天放學車上開始哭，一早上學也哭中過了兩個月。
但就在今天！就是今天！在她上學狂哭兩個月又四天後的今天，
她背著書包，雖然扁著嘴，但沒有哭聲的走進教室了！！！
想把這一天當個超級里程碑的大紀念日，在她走進教室的剎那，
深怕聽到她反悔哭聲的老媽，飛也似的轉身拔腿就跑。

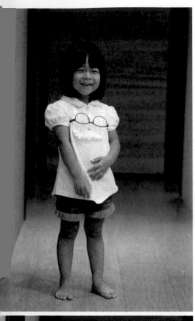

反正走進校門沒大哭，我就當這天是大日子就對了。

每天像唐三藏念緊箍咒一樣念不停：「我不要上學，
我要回家。我不要上學，我要回家……」
當了兩個多月的孫悟空，被緊箍咒徹底打敗的我，今
天這個大轉變，
對於明天，有了種既期待又怕受傷害 fu～
真的，明天就開心上學不哭了嗎？？？

*

11/5 7:40 離上學的時間還有 20 分鐘，妹妹背起了
大的跟她體型不成比例的書包，坐在玄關小凳子上，
穿好了鞋，聲聲催啊催：「媽媽快點，我要上學了，
媽媽快點！」
狐疑的看著這個前天還在大哭的小孩，突然好奇的不
得了，這一天之間的轉變，究竟發生了什麼大事。

11/6 玩具日，大包小包的積木全扛著走，急著上學
跟小朋友分享。
進教室前，嘴巴張得大大讓老師檢查口腔。轉頭跟媽
媽親了一下，
扛著玩具，頭也不回的上學了。

連著兩個月，每天面對哭得呼天搶地、不要上學的她，
每天就在心煩意亂的情緒下，開始焦躁的一天。
每天想的，就是這小娃兒的個性到底需要多少時間來
適應？

只是，真的盼來了她開心上學的這一天，心裡頭，怎麼感覺像飄下了綿綿細雨，
更像突然起了陣風，把懸在心頭的什麼東西就這麼突然的吹走了。

猷和 NU 的成長過程中，回想起來，這一路來很少出現的失落感，
在妹妹不再哭喊不要上學，頭也不回大踏步的走進教室的當下，
心酸酸，鼻酸酸，眼茫茫了……
我的小娃娃，真正開始離開我的懷裡，開始學習著融入她的小小世界了！

最近，老師教了首很可愛的歌謠：

園裡的番茄圓又圓，躺著睡覺不說話，
來了一隻大野狼，對著番茄咬下去，
農夫看了很生氣，快把野狼趕出去。

稚嫩的童音，搭配可愛的動作，把 NU 逗得哈哈大笑。
還會要 NU 考她不一樣的水果，哥哥說蘋果她就把詞裡前後出現番茄的地方改唱
蘋果。
哥哥說香蕉，還會把圓又圓的番茄改成了黃又黃的香蕉，
一首短曲子，從番茄、蘋果、柳丁、西瓜……想到的水果都唱了一輪，
NU 有耐心的看著妹妹一次又一次的表演。
常常覺得，兩個哥哥看妹妹的每一個第一次，
眼裡的笑容和疼愛，嘴裡的稱讚，實在像極了在欣賞自己孩子的所有第一次。

從小就創意無限的 NU，看著妹妹把媽媽的眼鏡掛在胸前，
搞清楚原來妹妹說，她長大了，要穿內衣了後，
笑岔氣的讚嘆著妹妹的搞笑創意！

在他小小的時候，可惜未將他從小的小故事一一記錄，

其實他不知，妹妹從出生的一開始，每一個階段的每一個神情和反應，
感覺，就是 NU 哥哥的翻版，
哥哥對她，似乎就是那股英雄惜英雄的疼愛。

每天放學回家，邊放書包、邊整理東西的 NU，一進門就會先問：「妹妹，妳今天
上學好玩嗎？」
「好玩啊！」
「那今天上學有哭嗎？」「沒有。」
「那明天要上學嗎？」「不要。」
「你不是說上學好玩，那幹嘛不要上學，去嘛！」
「不要。」
「幹嘛不要嘛？」
「我說不要就不要啊！」
「為什麼不要？去嘛！」
「我說不要就不要嘛！」

兄妹倆沒有新意的對話，每天就這麼甜蜜上演著。
二歲十個月，依舊是很貓狗嫌的年紀，常常很番很搞不清楚狀況，
但有時，講話的反應和對老爸的撒嬌功力，卻是腦袋清晰、反應靈敏的就是另一個
NU。

妹妹 is in terrible & amazing two.

Besuchen von mein Freundins Haus mit andere Freundin zusammen.

ah, mein Grammatik, egal.

Mein Zug ist um 12 Uhr 20, das fahrst nach Braunschweig. Um 13 Uhr 20 fahre Ich mit dem Zug nach Hannover für ein Besuchen mit mein Freundin.

Das ist so interessant dass ich finde andere Austauschschüler vor dem Hannoverbahnhof. Sie gehen zusammen für ein Reisen von Hannover. Vielleicht kaufen sie etwas Dinge ein. Sie sagen mich dass sie haben keine Plane. Wir spreche zusammen für lange Zeit weil Yians Zug ist späte 30 Minuten und Nancy gehen andere Platze für etwas Dinge.

Wenn warten wir für Nancy, wir spreche zusammen in ein Restaurant. Wir spreche viele Dinge, Schule, Roman, Freunde, andere Austauschüuer.... Nach eins Stunden vielleicht, Nancy kommst hier endlich. Sie sagt dass sie kommst spät weil Ihre Freundin braunche ein Hilfe. Egal.

Vorher kommst Nancy, ich gehe nach ein Laden von APPLE mit Yian für ihres Handy. Ihre Handys Bildschirm ist kaputt so braunche ein Hilfe von diese Laden.

Weil sind hier zu viele Leute hier deshalb wir mussen 3 stunden warten. So ist das egal, Nancy spät für eins stunden; D Alles gut.

Wir gehen nach ein Laden für ein bisschen Essen kaufen. Yian hat Hunger.

Wir kaufen Brot und gucken auch. Wir finden dass Weihnachten wird kommen. So ist das vielleicht besser zu bereit ein klein geschenke für unsere Eltern.

Wir laufen auf die Straße und gucken alles Dinge. Nach zwei Stunden, gehen wir nach das Laden von APPEL, alles gut aber die Receptionist sagst uns dass sie braunchen mehr Zeit für reparieren. So muss Yian kommst hier am Montag weiter o.o.

Nach APPEL Laden, gehen wir nach ein Eis Laden ;D. Ich versuche das auch. Mir ist kalt aber denke ich das Eis gut ist auch ;).

Wir fahren nach Nancys Hause mit Bus für vierzig Minuten. Erste bereiten wir unsere Abendessen. Wir werden ein Curry machen. Das ist für alles Leute in diese Familie auch ;D.

Alles gut.

Wir sehen viele Film in diese Nacht zusammen bis eins Uhr. Und schlafe ich in Nancys Bruders Zimmer. Erste ist Plan dass ich schlafe mit andere zwei Mädchen aber weil andere Austauschschülerin kommt hier für ein Nacht bleiben so wir muss trennen.

Morgen, wir bleiben in zimmer und sehen Film weiter. Machen ein bisschen Perle Milch Tee. Nicht so gut aber ich liebe das. Ich fräulein Taiwans Essen.....

Um fünf p.m. gehe ich allein los weil Yian musst bleibt hier für ihr Handy am Montag. Ich komme nach zuhause um neun Uhr. Firtig.

| 事後註記 |

這段事在說和 Nancy 跟 Yian 的小聚會，我們在 Nancy 家煮了咖哩跟珍珠奶茶給 Nancy 的家人吃，晚上看了《Running Man》（韓國 SBS 電視台的綜藝節目）和一些影片，沒有做太多事情，不過我非常快樂～。

Ein besonder Sonntag

Spaß und Schmerz sind hier heute auch.

Heute komme ich nach unter um zwölf Uhr...weil gucke ich gestern Harry Potter für 3 Stunden order mehr. Deshalb schlafe Ich nur vier Stunden wenn weche ich um sieben Uhr auf. Egal, ich fühle mich nicht so gut weil ich waste Zeit wieder. Ich muss mehr Deutsch lerne.

Ronja komme heute Morgen naoh zu unsere Hause. Well flrtlg sie Ihr Rotex Aktivität deshalb sie ist müde auch. Danach unsere Mittagessen sie schlaft in das Sofa. Ich gehe nach Oben aber ich finde ein schlecht Nachrichten bei mein Handy. Ein Austausch Schulerin wer von Brasiliens Rotary tot In Parls bei ISIS. Scheiße.....warum passiert das?

Meine Eltern weiß das danach ich das Ihnen sage.

Ich denke viele Dings. Habe ich ein Möglichkeit von Tot? In Deutschland? Das ist so Frightful. Das ist nicht nur für mich, ist für alle Leute neben mich.

Egal. Das ist zu schwer für mich ein Komplex Ding schreiben als Deutsch. Ich

lasse ihnen dass ich habe viele Dings gedenkt. Das ist alles......

Wir haben ein gut Abendessen, nur Brot XDD. Nach diese Abendessen weiß ich das viele Leute in Deutsch essen immer kalt essen (Brot) als Früstück und Abendessen. Nur Mittagessen ist heiß. Ich finde dass ich bin so glück. Ich muss nicht essen Brot jeden Tage in Deutschland.. (Weil esse ich in Schule Brot immer auch.) Weil essen mein Eltern in ihnen Arbeitplatz nur Brot so das ist nicht so gut für sie ein Brot essen mehr zum Abendessen. Glück.

Ronja wohnst in Dresden und gehen am Montag Uni in Dresden auch. Deshalb muss sie nach Dresden in die Nacht zürck gehen. Aber~wir haben andere Problem von der Zug XD. Das ist sehr interessant dass der Zug verspät für zwei Stunden! Vor komme ich nach Deutschland, ich habe schon viele Dings von Deutschland und Deutscher lernen. Das sagt mich dass Deutscher hat ein gut Zeit Steuern für alle Dinge. wwwww Das hat so viel spaß hier. Zwei Stunden??? Egal, in die Ende kaufen wir andere Fahrkarte für andere Zug. Vielleicht kommst der Zug nach Dresden um halb eins.....zu spät aber kein andere Weg o.o.

So, nach zwei Stunden warten, wir komme nach zu Hause. Das ist ein schön Tag (Lächeln)

| 事後註記 |

就在今天，我們得知有一位在巴黎的巴西交換學生死亡的消息，據說是 ISIS 的恐攻波及到了……。我想了很多事情。

除了這件事，今天也是有好事情的——我重新看了一下文章，結果我好像沒有讀到什麼好玩的東西？？奇怪？

後面的第一段是發現德國其他家庭基本上早、中、晚都只吃麵包，我的第一轟家因為對我的關愛才這樣天天晚上都煮好吃的給我，所以在文章中表示我對此事的感動（好悲傷的感覺？）。

第二段，轟姊要回大學去，結果火車延誤了 2 小時～。我當下的情緒好像有點怪，是把這件事給認定成是一件好事，還挺好笑的樣子……？真奇怪，我就是翻譯我在當初寫的東西，可能當初累了吧？都不知道在寫什麼。

漢諾威足球場爆炸案

擔心受怕的一天

今天放學回家後，因為學了一個下午的德文於是就休息了下。一起來，轟媽叫我過去看電視，說在漢諾威的足球比賽中斷，因為在附近街區發現車子裡有炸彈！

前幾天的巴黎爆炸案真的讓我嚇到啊，因為有扶輪社學生在其中，飛來橫禍這種事情想避也避不掉，我怎麼就忘記了呢？？所以，在那一天就已經擔心受怕，如果在哪一天就這樣莫名其妙地掛了不會很冤嗎？？

今天的事情發生更是讓我的緊張程度更提高一層級，打開 Line，發現在群組裡已經有非常多的人在講前幾天的巴黎爆炸案，於是麻木地移動手指把漢諾威的新聞界面拖到了上面，更是激起另一波討論。

媽說得對，這群人就是一群瘋子，一群已經被激怒的瘋子，想去理解是不可能的，我們想保護自己的安全真的是太難了，我真的不想死得莫名其妙。

然而，冷靜下來之後想起了同班的中國女生跟我講到美國的事情，那一天我們講到台灣跟中國的事情，順勢就講到了美國。她說，美國就是賤、就是爛，把中東攪得一團糟，扶植勢力搞到最後自己得去收拾殘局，因為連自己都控制不好那幾匹脫韁的野馬，仗著自己拳頭大就在世界上亂搞一通。不過，也是這個國家讓我見識到這個世界上一切的一切都是以利益為主、力量為輔，道德、法律的都是人訂的，那是誰訂的呢？是拳頭大的人。

被這樣的國家壓迫的中東國家之處境到底是怎樣的呢？新聞中說，是因為中東戰火擴大，所以美國增兵盡力壓制戰火的延伸。同樣一個情況，說不一樣的話就可以有不一樣的結果。哈哈哈，搞不好是人家被攻擊好不容易打回一點優勢就再度被打壓，這世界上把黑的說成白的還少嗎？

如果是我，被打得這麼慘，因為石油，也就是身上的錢被人覬覦而就被這樣搞，誰會忍？尤其是看到是非被扭曲成這樣的感覺，明明是你先動手的，我卻要背負罵名，誰能忍？

以上都是假設，但或許是真的情況也說不定？當人被逼急了，什麼事都做得出來啊。那到底是誰對誰錯呢？我真的不知道，沒人可以給我一個答案。

Line 裡面其他同學的討論讓我感覺到了年齡差距造成的觀點不同現象，同樣的情況，我們卻可能得出截然不同的結論。我自己是已經警覺到生命無常這件事，或許是因為年齡大了些讓我想得有點多了。其中好幾位同學就說，這樣想下去也解決不了什麼，那為什麼不要把握當下的時光呢？那麼借問一下，死了，還能做什麼呢？

最近除了這些事情也發現一個情況，在 Line 和 What's app 這兩個通訊軟體上面，雖說我自己是沒有花非常多時間在上面，但加一加交換生好友再加上班上同學等等，就會導致常常訊息天天千個以上，有點可怕。就先拿交換生群組來說好了，常用群組的人大概是五十多個中的三十多個吧，那這樣一天一千，三十個人，最少一個人三十通對話……平均下來是不會太誇張，但總體上來說真的花費了大家好多時間啊。不過，也是可以增加彼此之間的交流就是了，哈哈。

（心裡話說不出來的感覺，壓抑，說真的，沒有真相我在這邊說再多又沒什麼用啊，哈哈，那就等我有更多力量的時候，看看我還有沒有那個閒情逸致來找出真相吧。再說，搞不好是真的呢？一群瘋子沒理由地攻擊他國，吸引更多世界關注（然後更多火力轟炸、派兵）？

看電視偷懶

難得的閒閒的感覺真的是粉舒服

最近被事情壓得直不起身來,好多好多的報告和各種奇怪的考試、嘗試,雖說是非常充實卻有點累。RosettaStone 的 lv4 門檻我也在那邊掙扎,潛意識認為說德語考試考不好就不能去環歐旅行這一點非常不合理,所以就鬆懈了。因為 Rosetta 真的真心她媽的坑爹……!爆氣了,哈哈哈,德國交換學生心中都有一顆對 Rosetta 的埋怨之心,這一點我真的要說是真的。

先來說說之前已經傳給家裡過的各種扯蛋教學情況。舉例來說,一張照片,裡面一個女人對著螢幕大笑,解答:她在學德文,……???我不懂。

還有左下角點開會有解答,這一點真的是讓人感到困惑:這個軟體到底有沒有真心要給我們學德文,連我自己有時候都會懶得想而直接把答案點開了,其他交換生我記得有人乾脆一路開到尾 XD。

大家學 Rosetta 都很多,但長進的就只有單字而已。裡面當然除了單字和口說之外還有很多文法題目,但,全部都沒有解釋,就是讓你在完全沒學過的情況下三選一,所以沒抄筆記記下來的基本上 GG。我是有抄啦,但效果不彰,所以都是在借同學的看。

在聽力題目裡的配音也讓人明顯感受到設計者滿滿的惡意,雖說出發點是好的,讓人不要單憑聲音就可以選出解答,但,也沒必要把一個小男孩的聲音搞成行將就木的老阿伯的聲音吧,那個滄桑真的是會讓人下意識點選另一邊的老阿伯頭像……

搞到最後,其實大家都已經不在意了,因為大家已經習慣看到 Ich 開頭的句子就先去找有對話框延伸出來的,不然絕逼會掉陷阱裡;數字的朗讀題跟平常的句

子不一樣，要唸得特別快；單字朗讀題德國人也答不對、derdiedasdesdemden啥的隨便唸就可以過關；種種，習慣就好。

但，還是會學到東西的，這就是為什麼大家抱怨歸抱怨，還是會乖乖做題目的原因吧。那股怨氣等到大家聚在一起辦活動的時候剛好可以當話題，也是在痛苦中找到另一個疏導方式吧。要學更多絕對不能只用這個方式就對了。

扯回話題。今天難得地從八點開始就坐在沙發上——癱在沙發上或許比較合適，身上披著一條薄但暖暖的小被子，光腳也不會寒冷這一點真的是超爽的，畢竟連地毯都是冰的情況下真的會讓人有點抓狂。

除了八點到九點多的新聞，我們看了一部怪怪的電影，還有就是今天的重點，也是我會想寫這一篇文章的主要原因，就是一篇在台灣普通到不行的紀錄片，有關北極熊的。

說普通也不普通，因為在台灣的電視上我看見的紀錄片雖說同樣震撼人心，但在這次看到的東西不只是單單一隻北極熊，除卻在一開始的北極熊寶寶各種萌翻人的舉動重點拍攝之外，在最後有三頭成年北極熊在同一塊冰山上的壯觀場面，在那當時給我的震撼很大——應該說是被萌翻了天，所以太激動當下，在節目結束的時候衝上樓打開了電腦把這一篇文章草稿給弄了出來。

其實也沒什麼好說的，差不多就這樣沒了。

啊，今天爸媽跟我說，我必須在下一次的扶輪社聚會和其他台灣交換生做一個給 outbounds 的展覽會，就像我在台灣為了扶輪社參加資格的第一次考試前參觀的那個，好懷念啊。要給他們看什麼呢？台灣有什麼美好的呢？

哈利波特 X →作客吃吃喝喝 O

其實有時候覺得寫德文比較輕鬆ㄝ

由於那天的行程是出乎預料之外的,所以沒照片喔。

前幾天因為以為這週六晚上會跟前幾次一樣會是有《哈利波特》,所以就在今天晚上計畫著要好好看電影學德文。

結果,爸爸在我長達一整天的德語學習之後跟我說今天沒有《哈利波特》,哭笑不得啊。在那剎那間,有種我是一個今天要去奶奶家行程被取消的小屁孩,莫名的喜感之下反倒不怎麼鬱悶,只在那邊糾結自己要不要表達一下自己的不舒服情緒。到最後想太多了反倒就看開了,於是就跟著爸媽一起在飯後往 Nele 家裡走。

今天晚上特別冷啊,聽說只有4度C,雖說還沒到零下,但因為再加上有人風,就變得非常冷了。就這樣,我們頂著刺骨的寒風,頭縮在斗帽裡,緩緩地在燈光昏暗的街上往目的地移動。走到一半下雨了,於是就這樣,我們頂著刺骨的寒風和大雨,頭縮在斗帽裡,緩緩地在燈光昏暗的街上往目的地移動。

幸好德國人雖說出門不帶傘,衣服因為冬天要避免被雪打濕所以都是防水的大衣。媽媽在台灣給我寄過來的大衣也是防水性能十足,所以在下雨的那一瞬間我們就把防水的那一層斗帽都給戴上了,就是到了人家家裡後濕濕的大衣真的讓人有點不好意思。

因為我的德語有進步非常多,在我們坐下來後的聊天我是可以稍微插入一點點的。他們今天要討論明年的旅行細節,兩家的家長一起到國外參加運動度假村,就是一天到晚都不會閒下來的度假村,外國人的休閒方式吧。

總之,腳上已經脫下了濕濕的鞋子,穿上了他們家祖母親手織的小毛靴,有點像毛線衣、毛線帽這樣的。所以雖說穿起來很舒服,但就是在厚度上還有一點點欠

缺，擋不住從地上傳來的寒氣。到這種情況，到了他們家舒適溫暖的客廳就改善了非常多。然而，我的眼睛也被就在我身邊的暖爐給吸引住了，是真的把木頭丟進去給它燒乜。在之後有時也會因為太悶熱再加上需要疏散一下空氣，所以好幾次把窗戶打開。我旁邊的窗戶，打開來的那個時候真的超冷的啊！整個人縮起來都不夠溫暖。還好之後他們注意到這個情況，所以把客廳的窗戶給密實了，換開在遙遠一端廚房的窗戶，這下就舒服多了，不用一直開開關關的，放著就可以讓空氣流通了。

於是，我就舒服地坐在沙發上，手上不時多一塊小點心，愜意地吃著。有聽說是義大利的起司加上番茄做成的小串的東西、小臘腸、鹹鹹的長條餅乾。最後，就是最特別的──Nele 媽媽親手做的夏威夷麵包，就是在一個小小的圓形麵包上塗一些起司之後放進去烤爐烤，但就是非常特別，真的非常難以描述。重點在那一塊麵包，應該是自製的，有種特殊的嚼勁，跟起司剛剛好搭配，真的是非常不錯。

時間就在這樣吃吃喝喝的過程中進行下去，從九點到十一點，這場聚會依舊沒有結束的樣子，這讓我不禁想起在出發前爸爸跟我說的話：「時間？可能十一點回家，可能十二點，也可能一點。」我還以為他是在瞎說，因為平常他就非常愛開玩笑。然而，現在我有點沒底了，來參加到底是對是錯啊，真的有點哭笑不得。

就在這時，爸爸從背包中慎重其事地掏出了一瓶跟剛剛他們喝的不一樣的酒，是叫……杜松子酒嗎？應該沒錯，至少谷歌君是這樣翻譯的，我們姑且這一次先相信它吧。重點不在這兒，重點是，他們開始對於勸我喝酒這件事突然產生了那麼一點點的興趣。其實，我也有那麼想嘗試的心情，再加上他們對我勸酒的方式也是非常地溫和，說：「你可以用這個（拿出了個超小的杯子）來做一點點的嘗試，如果不喜歡或是真的無法接受就跟我們說，你現在也不一定要喝，取決於你自己的決定。」

我深吸一口氣說：「我試試！」

於是，我嗆得好慘啊，那酒真的太烈了，我只喝一點點就受不了了，灌了超多的飲料才把那辛辣的味道從喉嚨中去除。但就算是這樣，肚子裡還是會陣陣傳來一股辛辣的氣息從我的口中溢出。雖說不是太舒服，身體倒是暖和了起來，這一點倒是讓我感到非常地滿意，原本連暖爐都無法壓制住的顫抖的小腿也是非常溫暖地平

穩了下來。

　　最後，在他們真摯的祝福之下我和爸媽離開了他們溫暖的小屋裡。外面的雨停了，但氣溫已經降到了 2 度 C 左右，帽子和大外套披得實實的，就這樣離開了。十二點半左右就回到了家，弄弄東西就睡了，累啊。倒是不知道明天能不能正常起床就是了。

在德國的第一次雪

　　因為昨天的關係所以睡到中午才爬起來。

　　在下去前發現窗戶上有白白的東西，感覺是霜。

　　迷迷糊糊地吃了爸媽留在桌上的麵包大餐。沒錯，還是麵包，我已經習慣了這一切。所以，如果那天吃到的不是麵包的早餐我大概會嚇到吧，呵呵。在嘴裡嚼著塗滿巧克力醬的麵包時問了下爸爸，他說今天早上有下雪。真的不應該睡這麼晚的 :(，錯失了一場雪真的有點不甘心啊！但也是沒辦法，誰叫昨天那樣子晚睡呢？

　　等下次吧 o.o。吃完早餐稍微幫爸媽搬搬東西，上樓自己悶在那兒跟女朋友培養感情（RosettaStone），也算是有做事的感覺，所以不會太空虛，但就是那場錯失的雪讓我悶悶不樂啊。

　　今天的中餐倒是不錯ㄝ，是馬鈴薯配上炸魚還有蘿蔔醬料，雖說我在三小時前才剛吃過東西但還是跟著爸媽一起吃了。就在這時！下雪了，雖說只是「雪雨」，也就是因為在只有高空是零下溫度才產生

的細雪，但這樣看著那一點一點的小雪花飄下來的感覺也是讓人很開心，也更加期待之後的大雪紛飛的景象。

一小時過後我闔上電腦，衝下樓對爸媽大喊下大雪了。

那雪花是一大塊一大塊的飄落在我的窗戶上，細看點我還能看到傳說中的那六角型等等的奇妙形狀啊超美的！雖說因為外面是濕濕的冷冷的無法拍照，但我還是在室內用相機拍了影片，照相真的拍不出那個動態感只能用攝影的。

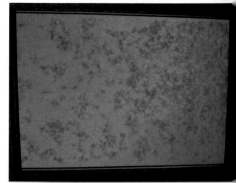

總的來說，比我想像中的美太多了，輕飄飄的像棉絮一樣。雖說到最後因為不會自己融化，搞得在我窗戶上一坨一坨的真的有點醜 o.o，但真的在那個當下好美啊。有種來德國不虛此行的感覺。

補上在打完部落格後發現雪變小的時候把頭探出閣樓的窗外，頂著如同初始的細雪拿著相機拍攝到的畫面 :)，這邊是最美的部分我覺得，因為可以自在地身在雪中而不會感到不舒服。徐徐涼風也是不會像往常那樣一般刺骨，雪景也是非常地美麗～。感覺今天可以陪著女朋友長達六小時啊動力滿滿！

果然在下雪的那個當下是最美的，下完後，雪一停再看就感覺缺了些什麼——雪還在地上，但那種感動已經不再了，因為沒有雪花在空中飄蕩的同時帶給光線的折射，天色感覺就暗了下來，灰灰的不喜歡 :(。算了，我只要記住那最美的一幕就可以了 XD。

德 Wetter von Deutschland

Ich finde das ist mehr einfach für mich Deutsch schreiben.XD

Weil kündigen heute viele Kurs deshalb gehe ich um fünfundzwanzig nach elf Uhr a.m. nach zur Schule. Ich habe mehr Zeit für einige Dinge Erinnerung erinne versuchen. Wetter in Deutschland von komme ich hier an ist ändern wieder und wieder. Sunnig, Regen, Schneit...und viele andere Arts. Danach mein versuchen für erinnen, ich kann das erinne. Erste, diese Jahr ist warmer als letzte Jahr. Obwohl ist es November schon. Es ist warm noch, für Deutscher ;(. Für mich, es ist zu kalt noch.

2015/11/22 在德國的第一次雪（goo.gl/KdPL2W）

In diese Tagebuch, ich habe der erste Tag von schneit geschrieb. Das ist ein bisschen spät. Vorbei November in September noch, mein erste Monat in Deutsch auch, es war sehr warm, ich möchte es kälter auch. Aber, in die Ende von September. Die Temperatur war 2 plötzlich. So war ich krank und bleibe in zuhause für eine Tag. Später sind zwei Woche-Urlaub und drei Woche Praktikum. Alles fut in diese Monat aber es ist interrsant dass ist es schneit in die Ende von Praktikum. ;). Mein letze Tag von Praktikum.

　　一直用德文拚命嘗試表達自己的意思真的有點難啊，天氣其實用寥寥幾句話就可以結束了，九月熱，十月涼涼的，十一月冷爆啦。用德文因為可以表達的方式太少，語法就那幾句，所以雖說寫起來很簡單但就是變化不多，讓人非常不開心──會一直繞來繞去的，因為會下意識要想用自己掌握的語法去寫出全部的東西。

Egal, wieder auf Deutsch www. Von hier ist über Heute. Ich gehe heute Mittag mit mein Freunde von diese Klass zum Mittagessen. Obwohl habe ich vorbei

Mittagessen gegessen. Das ist schlecht dass wenn ich spreche Deutsch, sie sprechen Englisch mit mich. Deshalb versuche ich nur Deutsch spreche mit mich ihnen sage. Nur langsam bitte.

Später, in physikalische Unterricht finde ich ein super Dinge. Danach gebt Lehre uns die Papiere von Arbeiten, er sagt uns dass weil einige Leute betrügen zusammen. Ahhhhh... für mich, das ist komisch. Erste glaube ich Schüler in Deutsch machen das nicht. Aber...Egal, für mich alles gut www.

Nach Schule, ich gee nach Netto für etwas einkaufen. Und... ich mache kein andere Dinge in die Nacht. Warum? Ich schlafe von sechs Uhr bis sechs Uhr. Für zwölf Stunden schlafen......:(((Vielleicht vin ich zu müde. Zu schlecht...ich mache kein Dinge in gestern Nacht... scheiße!!

Egal, es ist ein andere neue Tag.

| 事後註記 |

　　這一開始是在描述德國的天氣，我剛到那兒的時候天氣非常地熱，沒有冷氣，沒有電風扇，還必須要住在閣樓這種會被直射的地方，真的太熱啦。

　　在長達五週的休假再加上實習課這段時間，氣候變化得非常大，月初還非常地熱，月底就下雪了。

　　最後一大段在講有關於物理老師講有關於作弊的事情，這個部分讓我覺得很奇怪——他們竟然會作弊？這一點不會讓我太驚訝，是說原來考試上的那個東西真的是在作弊啊⋯⋯？他們就在考試期間直接問：「給我看一下考卷？」很光明正大，直接到完全不會反應過來這是在作弊。

　　老師還說有七八個人答案一模一樣，太明顯了吧⋯⋯？

　　台灣的學生真的功力比較強啊。

Treffe Betreuer Heute

Heute ist so schlecht....nur einige Teil.

Ein kalt Tag wieder.

In Nachmittag habe ich kein Unterricht deshalb ich kann treffe Michael, mein Betreuer. In gleich Platz.

Wir haben schon Zeit einschieden um vierte nach eins aber weil ich fahre mit falsch Zugdeshalb ich bin spät für dreizig Minuten....;(. Ich bin so unglückliche...mein Programm von anrufen hat etwas Problem so wenn ich weiß nicht wo bin ich, ich kann nicht rufe zu Michael für Hilfe an. Weil Bahn andere gefahren so ich fahre mit falsch Zug. Deutscher weiß das hier nicht auch...erste frage ich bei ein Frau dass kann ich fahre mid diese Zug nach Rathaus? Sie sagt mich ja. Aber später.. danach sie sagt mich nicht, sie steign auf. Deshalb weiß ich nicht was soll ich mache. Ich finde mein Handy kannst nicht mit Michael anrufen später. So glaube ich erste mein Prgramm von Netzwerk ist fertig schon. Wenn benutze ich Netzwerk das wird teuer. In die Ende, ich benutze das noch.

Nach viele Fragen mit Leute. Ich komme da um vierte von zwei. Weil viele Menschen wissen der Zug ändern auch so das ist so schwer für mich zu finde wie kann ich da komme an. o.o Egal.

Michael hat andere Aktivität um halb drei so

haben wir nicht genug Zeit in Restaurant essen. Tut mir leid...Das ist mein Problem. Später essen wir in ein besonder Market wo neben das Restaurant. Das Market wird hier für ein Monat bleiben. Weil wird Weilhnachten am fünfund zwanzigte Dezember so in etwas Platz hat einige besonder Messe für Weilhnachten. Wir essen Pizzas draußen zusammen. Weiß ich nicht wo das essen kommmst. Ich bin nicht sicher aber Michael sagt mich dass das kommst aus ein Kleind Land vorbei fünfzig Jahr zwischen Deutschland und Frankreich. Jetzt ist das in Frankreich shcon. Egal. Das ist nicht so wichtig. Nach unsere Mittagessen, wir gehen nach andere laden für etwas süße kaufen und essen. Ich bin nicht sicher die Namen von das Süße. Aber egal, weil das ist so lecher nach lange Zeit bleiben wir draußen in Kalt Wetter. Das ist warum genug für mich auch. ;)

Nach alles Dings, Ich fahre nach zuhause. Ich komme nach Hause um halb vier.

In der Abend, Beate isst mein Noodles mit mich zusammen. Sie sagt mich das ist lecher. Ein gut versuchen!

Ich finde das in Deutschland Leute isst Suppe, nicht trinkst Suppe. Weil ist Suppe immer dick. Das ist verschieden als Taiwan. Deutscher denke unser Suppe ist ähnlich Wasser.

Verschieden Bildung. Ich bin so glück dass meine gast Mutter kann das versuchen. Ein schön Tag Wieder.;)

| 事後註記 |

今天是跟顧問見面的一天。在這之前出了一點小意外，我因為搭錯公車，所以多花了三十分鐘才到達目的地，真的非常抱歉啊。

到了那邊，因為太晚了，所以餐廳都滿了。所以，就到附近的市集去。我運氣不錯，最近因為聖誕節，所以有很特別的市集。

我們點了特別的 pizza 站在外面吃。在之後還特別買了一個好吃的小東西，不確定是什麼，大概就是堅果用糖水包起來再用大鍋炒一炒，真的超香的。

今天大概就這樣了。

觸動。感動

這個月，心情故事很多，卻一直沒法讓自己靜下心來寫我的心情日記。

月初，連著兩個星期像個瘋婆子般的處理著 NU 從上國中以來面臨的言語罷凌事件。

我，就只是一個媽媽，平常的我，可以笑咪咪、大而化之。

平常的我，雖和好脾氣沾不上邊，

但再氣的事，劈裡啪啦發洩罵過後，我可以很快讓自己心情回復。

但碰到了欺負到我的孩子或我無法妥協的是非觀念時，

我會變得像刺蝟般張牙舞爪，絕對不妥協的為了保護孩子和公理而戰。

NU 的個性溫和，心太軟，也太過有同理心的不願把自己不喜歡的感覺，用以牙還牙的方式回擊班上那麼多個沒有家教的同學。

於是他，從一年級到三年級了，每天就一直面臨同樣的言語嘲弄問題。

這回，領教過了數個相關家長的反應，開眼界的發現：

原來這些目無尊長、什麼錯都是別人的錯……

隨便舉都林林總總到條列不完的積非成是的是非價值觀，

原來……赤裸裸的就來自父母的身教和言教，

當一個媽媽，當著自己孩子的面，指著我的鼻子說：「你們自己要檢討，為甚麼大家就對你小孩這樣，不對別的小孩？妳該檢討一下自己什麼問題吧?!妳不要保護小孩到這種地步，

妳也把「霸凌」兩個字太無限放大了吧？」

無法置信的看著她就這麼大刺刺的把這樣顛倒是非觀教導給她坐在一旁的孩子。

於是這孩子，馬上被媽媽的聲援壯大的也理直氣壯的回：「對啊，他自己要想想為甚麼我要對他這樣吧？」

我，不甘示弱的和她潑婦罵街起來

原以為，被老師約到學校，是去接受對方道歉的。

沒想到，對方家長盛氣凌人的大嗆：「不要說什麼道歉信，我連一句對不起都不可能對妳說！」

心寒的覺得，曾幾何時，這已經是一個劣幣驅逐良幣的世代，

班上十四個男生，竟有九個是來自這樣是非價值如此扭曲的家庭。

不禁想著，到底這三年來，我到底讓 NU 處在一個什麼樣的教育環境？？

在這樣的世代，溫良恭儉讓這待人接物的準則，我們是不是教錯了？

面對這些再怎麼寬容、勸導、原諒、給機會，依舊反覆挑釁，毫無禮義廉恥觀念的同儕，

我告訴了 NU：「敬人者，人恆敬之；自重者，人恆重之。」

對某些人，不要浪費了你的溫和善良，因為他們一點都不值得。

一天晚上，剛下課的琮翰拎著一盒亞尼克蛋糕來家裡，

從一起到機場跟 Yoyo 送機之後就沒再見到他。

這個孩子，從他和猷小五的時候認識他，

一晃眼，八年了。他和猷還是最無話不談的好朋友。

一進門，遞了一盒蛋糕給我，問他：「這要幹嘛？」

他呢，連講話跟猷都像，憨憨平直的答：「就……要謝謝……」

開心的再問他：「要謝什麼啊？」

他，一臉真誠的說：「就……太多事情……」

坐著和我聊了三個多小時，

他說，他一直覺得 Yoyo 不在，他應該要代替他做一些事情，一直想要過來。

但又覺得，Yoyo 不在，他來會不會很奇怪？

這個孩子，他不自覺自己說了很多聽似平淡，卻真誠的觸動我心裡的話，

他讓我有太多鼻頭一陣酸楚，眼眶泛紅的感動！

和他，天南地北的聊，聊他學校的課程，聊他的想法。

聊到了猷在德國的近況，和猷 line 的聯繫時發生的趣事，

最後，也聊到了處理 NU 學校狀況的煩心。

近十二點，催促著頻頻打哈欠的他快快回家休息。

睡前滑下 FB，看到他在 FB 留言給猷：

　　「既然你不在台灣

　　　你的孝心我就幫你彌補了

　　　在德國應該也學到了很多

　　　多多關心家裡的事情

　　　長大了

　　　別愛回不回阿～

　　　還有超過半年等你回來應該有很多話可以聊」

隔天，準備睡覺的 NU 拿了手機出來，一臉感動的說：「媽，剛鄭琮翰發 line 給我。」
「哦，說什麼嗎？」
「說哥哥不在，要我假如有什麼不想告訴父母的事情，還是有什麼沒辦法解決的事情，就把他當哥哥，可以找他聊⋯⋯」

瞧！這孩子，就是這樣的感性貼心，老給我著得很努力才能忍住淚奔的感動！！

至於猷，隔沒兩天，NU 也感動到不行的拿哥哥的 line 和我分享：

> 最近如何？
> 我知道你被霸凌的很慘。
> 一切，撐過去就是了。男人就是腦殘，事情過去了就忘了。
> 如果你自己挺不起來去抗爭或是已經沒力了，就忍受吧。
> 真的已經在班上被排擠的受不了，就當那個地方是一堆爛人的集合地。
> 考慮一下扶輪社的交換計劃吧！
> 當你眼界變寬，視野角度不一樣了，事情就變簡單多了。
> 一切有問題不要憋著，都跟我和鄭琮翰說。
> 咱倆是從國小開始穿同一條褲子長大的，絕對是可以依靠的對象！

老愛鬥嘴的兄弟倆，在 NU 碰到這個煩心的問題時，
離家三個月的猷，展現了長兄如父的成熟。

2015，十一月，百感交集，情感糾結的一個月～
老想念著離我千里遠的猷，
心疼著在咫尺之外，處於那個惡劣學習環境的 NU，
感動著就像乾兒子一樣給我溫暖的琮翰，
還有時而跟我撒嬌，時而鬧脾氣耍賴，時而酷，時而愛感性告白的治恩。

2015 十一月，煩人的一個月，卻也溫暖很多的一個月。

ROTARY YOUTH EXCHANGE COMMTTEE
DISTRICT 3480, TAIWAN
國際扶輪 3480 地區青年交換委員會

MONTHLY REPORT FOR INBOUND STUDENT
扶輪青少年交換學生月報告書

Month：2015 年 11 月
Student's Name：張治猷　　　Country：德國　　District：1800
Sponsor Club：景福扶輪社　　Host Club：Braunschweig RC
Present Address：Im sparegefeld 14
　　　　　　　　38162 Cremlingen(Weddel)

ACTIVITIES DURING THIS MONTH： （以下每項回答至少須有 200 字）

1、Public speaking for Rotary meeting etc. attend or listening visits if any：

　　已經有跟顧問有再一次的接觸了，在這一篇日記可以看到 2015/11/26 德 Treffe Betreuer Heute，我總算是把要去社團裡的第一次自我介紹和台灣介紹時間給確定了，終於啊，德國這邊真的沒什麼跟本社的活動。

　　我在寫這一篇文章的時候突然驚覺一件事，Rotary Wochende 算不算跟扶輪社之間的活動呢？就是扶輪社週末的意思，我目前經歷過三次扶輪社的大型聚會了，但在部落格目前只寫到第一個，因為我想要用德文寫出來，所以要再多一些時間我即可以呈現給您看了 :)，順帶一提，第一次、第二次都是在九月，十月因為很多人都要實習所以沒有活動，十二月又有一個才剛過完，就是因為這第三個，所以這個月報告有點遲了，事情真的在這週有點多。多達三個報告再加上一個要準備考試報告派對服裝的扶輪社週末，真的對不起 :(。

　　但這幾次的活動我都非常地開心，會盡快在我還記得我在那個當下的雀躍時補上。

2、Describe your daily activities at present (School, Private Invitations etc.)

2015/11/26 德　Treffe Betreuer Heute

2015/11/24 德　Wetter von Deutschland

2015/11/22 中　在德國的第一次雪

2015/11/21 中　哈利波特 X →作客吃吃喝喝 O

2015/11/20 中　看電視偷懶

2015/11/15 德　Ein besonder Sonntag

2015/11/07 德　Besuchen von mein Freundins Haus mit ...

2015/11/1 中　腳踏車之旅

　　學校過得是越來越開心了，從以前坐在那邊不知道要做什麼只能盡力去聽課撐不下去要倒的時候就滑滑手機這樣，變成已經能掏出一本德文書自己翻譯慢慢看（課還是聽不懂T.T）；從一開始只能站在同學的小圈圈邊邊嘗試聽懂他們在說什麼，變成已經可以在各種情況順利地加入對話，已經接受了我吧 :)。

3、Total Impression of this month:

　　過了已經快一半的時間了，我的熱情有點開始減退了。慶幸的是我自己有察覺，所以更加地督促自己去突破自己的界限（明天要主動和別人用德國的方式打招呼！），這樣的話，更多的嘗試可以有更多的進步。只要嘗試就可以有好結果，這一點倒是非常簡單理解，卻不容易實施，要跨出第一步終究不是簡單的啊！然而，當我天天都在跨出我的第一步時，這就顯得不會這麼難了。

　　在班上介紹台灣時，因為班上有中國女生在，學校裡也有很多的中國人，讓我會顧慮到他們的感受。因為在之前我已經有和他們談過很多次有關台灣的情況了，所以我真的不知道我有沒有這個資格去講台灣和中國的糾葛。我在自己學習的時候其實就發現一些怪怪的地方：孫中山國父十個打一個，打輸了跑到台灣，這一點被歷史課本輕輕帶過。憲法自己就沒有說明台灣是一個國家，說是暫時的，中國本土才是我們的本土；這一點是從同學聽說的，因為我這方面的知識都是學校也就是政府的教育部教的。和我的中國朋友討論後也發現國家之間的教育不一樣，所以我們

的觀念也是不一樣的，這樣讓我根本不知道我的所學到底是對是錯，是被國家強加上的觀念，還是政府重視事實所灌輸的歷史？

就算台灣的主權被承認，我們已經被中國盯上了，就跟美國以強大的武力強行介入中東的情況。現在是美國會幫助我們，因為中國對他們有威脅力，所以不能放任中國占領台灣，但等到利益達到共識的時候呢？所以，我覺得與其大聲在那邊證實我們在公民課本中學到的主權證明方式，還不如增加我們的競爭力。拳頭大才是道理，我深信這一點，美國和中國幫助我奠定了這個概念。

我覺得在台灣的主權上不會有答案產生。對我來說，我大聲說出我來自台灣就是最重要的，就算我們真的有那個啥主權⋯⋯。一直被中國打壓，連國旗都展不開，一直進不了聯合國，有何用？這世界沒人跟你在講理論的，要講利益跟實力。

所以，我在報告中說：一開始我們是同一個國家中的兩個政黨，內戰我們打輸了，所以我們到了台灣。我只能確定這一點是真的，所以我講了出來，沒有刻意強調台灣是一個國家，是就是，不用刻意去證明。當然，我自己當然覺得台灣是一個國家，一個有主權的國家。

寫這麼多，其實也是因為單純地覺得群組裡有人在說「中國是內地」這句話非常可笑，打得過有人在跟你講道理？

知道更多，想更多，恐懼更多事情。在小說中看到一個小短篇，大意是這樣的：兩個圓在一張白紙上，小的圓和大的圓，兩個都想把自己給變大。大的圓因為較大，所以看到的也比較大，知道有更多東西是不在自己的圓裡的，於是就一直變大一直變大，速度遠超小的圓。到最後，大的圓消失了，因為太大了，已經超過白紙的邊界了，只剩小的圓在步上大圓的後塵。

先前就已經有同學在月報告上問過這方面的問題，我不需要 Uncle 你的解答和幫助 :)，我自己會用我自己的視角思考，在 Line 上面 Uncle 你的文章我已經看過了，我只能說我沒有完全認同。把我的看法寫上來也是順便地確認和釐清自己的想法。

4、Suggestion / Question:

　　再次強調，寫部落格或是日記是非常重要的，可以記住非常多事情。練習當地語言是非常重要的，這也不用說。百利無一害，何不呢？看到其他交換學生的手機通訊軟體常常就是千封訊息以上的量，這一點也是讓我感受到很多人花非常多時間在這上面，這是浪費生命。果斷點，把這些聯繫斷掉一年吧。

No. 1 of times met counselor: 11 5 2015 Signature:

This reports should be sent to:D3480 Youth Exchange Committee Office(before the 15th of next month);Fax number:886 2 2370 7776 ; E-mail:r3480yep@ms78.hinet.net

生日禮物選購

今天超多事的

以前在學校有點混混過日子的感覺，因為德文是一個很大的障礙，所以真的在學校做不了什麼事啊。但今天不一樣。之前的日子也很快樂，因為我知足（補）。

＊

以上是我在當天在這裡寫下來的草稿，這樣看下去我也不知道我那天到底做了什麼啊，太短了吧 ?!

看了下日期是禮拜二，算是個長的學校日，所以發生很多事情也不是奇怪的情況 :D。

那就來腦補一下吧，印象還是有一些的。

關鍵字回想：美術課拍片、數學考試，我記得當天有三件事，但我忘記最後一件事了 :(，因為有跟爸說，所以還記得這兩項，真是萬幸。

＊

（搜索了下發現我竟然寫了兩篇草稿，真的不知道我在幹什麼 :P。不過，也因為這樣，所以可以簡單地就想起當天發現了什麼。）

一早到車站就看見怪怪的東西。想說是十二月的第一天，怎麼說都要來點特別的東西，所以昨天晚上已經規劃好了今天的行程。結果，萬萬沒想到，售票機的殘骸就擺在我眼前，那個被掏空的機殼看著讓人好心寒。

拿相機的警官和其他工作人員把現場用警告黃條圍得緊緊的，我也只能從旁邊偷偷看到一些。這是照片，卻是已經清理過後的，不像早上那麼悽慘。我問過同樣住在 Weddel 的朋友了，這是人為弄出來的，不是自己走火，是有人把炸彈之類的放進去。

在台灣，很難想像會有人把炸彈放進收銀機之類的事情發生。當下就在想：「西歐經濟發達，治安也不過如此。」這樣說有點重了，但事實如此，至少我在台北的家有六年門都只是玻璃製的也沒遇過賊啊。這邊，家長不在就不讓交換學生應門、接電話等等的……。還是台灣好啊。

最近有發生過 ISIS 的各種爆炸案，以為自己已經習慣了，結果沒有，尤其是就發生在自家門口，怎能平靜呢？在第一節課腦子亂亂的，完全聽不進課堂上老師在說什麼。細想過後覺得好多了。如果真是 ISIS，那就不是炸售票機了，而是炸鐵軌吧？哈哈哈！回過神來才發現我的價值觀已經不對了，已經被隱約地同化了——炸售票機好像也不對吧？哈哈。

說到這個，從今天開始的四個禮拜是 Advend zeit，是專門為孩子設計的，應該吧。反正家長都會買特殊的日曆，裡面塞滿巧克力，每天就開一個像戳戳樂那樣的洞，從中間掏出各種巧克力，吃起來還是不錯的。Lutz 給我和 Beate 各買了一個，好開心（可以成天吃巧克力 X）。

今天是一個我在德國學校的里程碑，是什麼的呢？是考試的！！我終於在藉由 Google 翻譯的幫助下成功地寫完一整張數學考卷了！這是一件非常不容易的事情，因為要整篇翻譯是明顯不實際的，Google 翻譯永遠帶著滿滿的惡意，單個字還有點可信度，一整篇翻你絕對不知道它在講啥鬼：「表述證明程式變化縮減並撰寫」，大概這樣的，我不相信有人可以理解……。而且，數學專有名詞通常是翻譯蒟蒻（google 翻譯的惡趣味，常常在名字那顯示一些好玩的東西，其中一個就是「翻譯蒟蒻」）翻譯不出來的，但因為蒟蒻死要面子，所以就把這些字的後面截一部分下來，成了一個新字。

所以，要寫出一份考卷是非常難的 XD。
我能寫出來也有部分原因是因為我數學比較
好，大概摸出一點邊邊就能知道這個題目要求
什麼。再加上，有些題目是要用德文證明的，
在這邊我表示：「X！有夠難！」光是最簡單
的第一大題我就差點花上一半的時間了。

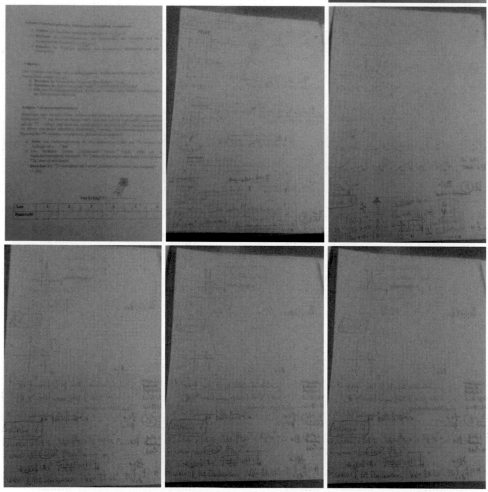

帶著有點忐忑的心情交出了考卷後非常快地就迎來了放學。因為再過一段時間就是妹妹、弟弟的生日了，再加上聖誕節也快要到了，所以就趕緊在今天去買了在扶輪社聚會要用的東西和給家人的禮物。最後，選了馬克杯（弟）、聖誕帽（爸）、糖果（Ryan）、小提袋（妹）、小水晶瓶（媽），因為非常興奮，所以在走過去的路上邊走邊拍了一些照片 :P。

　　最後，在晚上的時候再次雙手舉著禮物非常開心地請轟媽媽幫忙拍了照，打算在十二月十五日這一天把這照片弄過去，「生日快樂！！」這樣用一種特殊的方式祝他們生日快樂，我的妹妹和弟弟。

接待日記：治恩《十一月》

十一月二十九，扶輪社 2016 ～ 2017 交換學生的面試進行著。

去年此時，陪著 Yoyo 面試，陪著 Yoyo 走過每個國家的攤位。
記得當時，志願國家已討論過，對樓下外國學生的攤位似乎沒太多的記憶。

今年此時，換治恩要跟下一屆交換的學生介紹他的國家了。
前一晚，陪著他一起翻箱倒櫃找出所有他行囊裡能展示介紹加拿大的東西。
顧問問了幾次，治恩準備的如何？
顧問問一次，我就追著他問：「你到底要準備什麼去博覽會？」
只不過，他給我的答案永遠是：「隨便，我不知道。問妳！」
問我？哇咧，是你要介紹加拿大，你不知道，我哪會知道啊？
翻出他的行李箱，把行李箱內剩餘的寶都拿出來。
他的國旗、加拿大楓糖漿、別針、Alberta 省的簡介。
幫他帶了鬆餅機、鬆餅粉、攪拌鍋和所有我能想到的必需品。
叮嚀著他：「蛋和鮮奶明天到會場附近再買，懂嗎？」
「好好好！」永遠是他在胡亂敷衍我的回答。
不放心的看著他，算了，明天你自己看著辦吧！

果不其然，第二天到會場，他說：「媽媽，沒有鮮奶。」
冷冷的看著他，我說：「對，而且也沒有蛋！」
「快去買，OK？」
睡眼惺忪的他再說：「好，可是沒有錢。」

深吸一口氣，事實上我已經非常習慣了和他這些無厘頭的對話。

回家帶妹妹和 NU 準備再出發到會場前，打了電話問他：「治恩，有沒有忘記帶什麼東西？媽媽要出門了，還需要幫你拿什麼嗎？」
「沒有！」真是……超級肯定的回答。
「你確定？」
「確定，我覺得應該沒有！」
喃喃的對一旁的 NU 說：「他說應該沒有，我怎麼覺得一定有？我是不是太不信任他了？」

事實證明，這幾個月，我實在沒白當他的媽！
路上，來了一個 line：「媽媽，沒有盤子。」
路邊停下，讓 NU 到便利商店買。
再上路，又來一個 line：「媽媽，鮮奶沒了。」
停車，再買。
再開，又來了：「媽媽，鬆餅粉不夠。」
…………
到了會場，看了被一掃而空的盤子，我說：
「治恩，你只要站在這著笑咪咪的，就有一堆人被你迷倒想去加拿大了。
那個鬆餅粉沒了就不要做了，OK？」
「不行啊，我要做，你幫我買，那我抱你一下好不好？」
「啊？？真是太誘人的條件了！不過，免了，謝謝你的誘惑。」

於是我，不理會他吵著不停的鬆餅粉。

就站在一旁，靜靜的看著一組又一組的家長學生來和他詢問，聽他介紹加拿大。

這幾個月來，我和他相處的溝通模式，一直是我說全中文，他全英文。

他幾乎聽得懂我說的每一句話，我也聽得懂他講的飛快的英文。

基本中文他能說，但每天聊天的內容太廣，他還是習慣用英文和我對話。

所以，三個月來，我一直不太有機會聽到他和別人用中文對談。

那天站在一旁，聽到有家長問他，你怎麼會選擇來台灣？

很訝異的看他，非常努力的用中文回答。

很多家長稱讚起他的中文，覺得學中文三個月的他，中文說的真好！

他說：「我媽媽每天跟我聊天，她全部說中文，可是我跟她說英文，但是我都聽的懂……」

生命中，有些畫面，是那種既感動又喜悅，是那種會融化內心卻要忍住紅了的眼眶不掉淚的時刻。

聽他用中文介紹加拿大的當下，我的心情是激動又驕傲的！

腦子裡閃過這三個多月來，帶著他寫中文作業時出現過的爭執畫面，

閃過開始上華語課的初期，他面臨挫折時，那自信心喪失、沮喪不已的模樣，，

閃過第一個禮拜，對著他從眼睛、鼻子、嘴巴開始一個一個教的畫面。

更閃過了每個星期華語課小考前，軟硬兼施的，對他又哄又騙，努力的把進度複習完的夜晚。

陪他經歷的這些點點滴滴，在他學習中文三個月整整的這一天，

聽著他的每一句中文，一旁的我，偷偷拭去眼眶的熱淚，

一旁的我，很努力想把這場景和這份感動，永遠刻在我心裡。

第二天，想著過去三個多月的相處，想到再一個月他就要搬走了。

拿起手機，寫了長長的一段話給他：

治恩，今天，媽媽想跟你說對不起，也想跟你說謝謝。

媽媽從和爸爸結婚後，當了二十年的全職媽媽。

如你所見，爸爸、Yoyo、Nunu 和妹妹就是媽媽生活的全部。

於是，照顧他們就是我的價值所在。

你來了，我也用一樣的方式照顧你。

但我知道，有時候，媽媽真的很嘮叨。

像你這樣年紀的孩子，媽媽老是在旁邊一直提醒你這個，提醒你那個，真的是一件很煩人的事情。所以，媽媽想跟你說聲謝謝！謝謝你配合著我的個性，忍受著我的嘮嘮叨叨；

謝謝你這麼努力的不讓我生氣，這麼配合的當這個家的兒子。

再來，我想跟你說對不起。

來台灣交換的這一年，應該是訓練自己更獨立自主的一年。

但我，任性的用自己的方式照顧你，其實剝奪了你這一年學習和成長的機會。

關於中文的學習，希望媽媽老是拉著你寫功課，沒有影響到你學習中文的熱情。

媽媽只是出於好意，希望你來台灣的這一年，能把中文學得紮紮實實。

昨天看你用中文介紹加拿大，聽了好感動，聽了很想掉眼淚。

謝謝你這幾個月配合媽媽的方式學著中文。

治恩，這學期的華語課很快就要結束，媽媽的階段性任務也將要完成。

再一個月，你就要搬到你的第二個家，要照顧好自己，你真的是一個很棒孩子！

雖然很捨不得你，但媽媽相信，呂媽媽，盧媽媽帶你，一定會讓你變得更棒！

Ryan, Mom just wants to say sorry and thanks to you today. I have been a full-time mother for about 20 years since I married Dad. As you can see, Dad, Yoyo, Nunu and Meimei are everything in my life, so taking care of them makes me valuable. You come here to join our family, and I take care of you with the same way. But, I know that I am a really nagging mother sometimes and to young kids at your age, it is really bothersome to always remind you everything around you.

So I want to say thank you to you! Thank you for accommodating yourself to my personalities, tolerating my frequent nagging. Thank you for trying so hard not to make me angry, and being a good kid in my family.

Moreover, I want to say sorry to you, too. You should train yourself to be more independent, but I willfully use my way to take care of you, which deprives of your opportunities to learn and grow up. As to learning Chinese, I hope it won't influence your passion for learning Chinese because Mom always pushes you to do the homework. I just want to show my good intention and hope you can have solid foundation of Chinese during your stay in Taiwan. Yesterday I was so impressed and touched and almost burst into tears when I saw you introducing Canada in Chinese. Thank you for cooperating with Mom's way of learning Chinese.

Ryan, the Chinese class is going to end soon this semester, and Mom is going to achieve the mission at this stage. You will move and stay with your second family in a month, and please take good care of yourself. You are really an outstanding boy. Although I can't bear to let you transfer to other families, Mom believes that you will become more excellent when you stay with Mom Lu and Mom Lv.

Love you.

至於治恩的回覆，短短的，不長，卻讓我看的眼淚撲簌簌的流下來。對這孩子打從心裡的一切，
對他、對我而言，似乎一切盡在不言中～～
這段異國母子情，我想讓它留在我的日記裡。
我相信，這對話，將是彼此生命中最難忘的一段記憶。

Thank you for this message, I really appreciate to know how you feel. These last few months have been some of the best of my life, I'm very glad that you are my mother. You push me a lot and I know you have the best intentions.

I really do appreciate everything you do for me, and I love you like my real mother. Thank you so much for everything you do for me. I love you!

生病

這個病的位置……尷尬啊

其實，在四天前就已經發現了，感覺像是大型的青春痘，因此就沒在意。直到因為一坐下來就感到疼痛才驚覺是個問題了，於是在禮拜五趕緊跟爸媽講。但是，當天時間已經太晚了，只能先預約然後到另一座城市的醫院去就診。

禮拜六一大早就跟爸爸到了醫院。在此之前先跟我說過，需要等個一到兩小時，所以已經有心理準備了。預約時也再三確認過嚴重程度才過來的。真的非常感謝爸爸，犧牲原本禮拜六不用工作的休息時間，帶我過來看醫生，而且要開上好一段路程，再加上還得候診一段時間。

然而，到那邊其實頂多等了半小時吧，看看手機就過去了，於是我們就在護士的通知後進去了看診室。

進去後是一個老醫生，不知道為什麼頓時就安心了些。

拿出我的保險證明給了醫生，居留證和另外一些文件已經在之前就先給了護士小姐過目並備案，所以倒是不用再拿出來了。接著，在簡短地陳述了我的病症後，我躺上了病床，側躺。

手套戴上並等我把褲子脫下，我在醫生的等待下也不敢太拖延。然而，一開始醫生搞錯了位置，這倒是讓我有點尷尬 =.=，搞成我是痔瘡啥的吧，就一直挖我的X……。尷尬之餘趕緊用德文喊說：「不是那兒，是這兒！」誤會解釋開後倒是沒什麼問題，就用力捏了下我那個已經成紫色然後有點凸起的小腫塊，確認下我的痛覺神經是否還健在等等的吧，跟我爸說了一堆事情後我們就回去了。

此外，就是領了個處方籤，到了 Weddel 的藥局裡拿了個藥，要每天吃。每天吃藥前、吃藥後的兩個小時不能吃巧克力和奶類食品，還有一天要兩次拿冰枕冰

敷屁股，但要先脫掉褲子，所以不得不待在自己的房間裡。用吃藥的方式就可以解決倒是不錯啦，但醫生說如果到禮拜一情況沒有改善的話就必須到另外的醫院開刀切除了。希望可以單純地用藥物解決吧。

Musik hören in Kirche

ein gut nacht

Ich habe schon gehört, dass mein gast Vater gut singen kannst. Ich gehen nach Kirche mit Beate zu Luzs Singen hören.

Wir laufen um neun Uhr los. Kommen wir nach die Kirche. Nachdem wir sitzen schon fanden, warten wir für Beginnen.

Viele Deutsch Liede für Weihnachten sind aber alt für mein gast Mutter noch. Alle Leute singen zusammen mit ein klein Buch, was das einige Liedtext auf sind. Luz singt mit viele Leute zusammen, nicht alles echt, das ist ein Chorus. Luz steht nicht vor Menschen deshalb kann ich nicht für ihm ein Fotos einfach machen. Schade.

Nach Liede, wir essen etwas und trinken auch. Grühwine ohne Alcohol ist ähnlich ein Art von Tee in Taiwan. Ich bin aber nicht sicher. Egal. Weil meine Eltern schon mit andere Leute sprechen haben denn versuche ich selbst mit andere Leute spreche auf Deutsch echt :D Versuche mein Besten. Nach viele Versuchen, finde ich dass da andere Asian ist.

Sie ist ein Lehrerin in Uni. Sie hat schon in Deutschland für dreißig oder mehr Jahre gebleibt. Deshalb kannst sie sehr gut Deutsch sprechen.

Übringst, erste weiß sie nicht ob ich ein Asian sein und Chinesisch sprechen kannst. So...

Frau Li:"Hallo, wohin kommst du?"

Ich:"Wie bitte?]weil ist da zu laut."

Frau Li:"(noch einmal)"

Ich:"Achso! Ich komme aus Taiwan!"

Danach sprechenwir lange Zeit auf Deutsch, endlich sprechen wir auf Chinesisch. Weiß ich nicht aber weil ist vielleicht Deutsch einfächer für ihn so

sprechen wir auf Deutsch oft.

　　Wir plaudern über Deutsch Lehren, Schule, Leben in Deutschland, Aktivität von Uni, Chinesisch....viele Dinge. Sie sagt mich, dass sie manchmal einladung mich zu mich mehr Aktivität teilnehmen lassen wird.

　　Alles gut in diese Nacht. Wir machen etwas Fotos auch. Hier:

--- ｜ 事後註記 ｜ ---

　　今天欣賞了 Lutz 的聖誕演唱會，是當地教會的合唱團舉辦的，因為有發簡介所以可以大概聽懂一些。

　　重點其實是在唱完之後的交談會，大家就各自找到自己的朋友互相交流。我在一開始沒做什麼事，就是跟著爸媽走。後來，突然就被攔了一下，一位亞洲裔女士用德文問我從哪裡來，當然是回答台灣，結果就聊了起來。還在今天認識了兩位退休後自學中文的老教授，在這之後也有在繼續聯繫。

Überweisung

schmerzzzzzzzzzzzzz

Am Samstag habe ich schon nach ein Krankenhaus gegangen. Und habe ich ein Midikament genehmen. Arzt sagt mich dass ich muss mehr Zeit warten so warte ich bis heute und gehe ich nach andere Krankenhaus.

Das ist in die Nähe von zuhause. Glaube ich Midikament gegessen für dreiTage haben ist genug. Aber, nach Untersuchung. Arzt sagt mich dass ich muss andere Warten baben. Weil hat die Midikament nicht genug Zeit zu funktioniert. So brache ich andere Zwei Tage für Pause und Warten.

Es ist nur halb neun jetzt. Wir warten bis acht Uhr für die Öffnen von die Krankenhause. Wir haben kein Termin vorher machen, Aber nach ein bisschen Warten. ich treffe mit Arzt noch das ist nicht so wichtig. Es ist schon halb neun aber gefällt ich mich nicht so gut. So bleibe ich in zuhause für mehr Pause. Ich gehe heute nicht nach Schule.

| 事後註記 |

繼上次屁股長了怪東西看醫生後，總算是撐到了今天複診時間，趕緊到了家附近的診所。結果出來，需要再花兩天去觀察情況。看完後，因為有點發燒，就待在家裡沒去上學了。

Diskutieren

versuchen Ihnen Besten.

Heute möchte ich über Grüßen Diskutieren. Als ich Austausch Schüler sein, ich muss alles versuchen.

Zum beispiel, obwohl manchmal wenn versuche Ich spreche order ein Grüßen haben mit Deutscher, sie verachlässigurg mich immer. Aber, das ist nicht die Begründung von ohne Grüßen jede Tag. Wenn versucht du keine etwas, sie haben kein Begründung zu verstehen dich. Weil bist du Außenseiter. Wen sprechen Menschen nicht mit dich, manchmal gibt es etwas Begründung, etwas Schwierigkeitsgrad. Zum beispiel, ich finde heute dass mein Freundin hat Autism, so manchmal sie vernachlässigung mich weil sie sprecht mit ihn selbst. Bitte nicht traurlges order deprimiertes sein. Alles gut.

Wir ändern heute unsere Sitz. Ich finde andere verschieden Sachen zwieschen Taiwan und Deutschland. In Taiwan, Lehre werden stelle Freunde nicht zusammen weil sie hoffen uns hat ehr Freunde. In Deutschland nicht, alle gut Freunde sitzen zusammen. Das ist sehr gut. Weil denke ich ein am besten Freund besser als viele normal Freunde. Egal, nicht so wichtig.

可能我在學校開始感到孤獨，開始思考我到底做錯了什麼。其實也沒有說什麼，就是重點描述一下嘗試的重要性，沒有嘗試就一點可能性都不會有之類的。

還有在不久之前發現一位同學是自閉症患者，怪不得我跟她說話的時候她都不理我……

最後的最後好像有點偏題了，我寫了德國的換座位模式，跟台灣老師千方百計要我們「多認識新朋友」然後把好朋友彼此都分開不一樣，德國學校的方式是把好朋友放在一起，但這樣就會有原本的第一排換到第三排、第二排到第一排的好笑情況。

Überweisung2

wieder

Es ist heute Mittwoch. Ich schlafe bis neun, weil ich nicht heute nach Schule am Morgen gehen muss. Ich haben ein Termin von Krankenhause. Ich muss mit mein gast Vater nach Krankenhause in Braunschweig.

Erste glauben wir, dass wir für mindestens zwei Stunden warten mussen Wir warten aber nicht für lange Stunden warten mussen Wir warten aber nicht für lange Zeit. Wir gehen in das Beratung Raum. Eine Ärztin ist schon da sein zu wart uns.

Erste ziehe ich meine Hose auf, danach lege ich auf den Tisch. Ich habe viele Glücklich, dass mein Krankheit nicht so schlimm ist So brauche ich nur ein bisschen "Behandeln". Sie benutzt ein Nadel zu ein Loch auf das Schwellung machen. Das ist komisch, dass ich kein schmerz aber nur Juckreich haben. So laufe ich viele.(?

Nach das und ein bisschen andere Behandeln, ichgefällt mich besser. Vorher kann ich nicht einfach sitzen, weil ich wenn sitzen ich schmerz sein. Jetzt bin ich sehr gut. Aber, Ich kann nicht Duschen gehen zu warten für das Krankheit. Für zwei Tage T.T

| 事後註記 |

之前不是屁股上長了顆膿包嗎？今天終於在兩個小時的候診時間後被醫生用一根針捅破了。根據我這篇文章，我在當下的情緒好像是非常的……興奮的？貌似因為太癢的關係，我在一般人會哭出來的場合我笑得很開心。

為了養傷，兩天不能洗澡。

deutsch Spiele

Spaß und Lernen zusammen

Heute spiele ich viele LoL aber lerne ich viele Deutsch noch. Ich spiele mit ein Deutscher und skypen auch.

Weil ist mein Spieles ID "FREIzuhause" auf Deutsch, denn glauben sie, dass ich ein Deutscher auch sein. Aber bin ich nicth o.o. Ich habe schon wer bin ich dich gesaßt :"Ich komme aus, Taiwan und spreche Chinesisch. Versuche ich meine Besten zu Deutsch lernen und sprechen :)"

Sie sind gut Menschen deshalb sie skypen in die Ende mich immer. Ohne Bild echt, nur Klingen stimmt und für Deutsch lernen. Manchmal spiele ich komish und lustig so sie lieben imch mit Spaß :D.

Wiel habe ich nicht so viele Zeit zu spielen. Zum beispiel, danach komme ich nach Hause, ich muss für Stunden Rosetta benutzen zu Deutsch lernen und Blog schreiben auch. Möchte ich mit mein Gast Eltern sprechen zu üben mein Deutsch auch. Deshalb wenn ich kann spiele mit sie, es ist schon neun order zuhn Uhr so kann ich nicht zu viele spielen.

Für mich, das ist andere zwei Stunden Deutsch lernen aber mit mehr Spaß.

Das ist sehr gut, glaube ich.ww

　　一個人悶在家裡學德文是沒用的，我想到一個辦法，在線上多認識一點德國人，藉此來鍛鍊自己的德文能力。

　　會有這樣的想法是因為我在七年前⋯⋯五年前？反正在一個叫做 Tibia 網站認識了一位巴西人，我們一個不會葡萄牙文，一個不會中文，只能用英文談，真的幫助我很多。

　　總之，我取了個德文的 ID：「FREIzuhause」，好讓其他人能一眼看出我是德國人⋯⋯至少會一點德文。不熟的就打打字，熟的就開 skype 練口語會話能力。

🦅 獵海人

安佐花園3

作　　者　　王慧如、張治猷
出版策劃　　獵海人
製作發行　　獵海人
　　　　　　114 台北市內湖區瑞光路76巷69號2樓
　　　　　　電話：+886-2-2518-0207
　　　　　　傳真：+886-2-2518-0778
　　　　　　服務信箱：s.seahunter@gmail.com
展售門市　　**國家書店【松江門市】**
　　　　　　10485 台北市中山區松江路209號1樓
　　　　　　電話：+886-2-2518-0207
　　　　　　三民書局【復北門市】
　　　　　　10476 台北市復興北路386號
　　　　　　電話：+886-2-2500-6600
　　　　　　三民書局【重南門市】
　　　　　　10045 台北市重慶南路一段61號
　　　　　　電話：+886-2-2361-7511
網路訂購　　博客來網路書店：http://www.books.com.tw
　　　　　　三 民 網 路 書 店：http://www.m.sanmin.com.tw
　　　　　　金石堂網路書店：http://www.kingstone.com.tw
　　　　　　學思行網路書店：http://www.taaze.tw
法律顧問　　毛國樑　律師

出版日期：2016年11月25日
定　　價：480元

國家圖書館出版品預行編目

安佐花園 / 王慧如, 張治猷著. -- 臺北市：獵海人,
　2016.11-
　　冊；　公分
　　ISBN 978-986-93978-1-0(第3冊：平裝). --
ISBN 978-986-93978-2-7(第4冊：平裝)

855　　　　　　　　　　　　　105021601